La fille avant moi

SAGA VOYAGEURS DE PASSAGES

Tome 1 : *Tôt ou tard*, Montréal, Hurtubise, 2013.
Tome 2 : *Pour le temps qu'il nous reste*, Montréal, Hurtubise, 2013.
Tome 3 : *Le passé recomposé*, Montréal, Hurtubise, 2014.

Pierrette Beauchamp

La fille avant moi

Roman

Hurtubise

Catalogage avant publication de Bibliothèque et Archives nationales du Québec et Bibliothèque et Archives Canada

Beauchamp, Pierrette, 1953-

    La fille avant moi

    ISBN 978-2-89723-692-2

    I. Titre.

PS8603.E275F54 2015   C843'.6   C2015-941345-1
PS9603.E275F54 2015

Les Éditions Hurtubise bénéficient du soutien financier du gouvernement du Québec par l'entremise du programme de crédit d'impôt pour l'édition de livres et de la Société de développement des entreprises culturelles du Québec (SODEC). L'éditeur remercie également le Conseil des arts du Canada de l'aide accordée à son programme de publication.

Financé par le gouvernement du Canada
Funded by the Government of Canada | Canadä

Conception graphique : René Saint-Amand
Illustration de la couverture : Whiteway, iStockphoto.com
Maquette intérieure et mise en pages : Andréa Joseph [pagexpress@videotron.ca]

ISBN 978-2-89723-692-2 (version imprimée)
ISBN 978-2-89723-693-9 (version numérique PDF)
ISBN 978-2-89723-694-6 (version numérique ePub)

Dépôt légal : 4e trimestre 2015
Bibliothèque et Archives nationales du Québec
Bibliothèque et Archives Canada

Diffusion-distribution au Canada :   Diffusion-distribution en Europe :
Distribution HMH   Librairie du Québec/DNM
1815, avenue De Lorimier   30, rue Gay-Lussac
Montréal (Qc) H2K 3W6   75005 Paris FRANCE
www.distributionhmh.com   www.librairieduquebec.fr

Imprimé au Canada
www.editionshurtubise.com

À Jeanne, Céline, Mélanie
et toutes celles qui se reconnaîtront sous les traits d'Hélène

Les hommes n'acceptent le changement que dans la nécessité et ils ne voient la nécessité que dans la crise.

Jean Monnet

Prologue

« Seigneur, qu'est-ce que je vais lui dire ? Ses cartes sont tellement mauvaises... »

Prise de sympathie pour cette dame blonde au regard auréolé de douceur, la vieille cartomancienne n'avait pu résister à l'envie de la tirer aux cartes. La nouvelle venue avait d'abord refusé, mais son hôte avait tellement insisté qu'elle avait finalement accepté de battre le vieux jeu de cartes plastifiées.

Les cartes coupées, la vieille dame avait réuni les deux paquets et avait commencé à faire glisser les cartes, trois par trois. Chaque fois qu'elle tombait sur deux cartes d'une même famille, elle s'arrêtait pour prélever la plus forte. Trois cartes de famille identique dans un même trio devaient également être déposées sur la table.

Le cœur serré, la vieille considéra le triste début de série.

Une année terrible se préparait. L'As de pique qui avait ouvert la file était suivi du Cinq de carreau : son invitée avait dernièrement accompli de grands changements fondés sur un espoir amoureux, mais l'As indiquait qu'elle allait bientôt déchanter.

Trois nouveaux piques suivaient : le Quatre, conjugué au Valet, annonçait certains problèmes sur le plan professionnel, alors que le Sept la mettait en garde contre son immobilisme devant une situation sans issue.

— Ça va être difficile ?

La vieille dame eut un petit sursaut nerveux et vit que l'autre l'observait d'un œil amusé.

— Je… ben, disons que vous allez devoir ramer pas mal fort cette année, bredouilla-t-elle avant de retirer ses lunettes pour se masser l'arche du nez.

— Tant que ça ? s'enquit la dame d'un ton badin. Bah, j'ai la couenne dure, ne vous en faites pas pour moi, et puis, je…

Elle jeta un regard incrédule aux cartes, parut réfléchir un moment et annonça :

— Écoutez, madame, à bien y penser, je préfère ne rien savoir et vivre ma vie comme elle vient. De toute façon… sans vouloir vous blesser, je ne crois pas qu'on puisse prédire l'avenir de quelque façon que ce soit.

La vieille retint son souffle. D'un geste protecteur, elle avait emprisonné le reste du paquet dans sa main. Il fallait continuer : les six premières cartes ne prédisaient qu'une partie des événements prochains. Avec un peu de chance, quelque chose de bon pourrait encore survenir.

— Je serais plus tranquille de vous voir repartir avec une bonne nouvelle, déclara-t-elle, faisant fi du scepticisme de son interlocutrice.

La dame fronça légèrement les sourcils, puis acquiesça d'un haussement d'épaules. Soulagée, la vieille fit glisser trois autres cartes.

— Ah, vous voilà ! s'exclama-t-elle en déposant la Reine de cœur.

Sans attendre de permission, elle retourna trois autres cartes.

— Enfin du cœur ! L'As en plus ! s'exclama-t-elle. Vous voyez bien que ça valait la peine !

La dame esquissa un sourire courtois qui enhardit sa consultante.

Le Roi de trèfle apparut dans le trio suivant : un amoureux ! La femme sentit la fébrilité la gagner. D'un geste théâtral, elle fit claquer la figure sur l'As de cœur.

— Le Roi de trèfle, vous le connaissez ? C'est un homme aux cheveux châtains.

Le regard maintenant allumé, son invitée s'était redressée sur sa chaise.

Dissimulant à peine un sourire satisfait, la carto-mancienne retourna à sa série : « Quand il y a de l'amour dans l'air, même les plus Thomas me font cet air-là. »

Son doigt traça un cadre imaginaire sur le Roi de trèfle.

— Vous avez une relation très forte avec cet homme-là, c'est votre grand amour, affirma-t-elle sans détour.

Sa vis-à-vis ne répondit rien, elle semblait songeuse.

— Voyons voir ce que les cartes vont nous en dire, reprit la dame en poursuivant sa gestuelle.

Un petit grognement ponctua l'arrivée du Quatre de cœur sur la table, une carte de mauvais augure en amour; dans la série actuelle, elle représentait une menace pour l'union.

— Qu'est-ce qui se passe? s'enquit l'invitée en fixant la séquence.

— Oh! Euh… Il pourrait y avoir certaines difficultés; il faut tourner d'autres cartes pour en savoir plus.

Un trio de même famille jaillit du jeu, soit trois cartes de pique. La vieille se mordit les lèvres. Ces cartes, mises ensemble, révélaient que l'isolement, la perte et la détresse allaient alourdir les prochains mois de son interlocutrice. N'osant soutenir le regard de la blonde, la vieille reprit son manège d'un geste contraint. Soudain, elle poussa un petit gémissement en découvrant la Dame de pique: l'autre femme. Troublée, elle releva vivement les yeux vers son invitée, mais celle-ci avait détourné les siens.

Vendredi 6 avril 2001

Il est 5 h 30. Hélène Beaudoin n'a pu attendre la fin de la nuit. De toute façon, à la maison, tout a été réglé la veille.

Elle place sa vieille valise bleue dans l'auto de location et démarre doucement. Elle doit se rendre au bureau pour finaliser les derniers préparatifs et ne veut surtout pas croiser ses collègues. Elle s'est suffisamment donnée en spectacle comme ça.

Le quartier industriel est désert. Hélène se gare devant l'entrée principale de Ciné-Vidéo. Après avoir désactivé le système d'alarme, elle entre, allume quelques lumières et gagne la cuisinette pour préparer du café.

6 h 10. Il lui reste un peu de temps avant l'arrivée d'Yvan Bélair, son patron. Tout est si calme ici. Elle a besoin de cette tranquillité pour vérifier les chiffres du rapport financier qu'elle avait promis de remettre

à Yvan au début de la semaine. Elle n'avait pu le rendre à temps. Ce n'est pas dans ses habitudes, pourtant. Heureusement, il n'a rien dit. Il a toujours été correct, Yvan, et elle refuse de partir sans avoir achevé sa tâche, au moins celle-là.

Elle a dressé une courte liste de dossiers urgents à traiter pour Caroline. Yvan aura à engager une remplaçante. «La pauvre, elle va tomber en pleine pagaille! Pourra-t-elle s'adapter rapidement? Ce serait gentil de lui laisser un petit mot avec mes coordonnées électroniques et ma nouvelle adresse…» Mais oui, elle allait oublier! Il lui faut supprimer son adresse électronique pour en créer une nouvelle. Ensuite, elle doit réunir tous les papiers du dossier Miller pour le notaire. À part quelques détails, l'affaire est déjà conclue. Ne reste plus que l'acte de vente à signer.

Et Grégoire? «Mon Dieu, il faut le prévenir!» Elle décroche le téléphone et compose un numéro. Après quelques sonneries infructueuses, une voix masculine l'invite à laisser un message. Cette voix chaude et amicale l'apaise un peu et un faible sourire se dessine sur ses lèvres.

— C'est moi. Je dois m'absenter quelque temps pour des raisons personnelles. Je ne serai probablement pas de retour pour assister à la signature du contrat. Je n'ai pas le choix, j'espère que tu ne m'en voudras pas trop.

Hélène raccroche, ouvre un tiroir et s'empare d'une tablette sténo pour écrire à sa remplaçante.

7 h 30. De la fenêtre de son bureau, elle aperçoit la voiture du patron s'engager dans le stationnement. Elle a juste le temps de signer son message. Elle détache le feuillet, le plie en deux puis le glisse sous le revêtement plastique de son sous-main. Elle éparpille quelques factures par-dessus.

Comment Yvan réagira-t-il à l'annonce de son départ? Il comptait tellement sur elle. Luc, par contre, sera ravi; il pourra manigancer à sa guise. Grand bien lui en fasse! Tout ceci semble tellement dérisoire maintenant.

Depuis son retour de l'hôpital, Hélène ne se reconnaît plus. Une autre agit à sa place. Une autre plus forte, plus déterminée aussi, une survivante. Qu'importe son travail et tout le reste. Désormais, une seule chose compte: fuir pendant qu'il lui reste encore un peu d'énergie et une parcelle de courage…

Chapitre 1

Lundi 30 avril 2001

Retour au travail après dix années passées à la maison. Ouf! Pauline préférait ne pas y penser. Devant le miroir de la salle de bain, elle renvoya un sourire crispé à son reflet. Heureusement, sa nuit d'insomnie n'avait laissé aucune trace. Elle fouilla dans son petit sac à maquillage, s'empara de son mascara et rapprocha son visage de la glace pour l'appliquer. Si au moins elle pouvait arrêter de trembler...

Avait-elle eu tort d'accepter la proposition de Julie? Non, cent fois non! Un changement s'imposait. Depuis trois ans, en fait, depuis l'entrée de ses jumeaux à l'école, elle se morfondait à la maison, cette magnifique maison du quartier Rosemont acquise sur un coup de tête: une vraie folie!

Financièrement parlant, cette offre d'emploi tombait à point. Malgré toute sa bonne volonté, Steve, son mari, avait grand mal à rentabiliser, depuis quelques mois, la petite agence de marketing qu'il dirigeait. Même son intarissable optimisme ne pouvait empêcher la banque de réclamer rigoureusement son dû chaque 15 du mois. Pauline l'aidait de son mieux en lui servant gracieusement de secrétaire-comptable, mais un deuxième revenu s'imposait.

Elle entendit klaxonner, Steve s'impatientait. Vite, elle appliqua son rouge à lèvres, courut décrocher son cardigan et sortit à la rencontre de sa petite famille qui l'attendait dans l'auto garée devant la porte. En ouvrant la portière, elle jeta un coup d'œil attendri à ses garçons. Mathieu et Jonathan, assis sur la banquette arrière, lui offraient un air étrangement sage… comme deux images tout à fait identiques.

Mathieu et Jonathan : même taille, mêmes yeux noisette, mêmes cheveux bouclés, même mignonne petite fossette au menton. D'un point de vue extérieur, il s'avérait impossible de différencier les jumeaux de Pauline, même lorsqu'ils se tenaient côte à côte. Pourtant, à vivre avec eux, on ne pouvait se méprendre, car Math et Jo, comme ils se prénommaient entre eux, n'avaient d'identique que le physique. On avait tendance à surprotéger le premier, plus sensible et câlin, et à gronder le deuxième, qui jouait souvent les gros durs avec son entourage.

— Vous avez pris vos lunchs ? demanda-t-elle en s'assoyant à l'avant.

— Oui, maman, chantonnèrent-ils d'un même souffle.

Aussitôt installée, elle sortit de son sac un bout de papier froissé qu'elle tendit à son mari.

— Tu m'as bien dit que tu connaissais ce quartier-là ?

— Mais oui, mon cœur, répondit patiemment Steve en lui jetant un regard moqueur. Allons, respire un grand coup, ça va bien aller.

Il démarra et roula jusqu'à l'école du quartier pour déposer les enfants. Ces derniers s'éjectèrent hors de la voiture aussitôt arrivés, comme si le feu était pris dans le tableau de bord.

— Hé, les gars ! cria leur mère. Vous ne m'avez pas embrassée…

Inutile, les deux gaillards étaient déjà loin. Pauline haussa les épaules.

— Maman retourne sur le marché du travail, et alors ? grommela-t-elle pour elle-même.

— Qu'est-ce que tu marmonnes comme ça ? l'interrogea Steve en redémarrant.

— Rien, c'est rien…

Puis, après un moment :

— Penses-tu que c'est une bonne affaire de les faire dîner à l'école ?

Steve immobilisa la voiture à un feu rouge et se tourna vers elle.

— C'est préférable. Tu sais que j'ai souvent à me déplacer pour rencontrer des clients. Et… et (il avait haussé un peu le ton pour empêcher Pauline de l'interrompre) je te promets que j'irai les chercher tous les après-midi à la sortie des classes.

— Et de mon côté, poursuivit Pauline, je m'engage à continuer de taper tes lettres et m'occuper de tes comptes.

Il lui répondit par un radieux sourire puis reprit la route, laissant sa compagne à ses pensées.

Autrefois secrétaire spécialisée en marketing, Pauline Nadeau était retournée aux études en septembre 2000 afin de mettre à jour ses connaissances en marketing et en bureautique. C'est là qu'elle avait connu Julie Gagnon, une pimpante petite rousse dans la jeune trentaine occupant le poste d'adjointe administrative chez Ciné-Vidéo, une entreprise montante de location de films. D'emblée, les deux femmes avaient sympathisé, s'entraidant pendant leurs cours d'informatique. Pauline aurait bien aimé se lier davantage, mais Julie s'éclipsait toujours rapidement à la fin des cours. Avec le temps, Pauline apprit que la jeune femme habitait avec sa mère qui prenait soin, pendant son absence, de Pierre-Luc, son jeune fils lourdement handicapé. Julie aurait préféré rester auprès de lui à plein temps. Or, comme elle devait gagner sa vie, elle avait emménagé à quelques minutes du bureau, ce compromis lui permettant de partager ses dîners avec lui. Une vie difficile qu'elle ne semblait jamais remettre en question.

Pauline aimait bien bavarder avec Julie. Cette dernière s'intéressait à son travail avec Steve. Elle l'enviait de pouvoir rester à la maison, alors que Pauline aurait plutôt aimé s'en évader...

Le jeudi précédent, Pauline avait assisté à son dernier cours de comptabilité informatisée. Assise seule à une table de la cafétéria pendant la pause, elle sirotait un déca. Elle songeait à la meilleure façon de faire comprendre à son rêveur de mari qu'il ne pouvait faire éternellement crédit à certains de ses clients, que leur budget familial commençait à en souffrir. Non qu'elle ne croyait plus en lui, mais elle ne partageait pas son indéfectible insouciance. L'exaspération la gagnait en voyant leur bateau prendre l'eau alors que le capitaine humait le vent du large en sifflotant.

Perdue dans ses pensées, elle sursauta lorsque Julie se présenta à la table avec son plateau.

— Oups! Je te dérange, hein? supposa Julie en la voyant tressaillir.

— Ben non, assois-toi, l'invita Pauline. Ça va me faire du bien de me changer les idées.

Julie déballa un muffin et ajouta de la crème à son café.

— Pauline, j'aurais une proposition à te faire, déclara-t-elle avant de tremper les lèvres dans sa tasse.

Son nez se retroussa en une petite grimace.

— Ouache, il faut en avoir drôlement besoin pour boire ce jus de chaussette! Tu permets? s'enquit-elle en désignant un sachet de sucre sur le plateau de sa compagne.

Pauline acquiesça d'un signe de tête, le regard allumé par la curiosité.

— Voilà, reprit Julie, au bureau nous aurions besoin d'une personne qui apprend rapidement pour travailler à la comptabilité.

Pauline ouvrit de grands yeux.

— Et... tu as pensé à... moi ?

— Bien sûr ! J'ai même attendu de t'en parler avant de passer une petite annonce. Penses-tu que tes obligations familiales t'en laisseraient le temps ? Ce serait pour une douzaine de semaines pour commencer.

— À temps plein ?

— Oui, pas le choix. Il y a beaucoup de travail et on a déjà trop tardé pour embaucher quelqu'un. C'est un poste d'agente de bureau aux comptes fournisseurs. Le salaire est intéressant et la maison offre toute une gamme d'avantages sociaux.

Julie prit une gorgée de café avant d'ajouter :

— Si le travail te plaît, au retour d'Hélène, tu pourrais rester. Notre clientèle augmente de jour en jour. Une commis de plus ne serait pas de trop. On pourrait même réaménager tes heures afin que tu puisses continuer à donner un coup de pouce à ton mari.

Sortir enfin de la maison ! Une chance inespérée de se remettre à flot ! Pauline sentit les battements de son cœur s'accélérer.

— Cette Hélène, c'est elle que je dois remplacer ?

— Hélène Beaudoin, oui, c'est elle. Pour faire une histoire courte, il y a quinze jours, elle a prévenu le patron qu'elle devait prendre un peu de repos. Puis elle est partie très rapidement. Lundi dernier, elle a laissé un message sur la boîte vocale de monsieur Bélair, le patron, pour lui annoncer qu'elle prolongeait son congé jusqu'à la fin juin.

La pause était terminée depuis longtemps lorsqu'elles retournèrent en classe. Pauline avait passé la deuxième partie du cours à réfléchir : Julie attendait sa réponse dès le lendemain.

—Je ne voudrais pas te bousculer… Si seulement j'avais pu te joindre plus tôt cette semaine, mais je n'avais pas ton numéro… Écoute, j'ai promis de passer une petite annonce dans *La Presse* de samedi. Monsieur Bélair exige qu'on embauche quelqu'un au plus vite.

Pauline fut surprise de la réaction de Steve à l'annonce de la grande nouvelle. À la lecture de ses livres comptables, il avait finalement admis qu'un deuxième revenu serait le bienvenu. Bon joueur, il avait accepté d'endosser le rôle de papa au foyer afin de permettre à maman de retourner sur le marché du travail. De toute façon, il voyait bien qu'elle en mourait d'envie.

❧

—Pauline… Pauline ?

La jeune femme cligna des yeux. L'auto s'était immobilisée et son mari la considérait en souriant.

—Chère madame, vous voici à destination, annonça-t-il sur un ton emphatique. Je vous invite à revenir sur terre pour embrasser votre charmant mari qui vous a servi de chauffeur.

Pauline pouffa de rire en détachant sa ceinture pour lui faire la bise. Puis elle jeta un coup d'œil circulaire à l'extérieur.

—Plutôt plate comme décor.

En effet, le secteur industriel de Ville Saint-Laurent, où était situé le siège social de Ciné-Vidéo, semblait bien morne avec son enfilade de bâtisses austères et l'absence des enseignes commerciales qui animaient la vie des autres quartiers montréalais.

—L'arrêt d'autobus est là, dit-elle en désignant le panneau sur un poteau de l'autre côté de la rue. Ce soir, je reviendrai par mes propres moyens.

Elle l'embrassa de nouveau.

—J'ai le trac, Steve, lui glissa-t-elle à l'oreille.

Il la serra contre lui en lui tapotant le dos.

—Tu n'as pas de raison, voyons. Fais juste attention de ne pas trop te lier au début et évite de boire trop de café. Tu le sais, ça te rend nerveuse.

—Oui, pôpa, soupira-t-elle en ouvrant la portière.

Ce qu'il pouvait être agaçant parfois lorsqu'il lui balançait son discours paternaliste.

—Passe une bonne journée, mon cœur, lui lança-t-il, inconscient de sa maladresse.

Pauline lui fit un signe de la main avant de gagner l'entrée principale de Ciné-Vidéo. Elle gravit quelques marches, inspira profondément et poussa la porte pour entrer dans un large vestibule vitré. Derrière la seconde porte, elle reconnut avec soulagement Julie, assise à son bureau. Cette dernière se leva aussitôt pour accueillir la remplaçante d'Hélène Beaudoin, un personnage aussi énigmatique que controversé.

Chapitre 2

Yvan Bélair, le directeur général de Ciné-Vidéo, n'avait rien de terrifiant. Sexagénaire au crâne dégarni, le nez rougeaud chaussé de lunettes circulaires à monture dorée, petit de taille et bedonnant, il était bâti tout en rondeurs. À l'entrée de Julie et Pauline dans son bureau, il se leva promptement pour saluer sa nouvelle employée.

— Ah! C'est vous qui allez nous sauver la vie!

— Doucement, patron, ricana Julie, ne lui mettez pas trop de pression sur les épaules.

— Vous avez raison, Julie, mais Hélène est partie tellement vite que j'arrive à peine à me retourner.

Puis, en lançant une œillade à Pauline, il précisa:

— Ne vous en faites pas, on vous demandera seulement d'éteindre quelques feux. Le reste, je m'en charge... même s'il me manque un gros morceau, ajouta-t-il comme pour lui-même.

Julie remarqua son air préoccupé. Elle se faisait du souci pour lui depuis un certain temps, car elle appréciait ce gentil patron que tout le monde surnommait «Humpty Dumpty». L'année précédente, pour son soixantième anniversaire, elle lui avait offert une statuette du bonhomme en question. Depuis lors, celle-ci trônait sur son pupitre. Non seulement Yvan Bélair ne manquait pas d'humour, mais il était de plus un homme bon, beaucoup trop bon à l'avis de son adjointe.

— C'est vrai qu'Hélène laisse un grand vide, confia Julie à Pauline lorsqu'elles s'éloignèrent. Ici, elle était beaucoup plus qu'une simple agente de bureau : le patron lui avait délégué beaucoup de responsabilités. Il était loin de s'attendre à ce qu'elle lui fasse faux bond.

Sa voix s'était durcie, elle s'en rendit immédiatement compte. D'un geste de la main, elle balaya l'air avant de reprendre :

— Mais, à quoi bon juger sans savoir ce qui s'est vraiment passé…

Les deux femmes se dirigèrent vers la cuisinette, une pièce peinte en blanc meublée de deux grandes tables, une dizaine de chaises, un réfrigérateur et toutes les commodités d'usage.

Deux employés bavardaient en buvant leur café.

« Barbie et Ken… », songea Pauline en apercevant une jeune fille blonde au visage angélique, dotée d'une poitrine qui donnait à son chandail un relief luxuriant, et son compagnon, un beau grand brun semblant jaillir tout droit d'un *soap* américain. En pleine séance de roucoulements, le couple paraissait seul au monde.

Julie jeta un coup d'œil furieux à l'évier rempli de vaisselle sale avant d'ouvrir la porte d'une armoire pour s'emparer de deux tasses.

— Viens t'asseoir, invita-t-elle Pauline.

Les amoureux daignèrent enfin lever les yeux.

— Caroline, Luc, je vous présente Pauline Nadeau, qui va remplacer…

— … Hélène, compléta Caroline Desbiens.

Elle sourit en arborant une rangée de dents d'une blancheur excessive.

L'homme se leva, prit la main de Pauline et s'inclina solennellement.

— Luc Dagenais, homme à tout faire et acheteur. Je m'occupe des comptes clients, de l'évaluation et de l'ouverture de nouvelles franchises, de la liaison entre les clubs et de notre siège social, etc., etc. Enchanté de faire ta connaissance.

Avant que Julie ne puisse ouvrir la bouche, il poursuivit en désignant sa compagne :

— Et la gente dame, ici présente, est nulle autre que mon assistante.

Caroline Desbiens se leva à son tour pour tendre une main mollassonne. Ses yeux roulèrent vers Luc.

— Ton assistante ? Ça alors, j'ai monté en grade sans même m'en rendre compte ! Bienvenue, Pauline, la salua-t-elle en resserrant sa poignée de main. Ici, je m'occupe surtout des redevances et des comptes clients.

Ils se rassirent tous les deux. Luc esquissa un sourire mesquin en jetant un regard complice à Caroline.

— Ma chère Pauline, j'espère que tu as apporté ta pelle, parce que le bureau de matante Hélène a besoin d'un bon déblayage...

— Ah, vous êtes de la parenté, répondit Pauline, confuse.

La carafe à la main, Julie serra les dents. Luc ne manquait jamais une occasion de mépriser vertement Hélène Beaudoin. Il la surnommait « matante » depuis des mois. Était-ce une façon de ridiculiser son âge (Hélène était au début de la cinquantaine) ou voulait-il laisser planer le doute qu'elle frayait avec le patron, son oncle ? Qu'importe, toutes les fois qu'elle entendait Luc affubler Hélène de ce sobriquet, Julie rageait.

— Arrête de l'appeler ainsi, Luc ! Même si tu ne portes pas Hélène dans ton cœur, tu lui dois le respect.

— Pfft ! Je l'appellerai comme je voudrai ! rétorqua-t-il. Ce n'est pas comme si elle ne le savait pas.

— C'est vrai, intervint Caroline doucement. Hélène ne dit jamais rien quand il l'appelle comme ça.

— N'empêche, je ne crois pas que son oncle apprécierait, coupa Julie.

— Ah lui, on le sait bien ! Il mange dans sa main ! s'emporta Luc.

— Bon, changeons de sujet, veux-tu ? Pauline n'a pas à subir nos chamaillages, décréta Julie en déposant les deux tasses de café sur la table.

Embarrassée, Pauline saisit sa tasse et se reprocha intérieurement de faire fi du conseil de Steve. Les deux tasses déjà bues à la maison auraient largement suffi pour la journée ; elle se trouvait déjà assez tendue et cette prise de bec n'arrangeait guère les choses.

Julie acheva les explications :

— Caroline travaille avec nous depuis janvier. Elle a débuté comme stagiaire et on a décidé de la garder avec nous. Tandis que Luc...

— ... fait partie des meubles, compléta le neveu du patron. Je peine ici depuis douze ans, en fait, depuis la fin de mon secondaire. Mon cégep, c'est ici que je l'ai fait : Ciné-Vidéo me doit un diplôme !

— C'est vrai qu'il connaît tout ici, renchérit Julie pour racheter sa saute d'humeur.

Visiblement ravi, Luc esquissa un sourire satisfait.

« Quel fourbe ! songea Pauline. Ce type ne me dit rien qui vaille. J'espère ne pas trop avoir affaire à lui. »

Comme si elle avait perçu ses pensées, Julie ajouta :

— C'est Caroline qui va t'expliquer le travail. Tu trouveras le temps aujourd'hui, Caroline ?

— Oui, sans problème, sauf pour Icétou, je ne l'utilise pas vraiment... Penses-tu que Susanne pourrait lui montrer ?

Julie réfléchit quelques secondes.

— C'est vrai, elle sera de retour demain. Oui, tu as raison c'est elle la mieux placée pour donner une formation... Quoique, Luc, toi aussi tu pourrais...

Mais le beau Brummell semblait plus intéressé par le fond de sa tasse que par l'invitation qu'on lui lançait. Après un moment, conscient du malaise créé par son mutisme, il leva les yeux vers Pauline.

— Ne le prends pas personnel, mais je préférerais que Susanne t'explique. Moi, Icétou... Inounnnn...

Le regard glacial que lui jeta Julie lui cloua le bec. Il haussa les épaules et reprit une gorgée de café.

Quelques instants plus tard, les deux femmes se dirigeaient vers l'entrepôt à l'arrière de la bâtisse. Le bâtiment abritant Ciné-Vidéo était de plain-pied et bâti tout en longueur.

— Inouniez... murmura Julie contre l'oreille de Pauline.

— Inou... quoi ?

— Il-nous-niaise, c'est comme ça que Luc a rebaptisé Icétou. C'est notre logiciel d'inventaire. Une vraie petite merveille ! Hélène l'a mis au point lorsqu'elle travaillait à notre filiale de Québec.

Et bien sûr, Luc n'y trouvait que des failles. De toute façon, pour lui, tout ce qui venait d'Hélène Beaudoin était matière à critiques.

Tasse à la main, les deux femmes franchirent des portes coulissantes menant à une pièce immense où transitaient des milliers de boîtes de cassettes vidéo avant d'être réacheminées aux boutiques de la région de Montréal. Julie en profita pour lui brosser le portrait de l'entreprise.

Ciné-Vidéo Distribution, la troisième plus grande chaîne de clubs vidéo au Québec, tirait sa subsistance des redevances de ses boutiques franchisées. Unique pourvoyeuse, l'entreprise fournissait tout le matériel nécessaire à leur bon fonctionnement : des vidéo-cassettes de films et leurs dérivés (trames sonores, posters ou figurines), des jeux vidéo sans oublier le maïs soufflé et autres friandises.

Fondée douze ans plus tôt, dans l'euphorie de l'avènement du magnétoscope, Ciné-Vidéo avait établi sa maison-mère à Montréal. À la suite d'une discussion avec ses partenaires (ses deux frères, comptables comme lui), Yvan Bélair avait accepté d'en assumer seul la direction générale. En 1992, après quatre années de rodage où la firme avait franchisé une bonne vingtaine de boutiques dans la région montréalaise, les frères Bélair, désormais convaincus de la rentabilité de l'entreprise, avaient ouvert deux autres filiales dont ils assumaient la direction : l'une à Québec, dirigée par Gilles, et l'autre à Sherbrooke, menée par Lucien. Par la suite, des dizaines de boutiques franchisées avaient poussé un peu partout au Québec.

Il faisait froid dans l'entrepôt. Pauline frissonna. Julie lui présenta deux autres employés : Aurel Sirois, le contremaître, un quinquagénaire de taille imposante au sourire bon enfant sous une énorme moustache en brosse, et Jean-Pierre Granger, un jeune manutentionnaire musclé, qui devait sans doute passer tous ses temps libres au gymnase.

Au fond de la pièce, une lourde porte menait au dehors. Julie la poussa et invita Pauline à la suivre.

— Viens, on va jaser un peu.

Julie se doutait bien que son escarmouche avec Luc avait troublé Pauline. Il valait mieux lui tracer le portrait de la situation. Hélène Beaudoin, qu'elle connaissait peu malgré une année passée à ses côtés, ne méritait pas qu'on mette en doute sa compétence et son intégrité.

À l'extérieur, la direction avait aménagé une aire de repos pour les employés. Julie et Pauline s'installèrent à une table de pique-nique. L'entrepôt était faiblement éclairé, alors que dehors, le soleil resplendissait. Pauline apprécia ce changement d'atmosphère.

En achevant son café, Pauline apprit que Luc Dagenais était le fils unique de Mariette Bélair, la sœur aînée du patron. Au décès de celle-ci, treize ans plus tôt, Yvan Bélair et sa femme, un couple sans enfant, avaient décidé de prendre en charge le jeune Luc. Son père, un incorrigible séducteur, s'était volatilisé quelques mois après sa naissance lui léguant son nom, des yeux bleus, et un caractère exécrable.

Luc détestait être assis sur les bancs d'école, mais il était fonceur et travailleur. À la fin de son secondaire, Yvan Bélair l'avait fait entrer dans l'entreprise, quand Ciné-Vidéo en était qu'à ses balbutiements.

— À mon arrivée, il y a huit ans, raconta Julie, Luc s'occupait un peu de tout. Puis la compagnie s'est développée et peu à peu, monsieur Bélair a augmenté son nombre d'employés.

— C'est comme ça qu'Hélène a été engagée, supposa Pauline.

— C'est plus compliqué que ça. Hélène était déjà au service de Ciné-Vidéo depuis quelques années comme directrice des ventes de la filiale de Québec. Puis, du jour au lendemain, elle a été parachutée à Montréal. On – je parle des employés – on s'est toujours demandé pourquoi Hélène avait accepté ce poste subalterne, avec toute l'expérience qu'elle avait. Elle n'a jamais donné d'explication et j'ignore même si le patron le sait lui-même.

— Luc ne l'aime pas beaucoup.

L'adjointe leva les yeux au ciel en soupirant bruyamment.

— Il l'haït sans bon sens ! Hélène est au travers de son chemin. Tu comprends, depuis le début, le patron cumule les postes de directeur général et de directeur des ventes en plus de voir à ses autres affaires ; il possède plusieurs propriétés à revenus. Avant l'arrivée d'Hélène, il était fortement question que le poste de directeur des ventes soit confié à Luc. Personne ne s'en étonnait : il a toujours été considéré comme le dauphin du patron, malgré son maudit caractère. Seulement, depuis l'arrivée d'Hélène, il se sent négligé.

— Et c'est vrai ?

— Disons qu'il est passé à l'arrière-scène. Alors, il se sent menacé à chaque fois qu'elle fait un bon coup. D'abord, il y a eu l'implantation du logiciel.

— Icétou ?

— Exact. Ce programme est en train de révolutionner notre façon de faire. Susanne Marchand, notre représentante, fait la tournée des régions afin de l'implanter dans tous nos clubs vidéo. Elle s'occupe également de la formation du personnel. Tu vas la rencontrer demain, tu verras, c'est tout un numéro.

Une camionnette arborant le logo de Ciné-Vidéo entra dans le stationnement. Un homme dans la trentaine vêtu d'un coupe-vent en descendit et enleva sa casquette pour saluer Julie qui répondit par un léger signe de tête.

— Lui, c'est Guy Fortin, notre chauffeur. C'est un beau parleur ; méfie-toi, il cruise tout ce qui bouge.

Elle jeta un coup d'œil à sa montre, puis revint à son sujet.

— Une dernière chose : Ciné-Vidéo est sur le point de conclure une affaire très importante dans laquelle Hélène a une grande implication. Au cours des derniers mois, monsieur Bélair et Hélène y ont travaillé très étroitement et passaient beaucoup de temps ensemble. Ça enrageait Luc... Il y avait pas mal de tension dans l'air. De son côté, Hélène a systématiquement ignoré les remarques de Luc. De toute façon, elle ne s'est jamais mêlée aux employés. Elle a toujours bien fait ce qu'elle avait à faire sans jamais démontrer… appelons ça, un réel sentiment d'appartenance. C'est un peu comme si elle vivait sur une autre planète. C'est une femme étrange, une vraie machine à travailler, conclut Julie en se levant.

« Et maintenant, elle est partie sans donner d'explication. Étrange, en effet », se dit Pauline en quittant son siège.

Les deux femmes contournèrent la bâtisse et franchirent la porte principale.

— Ne t'en fais pas trop au sujet de Luc. C'est une vraie diva, mais tu finiras par t'y habituer. Par contre, monsieur Bélair est un patron adorable. Tu peux toujours t'arranger avec lui. Il est conciliant et respectueux.

Tous les locaux du service administratif se regroupaient en quadrilatère à l'avant du bâtiment. Les bureaux de Luc et d'Hélène donnaient sur la rue, ceux de Caroline et de Susanne sur les côtés. La cuisinette et le bureau du patron étaient situés de part et d'autre des portes coulissantes ouvrant sur l'entrepôt.

— Moi je trône ici, lança Julie à la blague en désignant son spacieux pupitre en L situé dans le couloir, de biais avec le bureau d'Hélène et adjacent à celui de son patron.

Les deux femmes entrèrent dans le bureau d'Hélène, une pièce carrée éclairée par deux larges fenêtres.

— Ah, *shit* ! J'ai encore oublié l'arrosage, maugréa Julie en gagnant l'une des fenêtres où dépérissaient trois ou quatre plantes vertes. C'est Hélène qui veillait à l'entretien des plantes du bureau. Penses-tu que je pourrais te déléguer cette tâche ? Moi, je n'ai vraiment pas le pouce vert.

Pauline s'approcha de la fenêtre.

— D'accord, je ne suis pas trop mauvaise dans ce domaine.

Une bibliothèque en désordre, une table de réunion et trois classeurs de tailles différentes occupaient tout l'espace. Un ordinateur reposait sur le coin du pupitre et un monceau de paperasse en recouvrait la surface.

— Quand je te disais que ça pressait, grommela Julie en désignant les piles de papiers et de chemises de toutes sortes. Caroline s'est occupée de régler les factures du mois courant, mais le détail des livraisons n'a pas été vérifié. En plus, Hélène avait pris du retard dans l'entrée des données à cause de son implication dans la grosse transaction dont je t'ai parlé tout à l'heure.

Elle déplaça quelques formulaires.

— Des factures, des bons de commande, des reçus de livraison : tout est pêle-mêle…

Elle soupira bruyamment.

— Si j'avais su qu'Hélène ne reviendrait pas de sitôt, je t'aurais fait entrer bien avant.

Elle reprit quelques bons de commande, les étudia un moment, l'air agacé, puis les déposa d'un geste brusque.

— C'est bien simple, Pauline, je ne comprends pas. Jamais je n'aurais cru ça d'Hélène, une personne si responsable ! Ce n'est pourtant pas le genre à laisser tout en plan pour partir je ne sais où...

Maintenant, l'inquiétude teintait davantage sa voix que l'irritation, constata Pauline de plus en plus piquée par une curiosité qu'elle ne pouvait plus refréner.

— Ah, elle n'est pas chez elle ?

— Ben non, et personne ne sait où la joindre. Hélène avait laissé une adresse courriel au patron, mais il ne se rappelle plus où il l'a rangée. Depuis trois semaines, nous n'avons plus aucun lien avec elle et ça nous cause bien des problèmes.

Julie se tut un moment, puis reprit, songeuse :

— C'est vraiment bizarre... Même son ami – bon, je crois bien que c'est son amoureux –, ignore où elle se trouve. Il a téléphoné ici, cette semaine, pour poser des questions à son sujet.

Elle tressaillit en entendant le patron l'appeler depuis son bureau.

— Bon, je dois y aller, monsieur Bélair a besoin de moi. Installe-toi comme tu peux. En attendant que Caroline vienne te donner quelques explications, tu pourrais te familiariser avec l'entreprise. En fouillant un peu, tu trouveras la liste de nos franchisés de la région de Montréal, tu en auras besoin. Ensuite, tu pourrais mettre de l'ordre dans toute cette paperasse en classant les formulaires par boutiques.

Laissée seule, Pauline souffla un peu. Elle accrocha son sac à main et son cardigan à la patère près de la porte. Qu'il faisait chaud dans ce bureau ! À moins que ce ne soit la nervosité qui lui donnait des vapeurs. Il est vrai que la nuit précédente, elle n'avait pas beaucoup dormi et que dès son réveil, elle avait été emportée par la course infernale des préparatifs : première journée de lunch pour elle et les jumeaux, sans oublier le rituel du déjeuner santé auquel elle se refusait de déroger. Tout pour se faire pardonner sa défection du foyer.

À cette pensée, Pauline emplit ses poumons d'air et expira lentement. « Il faut que j'arrête de me culpabiliser. Steve est là et les garçons vont s'habituer… »

Dire qu'il n'y avait pas si longtemps, son mari refusait d'entendre parler de son éventuel retour au travail. « Les garçons ont besoin d'avoir quelqu'un pour les accueillir à la maison après l'école et je gagne assez pour deux », affirmait-il. Pauline était d'accord sur tous les points, du moins jusqu'à ce que la boîte de publicité, où il occupait un poste clé, ferme ses portes. Steve était rapidement retombé sur ses pieds : artiste dans l'âme, mais de caractère fonceur, il n'était pas le genre à se laisser dépérir. Disposant d'économies substantielles pour la mise de fonds, il avait fondé sa propre entreprise de marketing et s'était établi dans le sous-sol de la maison familiale, achetée au même moment. Des dépenses importantes, mais un risque moindre, selon Steve, puisqu'il emmenait une bonne partie de la clientèle de son ancien employeur.

Pauline, qui s'était engagée à le soutenir, avait peu à peu constaté que l'atmosphère de son petit univers avait pris une tournure insidieuse : un nouveau rapport patron-employée avait pris le pas sur leur vie de couple. Sans oublier que son mari rencontrait beaucoup de clients au restaurant et sur les terrains de golf, alors qu'elle se morfondait entre les quatre murs de leur maison. Coincée entre son rôle de mère et d'épouse collaboratrice, son besoin de changer d'air devenait de plus en plus impérieux.

Elle embrassa la pièce du regard. Un sourire apparut sur ses lèvres. « Un bureau à moi toute seule... »

Bon, il est vrai que la décoration laissait à désirer ; même la luminosité extérieure ne pouvait effacer la morosité du lieu. Quelques cadres représentant des paysages aux couleurs délavées étaient suspendus çà et là sur les murs qui avaient grand besoin d'une couche de peinture. Heureusement que les plantes, bien qu'en triste état pour l'instant, égayaient un peu l'atmosphère. « Bah, à cheval donné... », songea-t-elle, ravie de sa bonne fortune.

Elle contourna le pupitre et s'assit sur la chaise à roulettes : aucun ajustement nécessaire, elle devait avoir la même taille que sa prédécesseure. Timidement, elle ouvrit le premier tiroir et découvrit un assortiment de marqueurs, de plumes, de crayons et... un petit cadre bordé de minuscules images enfantines abritant sous son verre la photo d'un bambin joufflu, niché tout contre la poitrine généreuse d'une dame dans la cinquantaine. Cette dernière portait ses cheveux blonds remontés en chignon, ainsi que des petites lunettes laissant voir un regard pétillant souligné par un sourire franc. «On dirait tante Cécile...» Cécile, la sœur de sa mère, sa tante préférée, était maintenant décédée.

Pauline remit le cadre dans le tiroir en soupirant.

Elle voulut ensuite se familiariser avec l'ordinateur. Elle appuya sur l'interrupteur puis tira vers elle le plateau du clavier. Après quelques instants, un message sur l'écran lui signifia qu'une disquette, laissée dans le lecteur, paralysait le processus de démarrage. Elle l'expulsa. Sur l'étiquette apposée, il y avait une inscription au crayon de plomb: «Un quartier en crise». Pauline haussa les épaules et rangea la disquette dans le premier tiroir du bureau.

Pendant que le système informatique démarrait, elle se leva pour ranger les chemises et les formulaires dans l'un des classeurs à clapets. Puis, reprenant place, elle s'arrêta sur la fenêtre de dialogue de l'écran qui lui réclamait un code d'utilisateur et un mot de passe.

«Oups, c'est verrouillé! Les codes d'accès sont sans doute ici, quelque part...»

Elle souleva le sous-main qui occupait une bonne partie de la surface du pupitre, mais n'y trouva qu'une feuille imprimée:

— Ah! La voilà, la liste des clubs vidéo dont Julie me parlait, murmura-t-elle.

En la glissant sous le plastique du sous-main, elle remarqua un feuillet de cahier de sténo, plié en deux. Curieuse, elle extirpa la feuille de papier sous laquelle était dissimulée la photo noir et blanc d'un couple d'adolescents assis contre un gros arbre. Pauline déplia le papier et lut la note calligraphiée. Ses yeux s'agrandirent de surprise en constatant que le message lui était destiné.

> *Bonjour à vous qui me remplacez,*
>
> *Considérez ce bureau comme le vôtre. N'hésitez pas à vous installer à votre guise. Je suis vraiment désolée de vous laisser tout ce désordre, le temps m'a manqué pour faire du rangement avant mon départ. Si vous avez besoin d'espace, vous n'avez qu'à remettre mes affaires personnelles à Julie qui s'en chargera.*
>
> *Susanne Marchand est la meilleure personne pour vous expliquer le fonctionnement du logiciel Icétou. Vous pouvez aussi consulter le fichier du même nom dans le répertoire « Mes documents » de mon ordinateur. Vous trouverez une copie papier de ce document dans le premier tiroir du classeur derrière mon pupitre.*
>
> *En cas de difficultés, je vous laisse mon adresse électronique : helenedetrois@hotmail.com*
>
> *Remplacer quelqu'un au pied levé n'est pas évident, alors n'hésitez pas à m'écrire. Il me fera plaisir de vous aider.*
>
> *Hélène Beaudoin*

Pauline sentit monter en elle une vague de sympathie pour cette fameuse Hélène, une personne dotée d'une grande délicatesse. Elle rangea le message dans une poche de sa jupe puis souleva de nouveau le plastique du sous-main pour en retirer la photo noir et blanc du jeune couple. Elle lut une date au dos : 16 septembre 1973. Elle examina le cliché de plus près. L'image était floue, la jeune fille blonde portait les cheveux longs et sa tête était appuyée sur le bras du garçon qui souriait.

Une idée lui vint. Elle ouvrit le premier tiroir, reprit le petit cadre aux couleurs enfantines et se leva pour s'approcher de la fenêtre afin d'étudier les deux photos côte à côte : « Hum… peut-être, songea-t-elle. »

— Me voilà !

Pauline sursauta en apercevant Caroline Desbiens sur le seuil.

— Quel bordel, hein ? lança la jeune fille en entrant.

Pendant que la nouvelle employée rangeait discrètement le cadre et la photo entre deux plantes, sur le bord de la fenêtre, Caroline examinait une pile de factures récupérée dans un classeur.

— Misère, soupira-t-elle, on n'est pas sortis du bois. On a au moins deux mois de retard.

Puis, s'emparant de la chaise du visiteur, elle s'installa devant l'ordinateur.

— Je ferme le tiroir de ton clavier, indiqua-t-elle en s'exécutant. On n'aura pas besoin de l'ordinateur.

— Tant mieux, parce que je n'y ai pas accès, répondit Pauline en s'assoyant.

— Comment ça ? Ah oui, c'est vrai, Hélène et ses maudits mots de passe…

Elle souleva le sous-main.

— Non, il n'y a rien là, précisa Pauline, j'ai déjà regardé.

— Il va falloir que tu voies ça tout à l'heure avec Julie. En attendant, au travail !

Caroline lui expliqua l'opération à effectuer : la tâche principale consistait à s'assurer que la marchandise avait été livrée aux boutiques qui en avaient fait la demande. Pour ce faire, Pauline devait retrouver et joindre les bons de commande et de livraison aux factures à acquitter. À la fin de la semaine, elle devait concilier les comptes fournisseurs et s'occuper du dépôt.

— Les cassettes de films, une partie seulement de la marchandise que nous achetons, sont consignées dans Icétou. Luc s'occupe des achats et Hélène avait commencé à entrer tout ça dans son programme. C'est la partie que je ne peux pas t'expliquer, car elle n'a jamais eu le temps de me former, elle était toujours tellement débordée.

Pauline perçut une pointe d'agacement dans son ton de voix. Caroline partageait-elle la même animosité que Luc à l'égard d'Hélène ?

— On dirait que tu ne l'aimes pas beaucoup, risqua-t-elle.

— Qui ça ? Hélène ? Bof ! Je la connaissais si peu. Elle ne parlait que de travail. Elle dînait dans son bureau. Jamais elle n'a fait le moindre effort pour se rapprocher de nous. Par contre, elle était toujours en grandes discussions avec le patron. Ah ça, on le sait bien, à Québec, que c'était elle, la directrice des ventes…

Puis, consciente de sa malveillance, Caroline se radoucit.

—Mais… elle est gentille. Au début, quand j'ai commencé à travailler ici, elle m'a donné un bon coup de main.

Elle regarda sa montre.

—Déjà midi ! Il faut que j'y aille, mentionna-t-elle en se levant d'un bond, Luc m'attend pour sortir. Susanne Marchand te montrera comment te servir d'Icétou.

—Je crois que j'en sais suffisamment pour commencer. Je te remercie Caroline.

—Ça m'a fait plaisir. Si tu as des questions, viens me voir n'importe quand. J'essaierai de t'aider de mon mieux.

En sortant, elle faillit se heurter à Luc qui venait la chercher. Celui-ci salua Pauline d'un clin d'œil.

—N'apporte pas ton lunch, demain, c'est Ciné qui régale. Nous dînerons dehors, à notre superbe table de pique-nique dans le parking. Susanne sera là.

—D'accord, c'est gentil de m'inviter, répondit Pauline en songeant qu'elle ne pouvait se soustraire à cette invitation si elle voulait démontrer sa volonté de s'intégrer.

Elle récupéra son lunch dans le frigo de la cuisinette. Elle serait seule pendant la pause-dîner puisque

Julie était déjà en route pour retrouver sa mère et son garçon, comme tous les jours.

De retour dans son bureau, elle remarqua un grand miroir rectangulaire posé derrière la porte. Son reflet lui renvoya l'image d'une jeune femme dans la trentaine, vêtue d'un chemisier blanc et d'une jupe marine tombant à mi-mollet. Une tenue un peu sage, songea-t-elle, mais qui convenait bien à cette première journée de travail. Elle s'approcha de la glace pour inspecter son maquillage, puis elle passa la main dans ses cheveux châtains qui lui couvraient les épaules, les saisit en une queue de cheval et les tordit en chignon qu'elle tint d'une main, tout en reculant pour juger de l'effet général. «Hum! Pas mal... Avec une petite paire de lunettes sur le bout du nez, j'aurais l'air d'une vraie secrétaire.»

Elle gloussa, lâcha ses cheveux, s'adressa un salut de fillette et retourna s'asseoir. Avant d'entamer son sandwich, elle téléphona chez elle et fut accueillie par sa propre voix sur la boîte vocale familiale. Elle laissa un message:

— Hello, mon amour! J'espère que tu passes une belle journée. De mon côté, ça va très bien: le travail ne sera pas difficile à apprendre. J'ai bien hâte de te raconter de tout ça.

La période du dîner s'acheva plus vite qu'elle ne l'aurait cru; la lecture d'un bon roman policier lui avait fait oublier le temps. Avant d'ouvrir la porte de son bureau, elle reprit le cadre du bébé sur le bord de la fenêtre. Elle le rangea dans le premier tiroir puis sortit le message d'Hélène de sa poche pour le relire. Elle se félicita de l'avoir soustrait à la vue de Caroline : il était clair que cette dernière se rangeait du côté de Luc Dagenais, et Pauline jugeait préférable de rester discrète. Par contre, elle avait hâte d'en toucher un mot à Julie. «Elle va être contente de récupérer l'adresse courriel d'Hélène», se réjouit-elle.

Quand Pauline lui parla de son problème d'accès à l'ordinateur d'Hélène, Julie laissa échapper un long soupir.

— Merde, je n'avais pas pensé à ça, je te dis qu'on n'est pas au bout de nos peines, gémit-elle.

— Comment ça ?

— On est dans le trouble, Pauline. Ce matin, l'ordinateur du patron a été infecté par une cochonnerie qui a détruit tous ses documents. Je possède une copie de sauvegarde, mais seuls le patron et Hélène détenaient la documentation sur l'achat de Cinéphile.

— Cinéphile ! Les clubs vidéo des films de répertoire ? C'est ça, la grosse transaction dont tu me parlais tout à l'heure ?

— Exact.

Pauline sourit en réalisant qu'elle avait en main la solution à ce problème majeur. Elle brandit le message d'Hélène sous le nez de Julie.

— Regarde, j'ai eu des nouvelles d'Hélène. J'ai même son adresse courriel.

Julie ouvrit de grands yeux :

— Super! s'exclama-t-elle en s'emparant du feuillet sténo. Monsieur Bélair va être tellement content!

— Et le virus?

— Le programmeur-analyste est en route. Je lui demanderai de passer te voir pour tes codes d'accès.

— Je devrais avoir un mot de passe, moi aussi?

— Oui, comme tout le monde. Sauf que ce ne sera pas vraiment un secret puisqu'on utilise toujours notre nom de famille et la première lettre de notre prénom.

— Si j'ai bien compris, pour avoir accès aux documents d'Hélène, j'ai juste à taper "beaudoinh", supposa Pauline.

Julie secoua la tête d'un air las.

— Ce serait si simple, n'est-ce pas? Eh bien non, Hélène n'utilisait plus ce code depuis qu'elle a surpris… devine qui… en train de fouiner dans son bureau.

Pauline leva les yeux au ciel.

— Décidément, ce type m'est de plus en plus antipathique, chuchota-t-elle.

— Bah, il file un mauvais coton, l'excusa Julie. Luc a quand même ses bons côtés… en cherchant bien.

Julie prit une tablette sténo sur son bureau.

— As-tu l'intention de répondre toi-même à Hélène ou préfères-tu je que le fasse?

Pauline ne voulait surtout pas manquer l'occasion d'entrer en contact avec sa prédécesseure.

— Je vais le faire, si tu permets, et j'en profiterai pour lui transmettre ton message.

— Parfait, demande-lui son mot de passe et parle-lui de sa boîte vocale. Il faut qu'elle s'organise pour la vider à distance.

Pauline examina la tablette où Julie venait de griffonner quelques mots : mot de passe, ordinateur, boîte vocale et un nom.

— Frédéric Sainte-Marie ?

— Oui, c'est son ami, celui dont je te parlais tout à l'heure. Il veut absolument la joindre.

En ouvrant un tiroir pour y ranger sa tablette, Julie aperçut une enveloppe, qui contenait une douzaine de photos.

— Attends, Pauline, je veux te montrer quelque chose, la retint-elle en sortant les photos de l'enveloppe.

Elle en préleva une du paquet pour la tendre à son interlocutrice.

— Regarde, cette photo a été prise en décembre dernier, au party de Noël.

Pauline vit ses nouveaux collègues attablés au restaurant dans une atmosphère festive. Elle remarqua le patron, tout sourire, son bras enroulé autour des épaules de la femme assise à ses côtés. Pauline reconnut aussitôt la dame du cadre du bébé.

— C'est elle ?

— Exact ! Ma chère Pauline, je te présente Hélène Beaudoin.

Le reste de l'après-midi passa en un éclair. Pauline réussit facilement à rassembler et classer par boutique toute la paperasse accumulée. Elle avait attendu la toute fin de la journée pour rédiger une réponse à sa prédécesseure, comme pour se récompenser du bon travail accompli. Sans vraiment comprendre pourquoi, écrire à Hélène lui procurait un étrange sentiment d'exaltation.

Bonjour Hélène,

Mon nom est Pauline Nadeau, je suis votre remplaçante à Ciné-Vidéo. J'ai lu votre message et j'ai décidé de profiter de votre offre.

Ce matin, on a eu un gros pépin: l'ordinateur de monsieur Bélair a été infecté par un virus qui a détruit tous ses fichiers. Julie m'a dit que vous aviez, dans votre ordinateur, le fichier contenant les informations sur la vente de Cinéphile. Par contre, elle ne peut y avoir accès puisqu'elle n'a pas votre mot de passe. Pourriez-vous la dépanner?

Autre chose, votre boîte vocale est pleine, il faudrait prendre vos messages.

Pour terminer, Julie voulait vous informer qu'un certain monsieur Frédéric Sainte-Marie a téléphoné au bureau la semaine dernière pour vous parler.

Je m'excuse pour cette petite incursion dans vos vacances. J'espère que vous en profitez bien.

Pauline Nadeau

La jeune femme cliqua sur « Envoi » et son message s'envola dans l'espace virtuel. Il lui tardait déjà de lire la réponse.

Chapitre 3

— Alors, ma belle, comment tu te débrouilles dans le remplacement de notre "matante" nationale ?

Deuxième journée de travail, midi. Luc avait glissé la tête dans l'entrebâillement de la porte du bureau de Pauline pour la convier au dîner dans la cour arrière.

Pauline l'avait d'abord trouvé prévenant, mais le mépris qu'il affichait envers Hélène avait tout gâché.

— Bien, répondit-elle avec retenue. Caroline m'a donné de bonnes explications.

Elle décrocha son cardigan et lui emboîta le pas dans l'entrepôt vers la sortie. Caroline s'était jointe à eux.

— Susanne est arrivée, annonça-t-elle, elle est déjà en arrière.

En effet, une toute petite femme dans la cinquantaine à l'allure revêche discutait avec le contremaître. Pauline réprima un sourire en découvrant la scène : Aurel Sirois, le contremaître, était assis à l'une des deux tables de pique-nique et Susanne Marchand, debout à ses côtés, lui arrivait au même niveau.

— David et Goliath, lui souffla Luc en lui administrant un léger coup de coude.

«Vraiment, il n'en manque pas une», songea Pauline.

Au même moment, la camionnette de livraison entra dans le stationnement. Guy, le chauffeur, descendit avec sept boîtes de poulet et deux douzaines de beignets. Luc alla à sa rencontre.

— Merci, Ti-Guy, t'as gardé la facture?

Tout le monde s'attabla: le livreur et les deux hommes d'entrepôt à une table, et les quatre employés de bureau à l'autre selon la convention tacite que chacun doit garder sa place, même à l'heure des repas.

La personnalité de Susanne Marchand n'avait rien à voir avec son physique de vieille fille acariâtre; Pauline la trouva fort sympathique et ses collègues paraissaient beaucoup l'apprécier.

Bien qu'un bureau lui fût assigné dans les locaux de l'entreprise, Susanne Marchand, représentante de Ciné-Vidéo auprès des boutiques franchisées, n'y passait seulement que quelques heures par mois: «Je suis un pigeon voyageur, pas une gratteuse de papier!», avait-elle affirmé en serrant la main de Pauline.

On ne la voyait plus souvent depuis l'implantation d'Icétou, puisqu'elle concentrait ses visites à Montréal et ses environs afin de former les franchisés à cette nouvelle technologie. Deux autres représentants couvraient le reste du territoire.

Le dîner collectif au retour de tournée de la représentante était un rituel à Ciné-Vidéo, personne ne voulant rater «Les Aventures de Susanne». Même Julie prenait congé de son petit Pierre-Luc pour y assister. Aujourd'hui, elle manquait à l'appel puisqu'elle avait rendez-vous avec son fils chez un spécialiste.

On avait rapproché les deux tables afin que tout le monde puisse profiter du récit de cette conteuse désopilante. C'était une journée faste : Susanne revenait de trois semaines de vacances plus deux semaines de tournée. Elle en avait long à raconter !

Après avoir relaté ses difficultés avec un gérant de succursale exécrant les nouvelles technologies puis avoir déclenché l'hilarité générale avec le récit de ses péripéties avec un Cubain (beau-comme-un-dieu, qui l'avait poursuivie de ses avances tout au long de son séjour à Cuba), elle glissa un regard vers Pauline.

— Bon, à toi maintenant !

— Moi ? fit la nouvelle venue en rougissant jusqu'aux oreilles.

Et vinrent les inévitables questions («Où travaillais-tu avant ? Dix ans à la maison ! Tu ne trouves pas ça trop difficile de retourner sur le marché du travail ?») auxquelles Pauline répondit par monosyllabes, intimidée d'être ainsi placée sur la sellette.

Rapidement rassasiée de son sujet, Susanne dévia vers l'énigme du mois.

— Quelqu'un sait pourquoi Hélène a quitté son poste ?

— Mystère et boule de gomme, répondit Luc, mais d'après moi, tantine a décidé de se payer un *facelift* complet pour défriper sa carcasse : on ne l'aura plus sur le dos pendant un méchant bon bout !

Il leva sa canette de boisson gazeuse pour trinquer.

— Bon débarras !

Un gros rire gras ponctua sa phrase, mais personne n'y fit écho. Un silence gêné tomba.

Pauline n'en revenait tout simplement pas. Les deux gars de l'entrepôt, visiblement mal à l'aise, regardaient ailleurs, le livreur s'éloigna pour aller fumer près de son véhicule et Susanne affichait un air renfrogné. Caroline, assise à côté de Luc, lui donna une petite tape sur les doigts.

— Méchant garçon, gloussa-t-elle, Pauline va penser que tu es une bien mauvaise langue.

Cette dernière haussa les épaules, écœurée. Après un moment, Caroline se pencha vers Susanne.

— Je ne sais pas vraiment grand-chose, confia-t-elle sur un ton de conspiratrice, mais… mardi… non mercredi, c'est ça, mercredi de la semaine de son départ, Hélène est arrivée en même temps que moi. Déjà, à cette heure-là, elle n'avait pas l'air dans son assiette.

« Plus tard, quand je l'ai croisée, ça n'avait pas l'air d'aller du tout : elle, toujours souriante et pleine d'énergie, elle était toute blême. Je me souviens d'avoir pensé qu'elle avait passé la nuit sur la corde à linge.

« Le lendemain matin, ses yeux étaient boursouflés comme si elle avait pleuré pendant des heures... Quand je lui ai demandé si ça allait, elle m'a répondu qu'il y avait de la mortalité dans sa famille. C'est tout. Ensuite, elle s'est enfermée dans son bureau sans parler à personne.

« J'ai frappé à sa porte à un autre moment dans la journée – je voulais qu'elle m'explique quelque chose sur une facture –, mais elle n'était plus là. Julie m'a appris qu'elle avait pris congé le reste de la journée. »

— Tu y crois, toi, à cette mortalité ? l'interrogea Susanne.

Caroline haussa les épaules en soupirant.

— Plus ou moins. Ce n'est sûrement pas son fils, elle ne serait tout de même pas entrée au travail. Son père ? Sa mère ? Un frère ou une sœur ? À moins que... ce soit son chum...

— Comment ça, son chum ? Quel chum ? coupa Susanne en fronçant les sourcils.

Contrairement à ses collègues, Susanne avait développé un lien d'amitié avec Hélène Beaudoin : de temps en temps, elles allaient au cinéma ensemble et finissaient leur soirée devant un repas bien arrosé. Or, jamais Hélène ne lui avait fait mention de la présence d'un homme dans sa vie.

— Tu la connais mieux que nous, tu devrais le savoir pourtant, répliqua Caroline.

Voyant Susanne secouer la tête d'un air ahuri, Caroline s'adressa à la ronde :

— Vous savez, cet homme qui vient la chercher tous les lundis pour dîner…

— Attendez, attendez! Moi j'le sais! l'interrompit Luc en levant la main. Hélène a une grrrosse peine d'amour : son chum l'a plantée pour une plus jeune!

Le rire grossier fusa une nouvelle fois. Susanne le fusilla des yeux :

— Maudit, Luc, ce que tu peux être épais, des fois! rugit-elle. Je veux bien croire que tu ne la portes pas dans ton cœur, mais franchement, tu pourrais être plus civilisé!

— OK, OK, pogne pas les nerfs, c'était juste une farce! répliqua l'autre, piqué au vif.

— Une farce plate, oui, rétorqua-t-elle en le soutenant longuement du regard.

Vaincu, Luc piqua du nez dans sa boîte de poulet, s'empara d'une cuisse dans laquelle il mordit rageusement.

« Et vlan dans les dents! » Pauline jubilait. Si elle ne s'était pas retenue, elle se serait levée pour applaudir la représentante.

Un nouveau silence, entrecoupé des toussotements du livreur, plana un long moment.

— On est sans nouvelles d'elle depuis ce temps-là, reprit Caroline, incapable de supporter le malaise plus longtemps. Julie ne sait rien, en tout cas, mais monsieur Bélair doit être au courant : il nous a appris qu'Hélène est venue le voir très tôt, le vendredi de cette semaine-là.

«Elle a tout de même pris le temps d'écrire un petit mot à sa remplaçante», se dit Pauline, bien décidée à garder cette information pour elle.

Le livreur écrasa sa cigarette sous son talon, salua tout le monde et remonta dans la camionnette. Les deux hommes d'entrepôt, silencieux depuis le début, se levèrent pour ranger leur table à l'écart. De toute façon, les ragots de bureau ne les intéressaient pas, ils préféraient jouer leur partie de crible quotidienne.

Caroline continua son récit.

— Monsieur Bélair nous a fait part de l'absence d'Hélène "pour un temps indéterminé". Il nous a promis d'embaucher une remplaçante si son absence se prolongeait.

— Et voilà, Pauline! conclut Luc dans une tentative de réintégrer la conversation. C'est platc tout de même que tu ne saches pas combien de temps tu vas pouvoir rester avec nous.

L'interpellée sourit.

— Julie m'a dit qu'il y aurait sans doute encore du travail pour moi au retour d'Hélène…

Luc s'éjecta de son siège, les yeux brillants, la bouche frémissante.

— Tu vois, tu vois, explosa-t-il en s'adressant à Caroline. Qu'est-ce que je te disais! C'est la maudite Beaudoin qui va l'avoir, la job! C'est depuis qu'a débarqué icitte qu'a tisse sa toile. Yvan ne jure plus que par elle (il imita la voix de son oncle): "Hélène dit que… Hélène me conseille de… Heureusement qu'Hélène est là…" Madame sait tout et nous prend constamment en défaut…

Susanne bondit sur ses pieds.

— Nous ? Non, Luc. TE prend TOI en défaut. Uniquement TOI, corrigea-t-elle. Ici, personne à part toi n'a de problèmes avec Hélène Beaudoin !

— On le sait bien ! Toi, Susanne Marchand, t'es la présidente de son fan-club !

Pauline avait baissé les yeux. Elle n'avait qu'un désir : se trouver à des kilomètres de là.

Susanne dévisagea le neveu du patron d'un air las :

— Luc, soupira-t-elle, combien de fois faudra-t-il que je te le dise ? Ça ne sert à rien de partir en guerre contre Hélène, elle ne veut que le bien de Ciné-Vidéo…

— Ah oui ? Franchement, Susanne, t'es pas mal naïve ! Si elle voulait tant le bien de Ciné, elle ne nous aurait pas plantés là au moment où on s'apprête à acheter Cinéphile !

Susanne lui prit la main pour l'inciter à se rasseoir.

— Allons, Luc, arrête de t'énerver comme ça…

Le jeune homme soupira bruyamment avant de reprendre sa place.

— Et puis, après tout, c'est juste ben bon pour Yvan. Il a l'air fou à présent. Dire que c'est moi maintenant qui essaie de le sortir du trou…

Pauline se leva et annonça qu'elle devait retourner à son bureau pour téléphoner chez elle. Sur ce, elle se retira rapidement. Elle se sentait un peu responsable de cette montée d'agressivité, prenant brusquement conscience que travailler au sein d'une équipe comportait sa part de désavantages, à commencer par les conflits interpersonnels. Elle prit la ferme résolution d'éviter de partager sa table avec Luc et Caroline. Ne prisant guère les commérages de bureau, elle avait grand besoin de la période du dîner pour recharger ses batteries : lire un bon roman, ou entretenir une correspondance virtuelle avec certains membres de sa famille et son amie Carole, qui habitait maintenant le Grand Nord.

Elle s'installa devant son ordinateur. Le matin même, on lui avait donné un nom d'utilisateur et elle avait initialisé son mot de passe en utilisant ses nom et prénom, à l'instar de ses collègues. Désormais, elle avait accès au logiciel Icétou, mais les dossiers d'Hélène demeuraient toujours inaccessibles.

Quelques minutes plus tard, quelqu'un frappa puis entrouvrit la porte de son bureau. C'était Susanne.

— Je peux entrer ?

— Oui bien sûr, accepta Pauline en se levant pour l'accueillir.

Elle laissa sa place devant l'ordinateur à la représentante et prit un autre siège. Comme convenu, elles passeraient l'après-midi ensemble. Immédiatement, Susanne aborda le sujet de sa formation à Icétou au grand soulagement de Pauline qui n'avait nulle envie de commenter l'incident du dîner.

Susanne Marchand était douée pour communiquer son savoir. Au bout d'une heure et demie d'enseignement intensif, Pauline maîtrisait parfaitement le programme appelé à devenir sous peu la nouvelle charpente informatique de Ciné-Vidéo.

Icétou était tout à fait génial. Non seulement les locations et commandes de films ou de toute autre marchandise seraient consignées à partir de la succursale d'origine, mais il serait également possible, depuis la maison mère et les filiales de Montréal, Québec ou Sherbrooke, d'évaluer en un clic la rentabilité de chacune des boutiques franchisées.

— De plus, compléta Susanne, un nouvel élément d'information se greffera bientôt à Icétou : les statistiques des demandes de clients, tant pour les nouveautés que pour des films plus anciens, non disponibles en magasin.

— Et Ciné-Vidéo pourrait acheter les produits en fonction de la demande, bien sûr !

— Et voilà ! Hélène a travaillé fort. L'idée lui est venue à Québec, il y a trois ans. Elle y a passé la majeure partie de son temps libre. Icétou, c'est son bébé, il lui appartient. Les frères Bélair en achèteront les droits d'ici la fin de l'année.

Susanne l'informa également de l'achat de Cinéphile : Ciné-Vidéo s'intéressait au cinéma de répertoire. La transaction devait se conclure au cours des prochaines semaines.

— Oui, Julie m'en a déjà parlé.

— La rumeur courait que Grégoire Miller, le directeur de Cinéphile, voulait prendre une semi-retraite. Plusieurs grosses chaînes l'ont approché pour acquérir son entreprise. Sauf que Miller est un dur à cuire : il tient mordicus à la formule du service à la clientèle qu'il a implanté dans ses boutiques. Pour lui, ce n'est pas une affaire de gros sous, mais de philosophie. Il refuse de vendre à une grosse boîte susceptible d'anéantir le système qu'il a mis sur pied.

— Je le comprends, commenta Pauline. Il y a un club Cinéphile dans mon quartier, et je vais rarement ailleurs.

— Il n'y a que trois boutiques dans la région de Montréal. Tu es chanceuse d'en avoir une près de chez toi. Comment c'est ? C'est un peu plus cher, non ?

— La location de film est légèrement plus dispendieuse parce que Cinéphile paie de meilleurs salaires qu'ailleurs. Mais la clientèle y gagne au change étant donné le personnel hautement qualifié : la plupart des employés étudient en cinéma et les autres ont dû se plier à une solide formation. L'inventaire en succursale est riche et varié. C'est le meilleur endroit pour se renseigner sur tous les genres de films ou documentaires, récents ou anciens, et pour se procurer un film rare ou périmé.

Susanne la considéra en souriant.

— Tu en parles avec grand enthousiasme, Pauline.

— J'adore le cinéma, mais pas simplement le genre de films que l'on retrouve dans la majorité des clubs vidéo. Il existe autre chose que le cinéma américain.

— C'est drôle, on croirait entendre Hélène. Savais-tu que Grégoire Miller est l'un de ses proches ?

Pauline acquiesça d'un signe de tête. Susanne reprit.

— C'est sans doute la raison pour laquelle Miller a accepté de vendre à Ciné, reprit Suzanne. Il a confiance en Hélène, ils partagent les mêmes idées.

Susanne poursuivit son explication : lorsque la transaction serait conclue, Ciné-Vidéo, qui détenait déjà quatre-vingt-neuf boutiques franchisées au Québec, étendrait son réseau dans des régions où l'entreprise n'avait pas encore de bannière. En effet, les trente-deux boutiques Cinéphile couvraient un large territoire dans l'ouest du Québec : Lanaudière, Laurentides, Outaouais sans oublier Saguenay et Abitibi-Témiscamingue.

Pauline écoutait attentivement, étonnée d'apprendre l'ampleur de la transaction.

— Et… l'ensemble du nouveau réseau Ciné-Vidéo adopterait le service à la clientèle de Cinéphile ?

— Les anciennes boutiques Cinéphile conserveront cette philosophie – c'est la clause conditionnelle de Grégoire Miller. Pour ce qui est des nôtres, il faudra en discuter avec nos franchisés et ça, c'est une autre histoire. Les Bélair aimeraient bien s'allier l'expertise de monsieur Miller pour ce faire. Hélène travaillait là-dessus avant son départ.

Sur ces mots, la représentante repoussa sa chaise pour prendre congé. Pauline devait se lever à son tour pour la laisser passer, mais resta assise. Elle était de plus en plus déroutée par tout ce qu'elle avait appris sur Hélène depuis la veille et Susanne était dans son camp.

— Susanne, osa-t-elle, il faut que je vous demande…

Devant son air perplexe, Susanne reprit place et attendit la suite.

— Il y a quelque chose que je ne comprends pas : madame Beaudoin… Hélène… pourquoi n'occupe-t-elle qu'un poste subalterne à Montréal alors qu'à Québec…

— … elle était directrice des ventes, compléta Susanne. Bonne question, tu n'es pas la seule à te la poser.

Elle se tut. Voulait-elle signifier qu'elle n'en dirait pas plus ? Pauline amorça un geste pour se lever, mais Susanne posa la main sur son bras pour la retenir.

— Je connais Hélène depuis des années, en fait, depuis son embauche à la filiale de Québec. Nous avons étroitement collaboré au début de l'implantation de son programme dans la région de Québec. Seulement, même si nous avons des atomes crochus, elle et moi, je sais peu de choses de sa vie privée. Tout ce que je peux te dire au sujet de son transfert à Montréal, c'est qu'elle a repris le logement de son fils qui est parti vivre en France avec son père, l'an passé.

Susanne s'arrêta subitement, parut réfléchir quelques secondes puis haussa les épaules.

— Je ne sais pas... Après son divorce, elle avait peut-être besoin de changer d'air. Pour le poste, j'en sais encore moins. Je n'ai jamais abordé la question avec elle, mais je suppose qu'elle en avait ras le bol de toutes ces responsabilités...

Elle recula avec sa chaise et se leva, imitée par Pauline. Cette dernière s'attendait à ce que sa collègue quitte la pièce sur ces mots, mais au lieu de sortir, Susanne ferma la porte du bureau avant de se retourner vers elle.

— Tu sais, Pauline, Luc a un peu raison lorsqu'il prétend que je suis la "présidente du fan-club" d'Hélène. Je l'aime beaucoup et je ne m'en cache pas. De même, je peux t'assurer que ce que je lui ai dit tout à l'heure est vrai : Hélène ne veut que le bien de Ciné-Vidéo. J'ajouterais que j'ai rarement connu une personne aussi dépourvue de prétention qu'Hélène Beaudoin. Elle se fiche complètement de l'argent et du pouvoir. C'est sans doute autre chose qui la fait vivre...

Pauline esquissa un sourire, elle ne s'était pas trompée : Hélène avait une alliée de choix à Ciné-Vidéo.

— Sois assurée, Susanne, que je ferai mon possible pour la remplacer de mon mieux.

— J'en suis certaine, répondit sa collègue en lui tapotant affectueusement le bras. Et tant mieux s'il est question que tu restes avec nous définitivement. J'espère que tu te plairas ici.

La main sur la poignée de la porte, elle fit signe à Pauline de s'incliner vers elle pour souligner d'un ton plus bas :

— Et ne t'occupe pas de ce que raconte Luc, c'est un p'tit con…

Chapitre 4

Vendredi 4 mai 2001

Quelques jours plus tard, Pauline vit apparaître le nom d'une nouvelle expéditrice dans sa boîte de réception : helenedetrois.

> *Bonjour Pauline,*
>
> *Tout d'abord, toutes mes excuses pour le délai de cette réponse. J'espère que le patron a pu régler son problème de virus.*
>
> *Je viens tout juste d'écrire à Julie pour lui donner mon mot de passe (je regrette, je croyais l'avoir remis à Yvan) afin qu'elle puisse récupérer les fichiers de Cinéphile. Je vous le donne à vous aussi : Philomène.*
>
> *Malheureusement, vous allez devoir vider ma boîte vocale vous-même. J'ai essayé de le faire à distance, mais ça ne fonctionne pas. Le mot de passe est le même.*
>
> *J'espère que vous vous acclimatez bien au travail. Je suis désolée d'avoir laissé mon bureau dans une telle pagaille. Ce n'est pas dans mes habitudes, je vous prie de le croire.*

Écrivez-moi si jamais vous avez d'autres questions. Je suis mieux organisée maintenant : je peux prendre mes messages tous les jours.

Une dernière chose, je préférerais que notre correspondance reste entre nous (à part le patron et Julie, qui sait toujours être discrète). Lorsque vous vous familiariserez avec votre entourage, vous comprendrez mes raisons.

Hélène

Pauline avait souri en lisant les dernières lignes. « Oui, ma chère Hélène, je sais exactement ce que tu veux dire… »

Elle tapa le nom d'utilisateur et le mot de passe d'Hélène. Aussitôt, un nouveau fond d'écran apparut : une image numérique d'un garçonnet de deux ou trois ans à cheval sur un tricycle rouge pompier ; Pauline reconnut l'enfant de la photo du cadre.

— Mignon, murmura-t-elle.

Elle fit un tour rapide du contenu du disque dur de sa prédécesseure. Elle y trouva entre autres un imposant répertoire d'informations sur le logiciel Icétou et plusieurs fichiers au nom de Cinéphile qu'elle s'empressa de transférer à Julie.

Quelques minutes plus tard, elle la retrouva assise, les yeux sur son écran.

— Tu as reçu les dossiers ?

Julie appuya sur une commande qui déclencha son imprimante.

— Oui merci! Je viens de les expédier au notaire. On va pouvoir souffler un peu…

Le ronronnement de l'imprimante se tut et Julie recueillit une quarantaine de pages imprimées qu'elle tendit à sa compagne. Pauline y jeta un coup d'œil : c'était l'un des dossiers en question.

— Il y a quatre copies. Pourrais-tu les brocher avant de les distribuer ? Je m'excuse de te demander ça, mais je suis débordée ce matin.

— Pas de problème.

— Merci, t'es fine. Remets un exemplaire à Luc, un autre à Caroline, laisses-en un dans le bureau de Susanne et garde le dernier pour toi. C'est une étude de rentabilité des boutiques Cinéphile. Prends-en connaissance aussitôt que tu en auras la chance.

Pauline parcourut rapidement le dossier.

— Ah, je vois qu'il est question du service à la clientèle.

— Oui et je te dirais que c'est le point clé de la transaction.

— Susanne m'en a parlé : Cinéphile conservera le même système en changeant de bannière.

— On ne peut rien te cacher, répondit Julie, amusée. Je vois que tu es de plus en plus au fait de tout ce qui se passe ici.

Ne sachant pas comment interpréter cette dernière remarque, Pauline bredouilla, confuse :

— C'est Susanne qui m'a informée. Ce n'était pas confidentiel, n'est-ce pas ?

— Ben non, rassure-toi. Tout le monde est au courant dans la boîte.

— Et monsieur Miller, va-t-il se joindre à nous ?

— Les Bélair le souhaitent ; nous avons besoin de son expertise. Hélène devait le convaincre de rester, au moins les deux premières années, mais depuis qu'elle est partie en catastrophe, nous ne savons plus à quoi nous en tenir. Même monsieur Miller, pourtant son grand ami, est sans nouvelles. Et, par-dessus le marché, le beau Luc a profité de l'absence d'Hélène pour mettre son grain de sel... Ce qui n'a fait qu'envenimer les choses. Bref, c'est de plus en plus compliqué, si tu vois ce que je veux dire...

De retour dans son bureau, Pauline s'empressa de parcourir le document. L'achat de Cinéphile allait non seulement augmenter la visibilité de Ciné-Vidéo à travers la province, mais aussi hisser la firme parmi les trois plus grandes chaînes du genre au Québec.

Elle s'installa ensuite avec une tablette sténo et un crayon afin de prendre en note les messages de la boîte vocale d'Hélène. Une vingtaine de messages avaient été laissés depuis son départ, la plupart provenant de fournisseurs. Trois autres, plus personnels, s'étaient intercalés entre les autres. Le vendredi 6 avril, une certaine Louise Charlebois de la caisse populaire lui annonçait que sa demande d'augmentation de marge de crédit avait été acceptée ; les deux autres avaient été laissés par deux voix masculines différentes. Le premier remontait au dimanche 9 avril, soit trois jours après le départ d'Hélène.

Bonjour Hélène, c'est Michel Couture. J'essaie de te joindre chez toi depuis hier pour te parler de Fred. Les nouvelles sont maintenant bonnes: il s'est réveillé ce matin, il était pas mal sonné, mais rassure-toi, il va s'en sortir. Il devrait quitter les soins intensifs dès demain pour une chambre privée. Appelle-moi au bureau si tu veux plus de détails.

L'autre message, le dernier enregistré dans la boîte, avait été laissé le vendredi suivant par une voix rocailleuse au timbre affaibli.

Hélène, c'est moi. Je suis toujours hospitalisé, j'en ai encore pour quelques jours. Michel m'a dit que tu étais passée me voir. J'aurais... Si j'avais pu te parler à ce moment-là... Quand je suis enfin sorti des limbes, j'ai essayé de te joindre chez toi, mais il n'y avait jamais de réponse et ton répondeur était débranché... Quand j'ai appelé à la réception de Ciné-Vidéo... (Le ton haussa légèrement.) *Oui, je me suis permis de m'informer de toi à ton travail, j'étais inquiet... La secrétaire m'a dit que tu avais pris congé pour une période indéterminée.* (La voix se tut quelques instants puis reprit péniblement.) *Qu'est-ce qui se passe Hélène? Où es-tu? Tu m'en veux? Je ne comprends pas... Tu me manques tellement... Je suis vraiment désolé de ce qui est arrivé… Je t'en prie, écris-moi pour me donner de tes nouvelles…*

Devant un tel désarroi, Pauline resta figée, le crayon pointé dans les airs. Elle enfonça un bouton pour réentendre l'enregistrement. Elle voulait noter le message mot à mot afin de le livrer intégralement à Hélène, puis quelque chose la retint : taper ces mots dans un courriel sans l'émotion dont ils étaient porteurs était un non-sens. « C'est sûrement le fameux Frédéric Sainte-Marie qui a téléphoné ici l'autre fois. J'ai déjà transmis cette information à Hélène. Elle l'a sans doute joint depuis. Je lui en glisserai quand même un petit mot tout à l'heure. »

Elle effleura du doigt le bouton pour supprimer le message, puis le retira, songeuse. « Son chum… Vous savez, cet homme qui vient la chercher tous les lundis pour dîner ? », avait dit Caroline…

Pauline fronça les sourcils : « Si c'est vraiment son amoureux, elle a une drôle de façon de le traiter… »

Hélène se serait éclipsée au moment où il avait le plus besoin d'elle ? Et huit jours après son départ, elle ne lui aurait toujours pas donné signe de vie ?

Submergée par une vague de déception, Pauline secoua la tête : Hélène ne pouvait être sans-cœur à ce point. Résistant à l'envie de réécouter le message, elle le supprima promptement : « Qu'est-ce qui me prend de la juger, je ne sais rien de sa vie. Qui sait ? Ce Fred est peut-être un vrai salaud… »

Un sale type à la voix repentante qui malmenait Hélène au point où elle n'aurait eu d'autre choix que de le fuir ? Elle ne serait pas la première, les journaux regorgeaient de ces sordides histoires...

La sonnerie du téléphone l'extirpa de ses noires pensées. C'était Steve qui l'informait qu'il passerait la prendre après le travail pour l'emmener souper avec les jumeaux. En raccrochant, elle soupira d'aise : son homme à elle avait beau être un incorrigible rêveur, il était une vraie soie.

« Bon, ça va faire les scénarios catastrophes, au boulot ! », s'ordonna-t-elle en consultant la liste de fournisseurs à rappeler.

Trente minutes avant son départ, elle écrivit à Hélène.

Bonjour Hélène,

Je vous remercie de m'avoir donné des nouvelles. Julie a pu récupérer le dossier perdu et tout est rentré dans l'ordre.

Vendredi dernier, Susanne a passé quelques heures à me former à Icétou dont la conception est vraiment parfaite par sa simplicité et sa performance.

J'ai vidé votre boîte vocale qui contenait trois messages personnels. Le premier, datant du 6 avril, a été laissé par Louise Charlebois de la caisse populaire qui vous confirmait l'augmentation de votre marge de crédit.

Le deuxième, laissé le 9 avril, provenait d'un dénommé Michel Couture. Il voulait vous donner des nouvelles d'un certain Fred. Monsieur Couture disait que Fred s'était éveillé le matin même, qu'il était hors de danger et qu'il sortirait le lendemain des soins intensifs. Si vous voulez plus de détails, il vous invite à le joindre à son bureau.

La personne qui a laissé le dernier message ne s'est pas identifiée, mais j'ai cru comprendre que c'était le Fred en question : il disait qu'il allait bientôt sortir de l'hôpital et que vous lui manquiez... Il vous priait de lui écrire pour lui donner de vos nouvelles.

Enfin, tout ça est plutôt délicat et je suis un peu mal à l'aise d'être ainsi entrée dans votre intimité.

Comme vous l'avez suggéré, je vais changer le mot de passe et le message d'accueil de la boîte.

Bonne journée et à bientôt,
Pauline

« Ouf ! Jouer les intermédiaires, ce n'est vraiment pas évident », se dit-elle en cliquant sur la case d'envoi.

Le mercredi de la semaine suivante, Pauline reçut une brève réponse d'Hélène à son dernier courriel : *Je vous remercie, j'en prends bonne note.*

Rien de plus.

« C'est pas de tes affaires, Pauline ! Hélène n'a pas de compte à te rendre », se gronda-t-elle intérieurement, déçue malgré elle de ne pas en savoir plus.

Au niveau du travail, tout fonctionnait bien : la plupart des factures expédiées vers les succursales lui étaient revenues signées, et l'entrée de données via Icétou ne posait aucun problème. Elle constatait déjà le caractère routinier de ce boulot.

Disposant enfin de temps libre, Pauline décida d'en profiter pour mieux s'installer. Jusqu'à maintenant, elle s'était limitée à l'arrosage des plantes et au déblayage de la paperasse, osant à peine ouvrir les tiroirs de peur de violer l'intimité de sa prédécesseure. Toutefois, elle commençait à être à l'étroit, ne sachant plus trop où ranger ses affaires personnelles.

Le matin même, Julie lui avait apporté une boîte de carton.

— Hélène m'a écrit pour me demander d'aller porter ce qui lui appartient chez sa propriétaire, qui demeure en bas de chez elle. (Elle baissa le ton.) Avec Luc dans les parages, je crois qu'elle s'en fait un peu pour son manuscrit.

— Un manuscrit ? s'étonna Pauline.

— Ah ! C'est vrai, je ne te l'ai pas dit ! Hélène avait commencé à écrire un roman.

— Ah bon ! Ça parle de quoi ?

— C'est une histoire policière, je crois. Tu ne l'as pas trouvé ? Il est dans son deuxième tiroir, à ce qu'elle m'a dit.

Pauline se souvint avoir aperçu une boîte de papier à imprimer dans ce tiroir divisé en deux parties à l'aide d'un séparateur métallique. Elle s'assit à son bureau, ouvrit le tiroir et en retira la boîte maintenue fermée par un gros élastique.

— C'est bien ça, confirma Julie. Range-le dans le carton avec ses autres affaires et je m'occuperai de les transporter.

— Où habite-t-elle ?

— Dans le quartier Rosemont, sur la 17e Avenue.

— Eh bien ! J'habite à cinq rues de là. Si tu préfères, je pourrais m'en occuper.

— Ah oui ! se réjouit Julie. Je ne te cache pas que ça ferait bien mon affaire. Je suis toujours à la course ces temps-ci. Je vais aller te chercher son adresse.

Le pupitre comportait quatre tiroirs, trois à gauche et un à droite. Celui de droite contenait les fournitures de bureau courantes : crayons, gommes à effacer, trombones, une boîte d'agrafes, deux disquettes, l'une vierge et celle titrée « Un quartier en crise », que Pauline avait trouvée dans le lecteur le jour de son arrivée, et le cadre de bébé. Une petite caisse, un chéquier de l'entreprise, deux ou trois paquets de reçus et une panoplie d'estampes occupaient le premier tiroir de gauche ; le troisième, le plus profond, servait à entreposer des dossiers dans des chemises suspendues. Les affaires personnelles d'Hélène étaient rassemblées dans le deuxième tiroir.

La recherche de fournitures de bureau et d'autres objets nécessaires à son travail avait déjà conduit Pauline à visiter trois tiroirs. Il ne restait plus que celui-là. Pauline avait un peu honte de se l'avouer, mais une furieuse envie de mettre le nez dans les affaires d'Hélène la tenaillait.

La partie avant contenait une dizaine d'objets : un paquet de biscuits au beurre, un jeu de cartes, une tasse multicolore remplie de sachets de tisane à la menthe, une boîte en plastique à compartiments contenant une trousse de couture encore inutilisée, des ciseaux minia-tures, une lime à ongles, des diachylons, des compri-més d'acétaminophène, etc. Bref, la panoplie d'objets que toute femme avertie traîne à son travail afin ne jamais être prise au dépourvu.

Le fond du tiroir servait à entreposer des objets plus intimes. En retirant le manuscrit, Pauline avait aperçu un carnet de notes noir. Sa curiosité monta d'un cran lorsqu'elle s'en empara pour l'ouvrir à la première page.

Elle s'arrêta, interdite. « Qu'est-ce que tu es en train de faire là ? Question respect, tu ne vaux pas mieux que Luc, ma parole ! »

Mortifiée, Pauline referma le carnet et le plaça dans la boîte en compagnie du manuscrit. Mais sa résistance bascula lorsqu'elle découvrit les photos dans une chemise à dossier. Fébrilement, elle les examina une à une en jetant de brefs regards vers la porte comme une gamine en train de voler des bon-bons.

La plupart étaient des photos de famille. Cinq ou six avaient été prises lors d'un pique-nique sur une plage où l'enfant du cadre tenait la tête d'affiche. Une autre représentait deux femmes dans la quarantaine assises côte à côte dans une balançoire de jardin ; l'une d'elles était Hélène, dont la ressemblance avec sa propre tante frappa de nouveau Pauline. L'autre était... « Si ce n'est pas elle, c'est son sosie... », murmura Pauline. Une longue chevelure d'ébène, des yeux violets, un regard pénétrant, des pommettes saillantes : une beauté presque surnaturelle... Oui, pas de doute, il s'agissait bien de Gabrielle Manseau, l'écrivaine québécoise renommée pour ses romans à saveur fantastique. Les deux femmes semblaient s'amuser beaucoup à voir leurs sourires taquins.

Pauline trouva une carte de vœux parmi les photos. Sans titre, elle représentait un couple dans une version moderne de la scène du balcon de *Roméo et Juliette*. Sur fond de clair de lune, un homme, chapeau à la main et debout sur un fil de fer relié au balcon de sa belle, lui tendait un message à bout de bras. L'amoureuse, vêtue d'un peignoir, était penchée légèrement vers lui. Quand elle ouvrit la carte, une photo glissa sur ses genoux. Avant de la ramasser, elle ne put s'empêcher de parcourir les mots tracés d'une élégante écriture : *Ça nous ressemble. Bon anniversaire, ma douce. Ton Roméo.*

Fred ?

Elle récupéra le cliché et soupira en découvrant l'image d'un homme dans le début de la cinquantaine fraîchement rasé, aux yeux bleus, à l'abondante chevelure châtaine et aux tempes grisonnantes. Attablé seul, il levait sa coupe de vin rouge en fixant l'objectif avec un regard caressant. «Hum! Un bien beau monsieur, soupira Pauline. Est-ce lui?»

Elle ne savait plus que penser: un homme au regard pareil ne pouvait être malfaisant...

S'arrachant à sa rêverie, Pauline rangea rapidement les photos dans la chemise et déposa le reste des effets personnels d'Hélène dans la boîte, non sans éprouver la curieuse impression de se retrouver passagère clandestine d'un bateau fantôme mystérieusement déserté par un capitaine tout aussi énigmatique.

Chapitre 5

Le soir même, Pauline déposa les jumeaux et leur père au terrain de base-ball avant de rouler vers le domicile de la propriétaire d'Hélène, une certaine madame Berthiaume.

Les garçons, d'abord déçus de l'absence de leur mère à leur premier entraînement, furent vite consolés lorsque leur père manifesta l'envie d'y assister. Décidément, son mari prenait son rôle de père très au sérieux. Pauline était ravie, l'accord passé entre eux tenait le coup. En dépit des exigences de son travail de création, Steve la remplaçait avec brio : il conduisait les enfants à l'école après les avoir fait déjeuner, retournait les chercher à la sortie des classes et veillait aux devoirs tout en préparant le souper. De son côté, Pauline prenait le relais dès son retour à la maison et, le week-end, elle effectuait fidèlement ses tâches cléricales pour la petite entreprise. Les corvées domestiques étaient divisées à l'amiable entre les époux et les jumeaux faisaient leur part sans trop rechigner.

Pauline connaissait bien la rue où habitait Hélène, car ses pas l'y conduisaient souvent. Elle aimait emprunter la 17e Avenue en allant chercher ses garçons à l'école ou magasiner rue Masson, l'artère commerciale du coin. Elle adorait marcher sous les arbres centenaires de l'avenue dont les branches touffues avaient été miraculeusement préservées de la scie mécanique des émondeurs.

« Qui sait, se disait-elle en songeant à Hélène Beaudoin, nous nous sommes peut-être déjà croisées. »

L'adresse la mena au rez-de-chaussée d'un duplex dont les fenêtres étaient parées de jolis volets vert et blanc. Elle gara son auto devant la maison et ouvrit son coffre pour prendre la boîte de carton. Après avoir gravi les quelques marches du perron, elle appuya sur la sonnette. Une dame dans la trentaine à l'air excédé entrouvrit brusquement la porte.

— Oui, c'est pourquoi ? cracha-t-elle.

Mal à l'aise, Pauline retint un mouvement de recul.

— Euh… je m'excuse de vous déranger, je m'appelle Pauline Nadeau, je suis une collègue de madame Beaudoin… Je viens juste vous remettre ses affaires personnelles.

Aussitôt, la figure de la femme s'éclaira.

— Ah ben, quand on parle du loup ! s'exclama-t-elle en ouvrant sa porte toute grande. Chère madame, vous tombez bien ! Je suis Nathalie Berthiaume, la fille de la propriétaire de madame Beaudoin, indiqua-t-elle en levant les yeux vers le deuxième étage de la maison. Venez que je vous présente ma mère.

À l'intérieur, Pauline retroussa le nez, saisie par un relent de soupe aux choux. Son hôte, une brunette légèrement enveloppée, l'entraîna vers la première pièce sur sa droite : une chambre à coucher tapissée de fleurs lilas. Une vieille dame était installée dans le lit, la jambe droite enserrée dans un plâtre, un minuscule épagneul blond pelotonné contre son flanc. Avec ses cheveux gris et ses lunettes aux vitres épaisses, c'était une version vieillie et plus dodue de la fille.

— Regarde, maman, lança joyeusement Nathalie, c'est une amie de ta locataire. Tu vois bien que tu t'en faisais pour rien.

La dame âgée poussa un soupir de soulagement.

— Ah, merci, mon Dieu ! lança-t-elle, les yeux au plafond.

Puis, après avoir détaillé la nouvelle venue de la tête aux pieds, elle tapota sur son lit.

— Allez, venez vous asseoir.

Déroutée, Pauline s'assit au bord du lit, ne sachant plus trop à quoi s'en tenir. D'abord reçue comme un chien dans un jeu de quilles, maintenant on l'accueillait comme si elle était le Messie.

— Vous connaissez Hélène ? Vous travaillez avec elle ? Comment vous appelez-vous ? demanda dans un même souffle la propriétaire en lui tendant une main chaleureuse.

— Je m'appelle Pauline et je…

— Regardez, c'est sa chienne, Philomène, l'interrompit la vieille qui semblait plus encline à bavarder qu'à écouter les réponses à ses questions. Je m'en occupe depuis qu'Hélène est partie. Pauvre pitoune, c'est encore un bébé et elle s'ennuie ben gros de sa maîtresse.

Elle gratta doucement le chiot derrière l'une de ses longues oreilles. L'animal ferma les yeux de plaisir.

— Elle a l'air toute câline, remarqua Pauline en tendant la main vers Philomène pour qu'elle puisse la flairer.

La vieille dame secoua tristement la tête.

— Depuis que madame Hélène est partie, elle a moins d'entrain. J'aimais bien la promener, mais depuis mon accident, je ne peux plus aller ben loin.

— Vous aimez les chiens? s'informa Nathalie en approchant une chaise pour s'asseoir près du lit.

Elle avait parlé en glissant un regard complice vers sa mère.

— Je les aime bien et mes fils, encore plus… Vous savez, tous les enfants veulent un animal, que ce soit un chat, un chien… Ils promettent sincèrement de s'en occuper puis, très vite, leurs parents se rendent compte qu'ils se tapent tout le travail.

Pauline remarqua que le regard des deux femmes s'était assombri sur ces dernières paroles. Elle crut en deviner la cause.

— Vous cherchez quelqu'un pour prendre soin du chien?

Madame Berthiaume détourna les yeux vers l'animal en continuant à le flatter. Nathalie reprit la parole:

— En fait, nous cherchons plus que ça, soupira-t-elle. Voyez-vous, la veille de son départ, madame Beaudoin a confié son chien à ma mère. Elle lui a aussi demandé d'arroser ses plantes et de prendre soin de ses poissons ; Hélène a un gros aquarium. Jusque-là, pas de problème, ma mère était contente de rendre service. Mais voilà, elle s'est cassé la jambe, mercredi dernier, et elle ne pourra pas marcher pendant plusieurs semaines. Je venais justement de lui proposer de la ramener chez moi. Seulement, la responsabilité qu'elle a prise nous embête pas mal. Je l'aurais bien remplacée pour nourrir les poissons et tout le reste, mais j'habite en banlieue. En plus, pour mal faire, une de mes filles est allergique aux poils d'animaux, alors on ne sait plus quoi faire avec le chien.

«Juste avant mon arrivée, elles étaient sans doute en pleine discussion sur le sujet, songea Pauline en revoyant l'air tendu de la jeune femme. Lorsque je me suis pointée, elles ont cru que je pourrais les dépanner... »

Pendant quelques instants, un lourd silence plana. Tout le monde, y compris Pauline, cherchait une solution.

— Madame Beaudoin n'aurait-elle pas de la parenté ou des amis qui pourraient s'en charger ?

— Elle n'a pas de famille à Montréal, répondit Nathalie, songeuse. Et vous savez sans doute que son fils, Jean-François, vit maintenant à Paris...

Elle jeta un regard moqueur à sa mère.

— Ah, si seulement on pouvait le demander au Roi de trèfle !

— Ben non, Nathalie, répondit tout naturellement sa mère. Il est sûrement parti en voyage avec elle.

Remarquant le regard interrogateur de Pauline, madame Berthiaume précisa :

— Le Roi de trèfle, c'est son cavalier... ben, son chum, comme vous dites, vous autres, les jeunes.

Pauline ouvrit de grands yeux.

— Voyez-vous, Pauline, intervint Nathalie en ricanant, ma mère aime bien tirer les cartes aux gens...

— ... pour le fun... juste pour le fun, dit sa mère en agitant la main.

— C'est sa façon à elle de leur tirer les vers du nez, souligna la fille en rigolant de plus belle.

— Ah, mauvaise langue ! fit madame Berthiaume d'un air dégagé.

Elles gloussèrent toutes les deux : la vieille dame semblait habituée à ce genre de plaisanteries.

— Elle est bien fine, madame Hélène, déclara-t-elle, mais elle ne voisine pas ben ben. Le peu que je sais d'elle, je l'ai appris de son fils. Je ne sais pas si vous êtes au courant de toute l'histoire, mais Jean-François, son fils, habitait en haut, avant elle. L'an passé, quand il a décidé d'aller vivre à Paris avec sa femme et son bébé, il a laissé le logement à sa mère qui, elle, arrivait de Québec.

— Moi, ça faisait plutôt mon affaire, ajouta la fille. Je connaissais très bien Maryse, la femme de Jean-

François. Si elle recommandait quelqu'un, j'étais certaine que ma mère n'aurait pas n'importe qui comme locataire au-dessus. Hélène est arrivée quelques jours après le départ de son garçon. Ma mère, pour faire amie-amie avec elle, lui a proposé de la tirer aux cartes, hein maman ?

— Ben oui, fit la vieille. C'est là que j'ai vu qu'elle, la Dame de cœur, avait un Roi de trèfle dans sa vie… (Elle haussa les épaules.) De toute façon, avec le temps, je m'en serais bien aperçue : il venait la voir une à deux fois par semaine. C'est même lui qui lui a donné le chien…

— Ah oui ? Tu sais ça, toi ! lança Nathalie en se levant.

— Oui je le sais, répondit la mère, légèrement agacée. Un vendredi, il est arrivé avec le pitou et une boîte pleine d'affaires de chien. C'est même ton frère qui l'a aidé à transporter le stock en haut. Madame Hélène n'était pas encore arrivée et son chum voulait lui faire la surprise.

— Quel frère ? Hubert ? Tiens donc ! Ça devait être lors d'une de ses rares visites, commenta Nathalie d'un ton amer.

— Bon, bon, inutile de revenir sur ce sujet-là, rétorqua la vieille dame en balayant l'air d'un geste de la main.

Retrouvant le ton de la confidence, elle se tourna vers Pauline et poursuivit son récit.

— Pour en revenir à son… au Roi de trèfle, je suis pas mal sûre qu'il est parti avec elle, sinon pourquoi elle ne lui aurait pas demandé à lui de s'occuper de ses affaires ? Il a la clé, après tout !

La propriétaire semblait en savoir plus long qu'elle ne le prétendait sur sa locataire et Pauline brûlait de savoir…

— Hélène vous a dit où elle comptait aller ?

— À Paris, voyons !

En France ! C'était donc de là qu'elle lui écrivait !

Mais Nathalie avait levé les yeux au ciel.

— Voyons, maman, tu m'as dit qu'Hélène ne t'avait parlé de rien.

Piquée au vif, la vieille riposta :

— Non, elle ne me l'a pas dit, mais j'ai deviné ! Elle s'ennuyait sans bon sens de Jean-François et de son petit-fils. C'est ben normal qu'elle prenne l'avion pour aller les voir. La veille de son départ, quand elle m'a apporté le chien, elle semblait pas mal exténuée. C'est vrai qu'elle ne dormait presque pas dans ce temps-là : je l'entendais marcher toutes les nuits. Elle avait vraiment besoin de vacances, elle a bien fait de partir.

Pauline, figée dans une attitude silencieuse, buvait les paroles des deux femmes. Nathalie avait rangé sa chaise et s'était postée devant sa mère avec un air de défi.

— Et toi, tu t'es monté un beau scénario en t'imaginant qu'elle était partie en France avec son amoureux…

— Ah, torpinouche que t'es fatigante ! s'impatienta sa mère. J'le sais pas, ma fille, j'les ai pas vus partir ! C'est ça que tu voulais entendre ?

— Bon, c'est bien beau, tout ça, mais ça ne règle pas notre problème d'hébergement, coupa Nathalie, de crainte de voir la conversation s'envenimer davantage.

Un nouveau silence s'installa. Pauline caressa la jolie tête de Philomène tout en comprenant que la balle restait dans son camp. Après tout, elle était si mignonne, cette petite chienne…

Elle aperçut un téléphone sur la table de chevet.

— Écoutez, mon mari est au terrain de jeu avec les enfants, et il a son cellulaire sur lui. Je vais lui donner un coup de fil et voir ce qu'on peut faire.

Soulagée, Nathalie ne put réprimer sa joie.

— Ah merci ! Merci ! Suivez-moi dans la cuisine, il y a un autre appareil, vous serez plus tranquille pour téléphoner.

De retour dans la chambre de sa mère, Nathalie remarqua sa mine contrariée.

— Voyons maman, tu ne trouves pas que c'est une bonne idée ?

— Je ne suis pas sûre, répondit la vieille dame qui serrait étroitement le chiot dans ses bras d'un geste protecteur, on ne la connaît pas cette femme-là…

— Tu oublies qu'elle travaille avec Hélène, c'est toujours mieux que rien. On n'est quand même pas pour faire une enquête de police, c'est pas un enfant qu'on lui laisse, c'est juste un chien !

— Ben oui, j'le sais… mais as-tu pensé au reste ? La malle, les poissons, l'arrosage des plantes, elle va avoir besoin de la clé du logement, si elle accepte de s'en occuper.

Songeuse, Nathalie s'assit sur le lit de sa mère.

— Tu as raison, c'est moins évident, mais que veux-tu qu'on fasse ? soupira-t-elle. Je pourrais venir arroser les plantes une fois par semaine, mais, comprends-moi, je ne peux pas débarquer ici tous les jours pour nourrir les poissons. Et, ajouta-t-elle en anticipant la prochaine réplique de sa mère, demande-moi pas d'emporter l'aquarium, c'est trop gros.

De retour dans la chambre, Pauline avait une excellente nouvelle à annoncer.

— Tout est arrangé ! Les garçons vont sauter de joie.

— Et votre mari ? risqua Nathalie.

— Steve adore les chiens, c'est moi qui n'en voulais pas. J'avais assez des enfants à m'occuper. Ce sont des jumeaux de neuf ans et croyez-moi, c'est du sport ! Mais maintenant que mon mari travaille à la maison, c'est différent. Nous sommes bien contents de pouvoir vous dépanner. De toute façon, comme il vient de me le dire, héberger la chienne sera un test pour les garçons.

— Bon, accepta Nathalie, voilà un problème de réglé ! Reste la question des plantes et des poissons, et…

— Écoutez, l'interrompit Pauline, j'habite à deux pas : passer tous les jours ne me poserait aucun problème.

Mais les évènements se précipitaient trop vite pour madame Berthiaume, toujours aussi embarrassée.

— C'est que c'est à moi que madame Hélène l'a demandé et… j'ai peur de ce qu'a va dire si je permets à une étran… à quelqu'un d'autre de mettre les pieds dans son logement. C'est quand même son chez-eux…

Pauline comprenait parfaitement. Elle réfléchit quelques secondes et soudain, une idée lui vint.

— Si vous me donnez un jour ou deux, je pourrais obtenir d'Hélène les coordonnées de personnes qui pourraient vous dépanner.

La vieille dame porta la main à son cou. Derrière ses lunettes, ses yeux s'étaient agrandis de surprise.

— Hein ? Vous pouvez la rejoindre, lui parler ?

— Lui parler non, la joindre oui, par Internet, précisa Pauline en s'assoyant sur le lit.

— Ah, dans l'ordinateur… Moi, je ne connais rien à ces patentes-là…

— Vous avez son adresse électronique ? présuma Nathalie.

— Bien sûr ! Je vais lui écrire en arrivant chez moi et, avec un peu de chance, nous pourrions avoir une réponse dès demain, fit Pauline en tapotant gentiment la main de la vieille dame.

— Si vite que ça, même si elle est en France ! s'étonna la propriétaire.

Sa fille émit un petit rire en lui frottant affectueusement le dos.

— Ben oui, maman, il y en a même qui se parlent en direct là-dessus d'un bout à l'autre du monde, rien qu'en tapant des mots sur un clavier.

— Eh ben, on n'arrête pas le progrès !

— C'est juste plate qu'on n'ait pas un numéro de téléphone pour lui parler directement, résuma Nathalie qui se demandait comment elle allait s'organiser en attendant la réponse.

Pauline tendit les mains vers la chienne. La vieille dame, plus confiante, la déposa dans ses bras.

— T'es vraiment trop *cute*, toi, murmura la jeune femme en pressant l'animal contre sa poitrine. Alors c'est d'accord, j'écris à Hélène ?

La mère et la fille acquiescèrent en même temps : le marché était conclu. Pauline remit la chienne à la vieille dame et saisit son sac à main pour prendre un petit calepin spiralé et un crayon. Après avoir inscrit les coordonnées de sa maison et de son bureau, elle arracha la page qu'elle tendit à Nathalie avec le calepin.

— Donnez-moi votre numéro de téléphone. Je vous rappellerai aussitôt que j'aurai des nouvelles.

— D'accord, fit Nathalie, je vais m'organiser avec mon mari pour coucher ici ce soir. Demain, on verra…

En route vers le terrain de jeu, Pauline se félicita de sa discrétion au sujet de la relation inusitée qu'elle entretenait avec Hélène ; après tout, les deux femmes ne s'étaient encore jamais rencontrées. « Pas besoin d'en rajouter, c'est assez compliqué comme ça. » Elle ne regrettait pas son offre d'héberger le chien. «On verra bien comment les jumeaux vont réagir, depuis le temps qu'ils m'achalent pour en avoir un.» Quant aux clés de l'appartement, Pauline se mettait à la place d'Hélène: «Jamais je ne laisserais une pure étrangère pénétrer dans mon intimité...»

Dans son prochain courriel, Hélène lui indiquerait le nom d'une ou deux connaissances qui pourraient faire l'affaire. C'était mieux ainsi.

Dommage pourtant, car Pauline se découvrait une curiosité qui l'étonnait: l'attitude d'Hélène et les raisons qui la poussaient à agir ainsi l'intriguaient de plus en plus...

Elle s'engagea sur le boulevard Pie-IX, puis s'immobilisa à un feu rouge. Un sourire taquin sur les lèvres, ses pensées s'envolèrent vers la vieille madame Berthiaume et ses commérages: «Vous vous trompez, ma belle madame: la Reine de cœur est partie sans son Roi de trèfle...»

Le soir même, Pauline écrivit à Hélène pour lui résumer sa visite chez madame Berthiaume:

Voici ce que je vous propose, conclut-elle. Je pourrais héberger votre chienne. Mon mari travaille de la maison, donc votre Philomène aurait toujours de la compagnie. De plus, mes enfants en seraient ravis.

Autre détail important concernant l'arrosage des plantes et l'aquarium : la fille de madame Berthiaume habite en banlieue, il lui serait difficile de passer chez vous tous les jours. Ce serait plus simple de vous organiser avec un de vos proches. Cependant, si vous ne trouvez personne, je pourrais m'en occuper (j'habite à deux pas de chez vous). Je comprends que ce pourrait être embêtant : vous ne me connaissez pas, mais sachez que vous pouvez me faire confiance.

Je regrette de vous bousculer, mais la fille de madame Berthiaume aurait besoin d'une réponse rapidement, car elle peine à s'organiser.

Pauline

Elle tapa le numéro de téléphone de la propriétaire en post-scriptum, puis d'un clic de souris, elle expédia son message dans le cyberespace.

Chapitre 6

Le lendemain matin, Pauline ouvrit sa messagerie électronique avant de quitter la maison pour aller travailler : pas de réponse d'Hélène. Un peu déçue, elle se promit d'inspecter sa boîte de réception toutes les heures. Son attente ne fut que de courte durée. Au milieu de la matinée, elle reçut un appel de Nathalie Berthiaume.

— Hélène vient de nous téléphoner.

— Ah oui, je suis contente ! s'exclama Pauline.

— Elle a dit à maman que c'était correct pour le chien et les clés. Elle va vous écrire dans la journée pour vous expliquer plein de choses.

Hélène lui permettait d'entrer chez elle ! Estomaquée, Pauline se garda bien de laisser transparaître quoi que ce soit.

— C'est parfait, je vais attendre de ses nouvelles. Quand voulez-vous que je passe prendre le chien ?

— Hum... le plus tôt possible ? J'aimerais bien ramener maman chez moi ce soir. Je passe mon temps à faire des allers-retours entre Montréal et Sainte-Julie depuis son accident.

Mentalement, Pauline planifia rapidement la fin de sa journée.

— D'accord. Après mon travail, je retourne prendre l'auto chez moi et je passe vous voir.

— Parfait, merci encore, vous me sauvez la vie. Sans vous je ne sais pas ce que j'aurais fait.

Quelques minutes avant son départ du bureau, Pauline reçut un long message d'Hélène Beaudoin.

Chère Pauline,

Le moins que je puisse dire, c'est que je vous devrai une fière chandelle !

Malheureusement, je ne connais personne demeurant assez près de chez moi pour venir nourrir les poissons tous les jours.

Peut-on mettre un aquarium en pension ? Ne riez pas, c'est l'héritage empoisonné que m'a légué mon fils Jean-François, l'année dernière, lorsqu'il a quitté le pays pour s'établir en France : « Les poissons viennent en prime, ma petite maman d'amour, tu sais combien j'y tiens. Accepterais-tu d'en prendre soin pour moi ? » Le malin, il a toujours eu le tour de me faire craquer avec ses airs de petit gars. Depuis, je suis liée par cette fichue promesse. Alors, oui, j'ai permis à madame Berthiaume de vous remettre les clés de mon logement afin qu'elle puisse partir tranquille.

Je suis vraiment enchantée que ma Philo ait trouvé une famille d'hébergement. Toutefois, si sa présence vous causait le moindre souci, je pourrais m'organiser pour venir la chercher.

Là, je vous imagine en train de penser : « Elle est spéciale, cette Hélène, faire un si long voyage juste pour venir chercher sa chienne ! » (Ma propriétaire ne vous a-t-elle pas dit que j'étais chez mon fils, à Paris ?)

Madame Berthiaume se trompe. Je n'ai pas traversé l'Atlantique, je séjourne à l'île d'Orléans, dans la maison de mes amis pendant leurs vacances en Asie. De mon côté, je réalise un vieux rêve, celui d'écrire un roman policier. J'en ai entrepris l'écriture à mon arrivée à Montréal. J'y travaillais les week-ends et pendant mes pauses-dîner et, depuis quelques mois, je souhaitais m'isoler pour le terminer.

Seuls mon fils, le patron et vous, maintenant, savez où je suis. Pour le moment, je préfère qu'il en soit ainsi. Madame Berthiaume me croit à Paris ? Tant mieux ! Il vaut mieux qu'elle en sache le moins possible, car elle a la mauvaise habitude de colporter un peu partout les dernières nouvelles. Jean-François l'avait surnommée « madame Écho-voisins », ce n'est pas pour rien, je vous l'assure. Que voulez-vous, c'est une vieille dame seule qui s'ennuie. Son principal passe-temps est d'épier son entourage à la fenêtre, toute la journée. Je l'aime bien quand même, car elle a un cœur d'or. Je suis rassurée que sa fille l'emmène chez elle. Dans sa petite famille, elle se rétablira plus rapidement…

Pour revenir à mon départ précipité, plusieurs vous diront que je suis partie sur un coup de tête : ils ont raison ! Un événement m'a beaucoup perturbée, le mois dernier. Cette situation m'a décidée à quitter Montréal quelque temps. Prise au dépourvu, à cause des (maudits) poissons, je n'ai eu d'autre choix que de confier mes clés à ma propriétaire.

Une dernière chose... J'ai entrepris certaines recherches aux Archives nationales pour la rédaction du roman (une histoire qui se passe à Québec dans les années trente). Une partie de ces recherches est consignée sur la disquette que vous avez probablement retrouvée dans le lecteur de mon ordinateur, au bureau. Pourriez-vous m'en acheminer les fichiers ?

Dans ma presse de partir, j'ai oublié de copier certains documents enregistrés dans mon ordinateur à la maison. Si vous le permettez, dans un prochain message, je vous enverrai la liste de ceux dont j'ai besoin.

J'attends de vos nouvelles au sujet de tout ça. Encore un immense merci !

Hélène

❧

Le soleil rayonnait à pleins feux en cette fin de journée. Assise sur la galerie, Nathalie Berthiaume se leva en voyant Pauline descendre de son auto. Philomène endormie à ses pieds ouvrit un œil, puis les deux, et bondit sur ses pattes.

— Ça alors, fit Nathalie en observant la chienne agiter joyeusement la queue, on dirait qu'elle vous a déjà adoptée !

« Tant mieux, poursuivit-elle en pensées, les adieux seront moins pénibles. »

Pauline gravit les marches et s'inclina pour caresser l'animal.

Nathalie ferma la porte de la maison qu'elle avait laissée entrebâillée.

— Maman s'est endormie tout à l'heure et je préfère qu'elle se repose un peu avant de partir. Je me demandais… si…

Après un moment d'hésitation, elle poursuivit.

— Je dois passer à l'animalerie pour acheter la nourriture de Philomène : notre petite demoiselle ne mange pas n'importe quoi. Vu que je n'ai pas grand temps devant moi, je pourrais m'y rendre après vous avoir fait visiter le logement d'Hélène… Si ça ne vous dérange pas trop, en m'attendant, vous pourriez tenir compagnie à ma mère qui meurt d'envie de piquer une jasette avec vous.

Un sourire amusé sur les lèvres, Pauline consulta sa montre.

— Vous en auriez pour combien de temps ?

— Oh, une demi-heure, pas plus.

— D'accord, je donnerai un coup de fil chez moi pour avertir que je serai en retard pour le souper.

— Merci, vraiment ! Allons, ne perdons pas de temps, montons tout de suite.

Philomène les précéda dans l'escalier extérieur menant au deuxième étage.

— Il y a des plantes un peu partout dans l'appartement, expliqua Nathalie en déverrouillant la porte, certaines doivent être arrosées plus souvent que d'autres.

La petite chienne se précipita joyeusement dans la maison. Nathalie l'appela en vain.

— La pauvre, elle va encore tourner en rond à la recherche de sa maîtresse. J'aurais dû la laisser en bas.

L'appartement se divisait en cinq pièces : d'abord un vestibule plutôt spacieux, puis deux pièces doubles séparées de part et d'autre par un inévitable couloir débouchant sur la cuisine au fond.

— À part dans la cuisine, Hélène n'a pas touché à la décoration. Elle a déménagé en avril 2000… Un an déjà, mon Dieu, que le temps passe vite !

Dans la première pièce, deux énormes bibliothèques bourrées de livres occupaient le mur du fond et une partie du mur de gauche. Au-dessus d'un imposant meuble de coin, un lierre au feuillage généreux surplombait l'ordinateur. Un aquarium géant, peuplé d'un grand nombre de poissons tropicaux, divisait les deux pièces attenantes.

— Voici la source de tous nos problèmes, soupira Nathalie en désignant le gigantesque bassin. Maman nourrissait les poissons le matin, mais l'heure ne pose aucun problème ; il faut juste vous assurer de ne pas donner trop de nourriture, car ils vont s'empiffrer tant qu'il y en aura et ils finiront par en crever. On en a perdu une bonne demi-douzaine, au début. Maman était un peu trop généreuse sur la "salière".

Un lit à deux places au matelas affaissé, flanqué de deux tables de nuit démodées, occupait la pièce voisine. Une commode complétait le tout.

—Ici, c'était la chambre du bébé de Maryse et Jean-François. Hélène doit probablement s'en servir comme chambre d'amis, précisa Nathalie en appuyant sur l'interrupteur.

La lumière jaillit. Deux murs étaient recouverts d'un papier peint au fond bleu où flottaient de gros nuages joufflus. Un grand soleil souriant égayait l'ancienne chambre d'enfant qui dégageait une ambiance insolite.

Les deux pièces d'en face abritaient le salon d'une part et la chambre d'Hélène dc l'autre. Le salon aux murs peints de couleurs sombres – bourgogne et marine – était équipé d'un téléviseur à écran géant. Un long canapé en cuir délimitait la frontière entre cette pièce et la chambre à coucher.

Les deux visiteuses retrouvèrent Philomène couchée sur le lit d'Hélène.

—Ah! Qu'est-ce que tu fais là, ma tannante, lança Nathalie en s'assoyant sur le lit. Envoye en bas, tu vas mettre du poil partout.

La chienne leva une triste tête, puis la recoucha sans broncher.

—Bah, ce n'est pas si grave, elle veut juste retrouver l'odeur de sa maîtresse, l'excusa Pauline.

— Ouais, c'est toujours ici que maman la retrouvait quand elle la laissait monter, commenta Nathalie en se levant.

Le couvre-lit et les tentures reprenaient les mêmes teintes que le salon, toutefois les murs de la chambre étaient de tons légèrement plus pâles. Un grand cadre décorait la tête du lit. Il s'agissait d'une reproduction de Keiffer, reconnu pour ses scènes parisiennes du début du siècle, qui représentait une soirée sur les Champs-Élysées où la grande bourgeoisie française se donnait rendez-vous. En face du lit à deux places, un bureau plus large que haut accueillait plusieurs photos encadrées. Nathalie saisit l'une d'entre elles.

— Regardez, c'est Jean-François et Maryse avec le p'tit. La photo a été prise au baptême. Maryse et moi avons fait tout notre secondaire ensemble, on ne s'est jamais lâchées depuis, ajouta-t-elle d'un même souffle. Ma mère lui a proposé le logement quand elle s'est mariée avec Jean-François.

Elle prit un autre cadre où un bambin, habillé en marin, faisait ses premiers pas.

— C'est Willy, il est tellement mignon… Ma mère en était folle. Elle a eu beaucoup de peine de le voir partir si loin.

D'autres cadres attirèrent l'attention de Pauline, mais l'heure avançait et il fallait aussi discuter botanique. Nathalie extirpa une liste de la poche arrière de son jeans qu'elle remit à Pauline.

— Ce sont les instructions d'Hélène. Vous en aurez besoin car la job d'arrosage est un peu compliquée. Certaines plantes doivent être arrosées une fois par semaine, d'autres tous les quinze jours et il y a aussi les trois cactus qu'il faut presque oublier.

Nathalie guida Pauline parmi la flore luxuriante de l'appartement. Elles terminèrent leur visite dans la salle à manger. C'était la pièce la plus spacieuse du logement. Une grande table chromée d'allure vintage et six chaises occupaient le centre de la pièce. Pauline apprécia le décor thématique aux couleurs tranchantes : des murs immaculés sur lesquels des affiches publicitaires de Coca-Cola voisinaient une horloge murale. Ses aiguilles se baladaient sur un fond rouge où était repris le logo de la boisson gazeuse. Des stores rouges à minuscules lamelles garnissaient chacune des fenêtres. C'était une pièce aussi pétillante que la boisson à laquelle elle rendait hommage.

— Wow ! s'exclama Pauline, je donnerai cher pour avoir une cuisine pareille. Elle est assez grande pour souper avec une trâlée d'enfants.

— Oui, c'est le bon côté des vieilles maisons, approuva Nathalie, elles étaient conçues pour loger de grosses familles. Lorsque j'étais petite, une famille de six enfants vivait ici.

— Vous deviez vous faire bûcher sur la tête…

— Bah, nous autres en bas, nous étions quatre et nous ne devions pas être reposants non plus.

— J'adore le décor! ajouta Pauline en s'approchant d'une affiche où une jeune femme en tenue d'ouvrière de guerre brandissait une bouteille de Coca-Cola.

— C'est Hélène qui a tout fait. En arrivant, elle avait dit à ma mère qu'elle voulait décorer chaque pièce selon un thème particulier.

Puis, jetant un regard à l'horloge murale, Nathalie se dirigea vers la fenêtre.

— Bon, il faut que j'y aille. Finissons-en avec ces plantes!

Une plante-araignée suspendue profitait du soleil; trois autres pots en faisaient autant sur une table d'appoint. Nathalie donna de nouvelles instructions à Pauline puis les deux femmes s'engagèrent dans le corridor. Nathalie siffla Philomène.

— Allez, la belle, on doit retourner chez mémé…

Une voix chevrotante les accueillit à leur arrivée dans la maison:

— Nathalie? Est-ce que la jeune femme est avec toi?

— Oui, maman, madame Nadeau est là, confirma-t-elle en invitant d'un geste Pauline à se rendre à la cuisine passer son appel.

Dans la chambre, elle vit sa mère tenter de se lever en faisant des efforts laborieux.

— Pas tout de suite, maman. J'ai une commission à faire avant qu'on parte. Pauline est en train de téléphoner à son mari, après, elle viendra jaser avec toi.

Quelques minutes plus tard, Pauline se joignit à elles.

— Steve m'a dit que les garçons ont tellement hâte de me voir revenir avec la chienne qu'ils ne tiennent plus en place.

Madame Berthiaume arborait un sourire resplendissant.

«Pauvre vieille, on dirait qu'elle n'a pas bougé depuis hier», songea Pauline en la saluant.

— C'est gentil à vous de me tenir compagnie. Voulez-vous que je vous tire aux cartes?

Elle agita la main vers Nathalie pour lui signifier de partir.

— Vas-y, vas-y! Mais avant, va chercher mes cartes dans le tiroir du buffet.

— Non, non, refusa Pauline en s'esclaffant.

Elle connaissait le manège et elle n'avait nulle envie que sa vie personnelle fasse les frais de la conversation.

— Tu n'auras pas le temps, maman, affirma Nathalie en décochant une œillade complice à Pauline, nous partirons tout de suite après ma commission.

— Ah bon, fit la vieille dame, manifestement déçue.

Pauline approcha une chaise du lit. À son invitation, Philomène se précipita sur ses genoux.

— Comme elle a l'air de vous aimer! constata la vieille. Il faut juste que vous sachiez... Ça se peut qu'elle pleure, les premières nuits, mais je suis certaine qu'elle finira par s'habituer.

— Soyez sans crainte, je vais bien m'en occuper, la rassura Pauline.

La porte d'entrée claqua, elles étaient seules. Le silence n'eut pas le temps de s'installer, madame Berthiaume adorait bavarder.

— Elle est tellement fine, madame Hélène. J'en reviens pas qu'elle ait fait un "longue distance" de la France juste pour me parler. Elle n'a pas jasé long-temps, mais elle a quand même pris le temps de s'informer de ma santé.

Pauline réprima un sourire, la manœuvre d'Hélène avait fonctionné : la vieille fouineuse croyait vraiment que sa locataire lui avait téléphoné de Paris.

— Elle m'a écrit aujourd'hui pour me...

— Vous a-t-elle dit comment allaient Jean-François, Maryse et le p'tit ? coupa la propriétaire. Moi, j'étais tellement énervée quand elle m'a télé-phoné que j'ai complètement oublié de lui demander.

— Ils vont tous très bien, affirma Pauline avec aplomb.

— Vous a-t-elle dit si elle était avec son... chum ?

— Non, elle ne m'en a pas parlé.

« Ce n'est pas de nos affaires », faillit-elle ajouter, agacée.

Madame Berthiaume s'inclina vers elle avec un regard de connivence.

— À vous, je peux bien le dire... le Roi de trèfle, son chum (elle baissa le ton), c'est un homme marié. Je l'ai vu clairement dans ses cartes...

Pauline resta sans voix, estomaquée par le sans-gêne de la propriétaire. Oui, Hélène avait raison de s'en méfier.

Enhardie par le mutisme de la jeune femme, l'autre poussa la confidence.

— De toute façon, il n'avait qu'à voir.

Elle ouvrit une main veinée et poursuivit son discours en touchant ses doigts boudinés l'un après l'autre pour marquer son argumentation.

— Il ne vient jamais la voir le samedi et le dimanche, juste les soirs de semaine; il ne reste que quelques heures à la fois et il ne dort jamais là… Je l'sais, je suis debout tous les matins à cinq heures et son auto est déjà partie, affirma-t-elle en désignant la fenêtre de son double menton. Chaque fois qu'il vient, j'entends tout le temps l'eau couler, l'eau d'la douche. Une p'tite douche à son arrivée et une autre, deux ou trois heures plus tard. J'vous l'dis qu'y est propre ce monsieur-là! Et puis, il passe son temps à lui apporter des bouquets. La chanceuse! Y a aussi la chienne qu'il lui a donnée…

Elle ferma la main puis plongea son regard dans celui de Pauline.

— Il n'y a qu'un amant pour gâter une femme comme ça.

— Vous… croyez? balbutia Pauline qui comblait Philomène de caresses pour cacher son embarras.

— Pis j'vous dis que c'est un bel homme! Il ressemble à Gérard Philipe, vous savez l'acteur français?

Vous n'avez pas vu sa photo dans la chambre de madame Hélène?

Exaspérée, Pauline tenta désespérément de tirer son épingle du jeu:

— Bien… votre fille m'a seulement fait monter pour m'expliquer ce que j'aurai à faire: il y a beaucoup de plantes à arroser… Vous aimez les plantes, madame Berthiaume?

Mais la vieille dame n'en avait pas encore terminé avec ses ragots.

— Si vous saviez comment il est gentil, commenta-t-elle en joignant les mains. Une fois, j'étais rue Masson avec mes sacs de commissions. Il est passé avec son auto et m'a fait embarquer pour me ramener chez moi. Il a même porté mes sacs jusqu'à la cuisine.

Elle se tut tout à coup, les yeux tournés vers le plafond, plongée dans une rêverie contemplative.

— Vous voulez que je vous dise, reprit-elle pensivement, au bout d'un moment…

— Euh… hésita Pauline, tiraillée entre l'exaspération et la honte de vouloir en savoir plus.

— Je suis quasiment certaine qu'il a laissé sa femme pour elle: ils se sont enfuis ensemble.

Ça dépassait les bornes! Pauline posa la chienne sur le lit et se leva pour s'arracher à tout ce déversement de cancans. Pris par surprise, l'animal alla se pelotonner contre madame Berthiaume.

Pauline eut un rire emprunté.

— Pauvre pitoune, je t'ai effarouchée, murmura-t-elle en se rassoyant sur le lit pour lui gratter l'oreille.

Puis levant les yeux vers la vieille dame, elle lui demanda combien de fois par jour elle la sortait.

— Quand il faisait beau, je la promenais deux fois par jour. Je l'envoyais dans la cour quand je ne pouvais pas. Elle ne vous fera pas de dégâts : madame Hélène lui a appris à demander la porte pour ses besoins.

Au grand soulagement de Pauline, la conversation se poursuivit autour des soins à apporter à Philomène et de certaines anecdotes la concernant.

Nathalie tint promesse et revint rapidement. Une fois les clés du logement remises, les affaires et la nourriture de Philomène rangées dans un carton, Pauline put enfin prendre congé.

Elle rentra chez elle, troublée par les confidences de la propriétaire. Si la vieille fouineuse avait vu juste au sujet du fameux Fred, l'absence d'Hélène à son chevet s'expliquait maintenant mieux.

Chapitre 7

Vendredi 11 mai 2001

En route vers le bureau, Pauline se remémorait l'arrivée fracassante de Philomène à la maison : la pauvre petite chienne en avait vu de toutes les couleurs avec les jumeaux qui avaient rivalisé toute la soirée pour « s'en occuper ».

Finalement, après des heures de disputes puis de recherches infructueuses (Philomène s'était enfuie et se terrait dans un coin, quelque part), Steve avait pris sa grosse voix pour exiger la paix et le retrait des deux petits monstres dans leur chambre respective. « Un vrai fiasco, cette première journée de test », songea-t-elle.

Retrouvé quelques heures plus tard derrière la sécheuse, tremblant de peur, l'animal s'était laissé apprivoiser par la voix de Pauline qui l'appelait tout doucement, un plat de nourriture à la main.

Quelques jours d'accalmie furent alors décrétés où seuls les parents auraient le droit d'approcher la chienne. Par la suite, chacun des deux garçons aurait une journée pour prendre soin d'elle. Le tout sans bagarre sinon…

« Ouais, sinon quoi ? se dit-elle. Je ne peux tout de même pas la ramener… »

Pauline allumait son ordinateur lorsque le patron se présenta à la porte de son bureau.

— Bonjour, Pauline. Comment allez-vous ce matin ?

— Très bien, affirma-t-elle, un peu intimidée.

Yvan Bélair entra.

— Je n'ai pas encore eu le temps de vous demander comment vous vous adaptiez à votre travail. Je suis désolé, mais je suis tellement occupé depuis un mois que j'ai de la misère à sortir de mon bureau.

— Je comprends parfaitement, monsieur Bélair, ne vous en faites pas pour moi. Julie et Caroline m'ont donné un coup de main.

— Tant mieux, tant mieux !

Comme il ne bougeait pas, Pauline remarqua son air préoccupé. Elle se souvint alors que Julie avait pris congé pour la journée.

— Puis-je faire quelque chose pour vous, monsieur ?

S'arrachant à ses pensées, l'homme soupira longuement en s'installant sur une chaise.

— Il faut absolument que je parle à Hélène. C'est plutôt urgent. Et… (Il s'inclina vers Pauline et baissa le ton.) écoutez, j'ai un peu honte de vous l'avouer, mais je suis un vrai dinosaure en tout ce qui concerne Internet. Julie et Hélène m'ont incité à apprendre, mais je n'ai jamais pu trouver le temps. Julie vous a sans doute parlé de l'histoire du virus...

Yvan Bélair s'interrompit en voyant Pauline lever les yeux vers la porte de son bureau. Il se retourna : Luc se tenait dans l'entrebâillement, un dossier à la main.

— Yvan ? C'est donc là que tu te cachais !

— Va m'attendre dans mon bureau, j'en ai pour deux minutes.

Le ton était cassant, sans réplique. Pauline sentit picoter en elle une étincelle d'allégresse. Elle toussota discrètement dans son poing pour dissimuler un sourire inconvenant.

Le patron attendit que son neveu tourne les talons puis revint à Pauline. Il avait perdu son sourire, mais sa voix était toujours aussi affable.

— J'ai un grand service à vous demander. Julie m'a dit que vous correspondiez avec Hélène... Si vous pouviez lui demander de me téléphoner le plus vite possible... À moins que... Vous aurait-elle donné un numéro de téléphone ?

— Malheureusement non, mais je peux lui écrire tout de suite, si vous le voulez.

— Vous seriez tellement gentille de faire ça pour moi. Dites-lui simplement qu'on a un problème avec Grégoire Miller, elle comprendra.

Yvan Bélair se leva et retourna dans son bureau d'un pas vif. Perplexe, la jeune femme fronça les sourcils. Il devait se tramer quelque chose autour de l'achat de Cinéphile...

La jeune femme se brancha sur Internet. Dans sa boîte de réception, un message d'Hélène était intercalé entre la recette du jour et son horoscope quotidien.

Bonjour Pauline.

J'espère que ma petite Philo ne vous donne pas de fil à retordre.

Hier, je vous ai parlé de documents que j'aimerais que vous me fassiez parvenir. La prochaine fois que vous irez chez moi, vous seriez bien gentille d'allumer mon ordinateur et de m'envoyer tous les fichiers du répertoire Archives nationales, soit le fruit d'une vingtaine d'heures de recherche.

Il m'est venu une idée : que diriez-vous de nous rencontrer virtuellement ? Nous pourrions bavarder en ligne. J'adore ça. Souvent le soir, il m'arrivait de clavarder avec Gabrielle, l'amie qui m'a confié sa maison. C'est une excellente façon d'économiser les frais d'interurbain. Qu'en pensez-vous ?

À bientôt,

Hélène

Charmée par cette proposition, Pauline tapa immédiatement sa réponse.

Bonjour Hélène,

Pour être franche, je vous dirais que votre Philo a été accueillie en grande pompe avec un peu trop de tambours et de trompettes. Mes deux fils étaient si excités que mon mari et moi avons décidé de limiter leurs contacts avec elle afin de lui donner la chance de s'adapter à son nouvel environnement. Mais, rassurez-vous : avec un peu d'organisation et de la patience, nous viendrons à bout… de ces deux petites pestes.

Moi aussi, j'aime bien clavarder. J'ai une amie très chère qui enseigne dans le Grand Nord et il m'arrive de communiquer avec elle de cette façon. J'accepte votre proposition. On pourrait se donner rendez-vous ce soir vers vingt et une heures si cela vous convient.

En terminant, je vous fais part d'un message de monsieur Bélair : il aimerait que vous lui téléphoniez le plus tôt possible (ça me semble assez urgent). Il dit qu'il y a un problème avec Grégoire Miller.

Je vous laisse sur ces mots. À ce soir, si possible.

Pauline

Vers la fin de l'après-midi, elle croisa le patron qui lui souffla :

— Merci bien, Pauline. Hélène vient de me téléphoner, tout va s'arranger…

Il n'en dit pas plus, mais remarquant son air radieux, Pauline pensa que le beau Luc avait sans doute raison de s'inquiéter pour le poste qu'il convoitait ; monsieur Bélair accordait beaucoup de crédit à Hélène et semblait avoir grand mal à se passer d'elle.

À 20 h 15, après avoir bordé les jumeaux, Pauline prit congé de sa petite famille pour se rendre au logement d'Hélène, une courte promenade qu'elle entendait faire quotidiennement. Elle pressa le pas, il lui tardait d'arriver sur les lieux. La curiosité avait sa part dans cette fébrilité, mais il y avait autre chose, un sentiment qu'elle n'arrivait pas à définir.

Sitôt arrivée dans l'appartement, elle ouvrit deux ou trois fenêtres pour aérer la maison. Puis, armée d'un arrosoir déniché dans la cuisine, elle fit la tournée des plantes.

— Bon, l'aquarium maintenant…

Loin d'être effarouchés, les poissons s'élancèrent à la surface dès qu'ils détectèrent sa présence au-dessus de leur énorme habitacle. « Qu'ils sont voraces ! », rigola Pauline.

Sa tâche terminée, elle alluma l'ordinateur puis, n'y tenant plus, elle gagna la chambre d'Hélène afin de prendre le temps d'examiner les cadres sur la commode.

L'un d'eux avait particulièrement attiré son attention au moment de sa visite avec Nathalie. Il s'agissait de deux photographies superposées dans le même encadrement, chacune d'entre elles représentant un couple. Sur la plus grande, un homme dans la cinquantaine était assis contre un arbre, les genoux repliés vers lui. Ses grands bras enserraient, adossée contre sa poitrine, une femme du même âge dont le regard irradiait de bonheur. Pauline reconnut aussitôt Hélène et se doutait bien de l'identité de son compagnon. L'autre instantané, en noir et blanc et de plus petites dimensions, reposait sur l'un des coins inférieurs de la première. On y apercevait un couple d'adolescents enlacés contre un arbre, exactement dans la même position. « C'est le double de la photo que j'ai trouvée dans le bureau d'Hélène sous son mot de bienvenue… », constata Pauline.

Les autres photographies représentaient le fils d'Hélène à divers moments. On le voyait, entre autres, en premier communiant flanqué de ses parents : une Hélène sans lunettes, aux cheveux blonds lissés sur les épaules, et son ex-mari, un grand brun très costaud paraissant gigantesque aux côtés du petit Jean-François. Même Hélène, bien que de taille moyenne, avait l'air minuscule à ses côtés.

— Hum ! Un autre beau bonhomme. Décidément, ma chère Hélène, la vie a placé sur ton chemin de bien belles personnes…

Pauline émit un petit rire : elle se trouvait un peu fofolle de s'adresser à haute voix à sa prédécesseure en la tutoyant comme si elles étaient de vieilles copines.

Avant de quitter la pièce, son regard s'attarda de nouveau sur l'encadrement des deux couples.

— Vraiment, Hélène, je ne te comprends pas, soupira-t-elle en saisissant le cadre. L'homme que tu aimes a eu un grave accident et toi, tu t'effaces…

Pauline s'assit sur le lit sans trop s'en rendre compte. Songeuse, elle éprouvait le besoin de résumer les informations emmagasinées depuis son arrivée à

Ciné-Vidéo : « Hélène Beaudoin, une employée sur-qualifiée et indispensable qui se tient en retrait depuis son arrivée à Montréal, au siège social… »

Elle posa les yeux sur le cadre.

— Pourquoi as-tu quitté ton poste de directrice des ventes à Québec ? Qu'est-ce qui n'allait pas là-bas ?

D'après Susanne Marchand, Hélène faisait sa petite affaire dans son coin et n'avait aucune ambi-tion, malgré ce qu'en pensait Luc Dagenais qui la déteste royalement.

« Je crois qu'elle se serait contentée de son poste de commis-comptable, songea Pauline. Mais l'achat de Cinéphile l'a propulsée à l'avant-plan à cause de son lien d'amitié avec Grégoire Miller… Et voilà qu'un matin, elle se présente au bureau les traits tirés et complètement défaite. Deux jours plus tard, elle annonce au patron qu'elle prend un congé d'une durée indéterminée au moment où il a le plus besoin elle. »

Perdue dans ses pensées, la jeune femme secoua la tête.

« C'est à croire que quitter Montréal était plus fort que tout… Au point même de confier les clés de ton logement à la pire fouineuse qui soit et maintenant à moi, une pure étrangère… »

Elle jeta un coup d'œil à l'homme de la photo.

« Hum, c'est vrai qu'il ressemble à Gérard Philipe… »

Leur histoire d'amour datait depuis fort longtemps à en juger par la photo en noir et blanc. Pourtant, ils ne s'étaient jamais mariés…

Pauline haussa les épaules en replaçant le cadre. Avec le temps, elle en apprendrait peut-être un peu plus…

Elle consulta sa montre : « 20 h 50. Je vais prendre mes messages en attendant qu'Hélène soit en ligne. »

Un courriel l'attendait.

Bonsoir Pauline,

Désolée, je ne pourrai être au rendez-vous ce soir. Il y a eu un malentendu avec Grégoire Miller et je dois recoller les pots cassés. Nous pourrions nous retrouver demain à la même heure. Qu'en pensez-vous ?

Hélène

P.S. Merci de m'envoyer mes fichiers.

« Ah non ! Demain, on fête les jumeaux. On va devoir s'organiser autrement. »

Déçue, Pauline repéra le répertoire Archives nationales et joignit tous les fichiers à sa réponse.

Malheureusement, je ne pourrais pas demain soir. Que diriez-vous plutôt de dimanche après-midi vers 14 h ? J'aurais plus de temps devant moi.

Pauline

Sur le chemin du retour, Pauline marchait en songeant aux préparatifs du lendemain pour une fête d'enfants suivie d'un souper de famille.

«Misère, les petits amis, j'en aurais eu bien assez! Qu'est-ce qui m'a pris d'inviter les grands-parents et les parrains et marraines au souper? Ouais, c'est vrai que j'ai lancé mes invitations avant mon retour au travail...»

Elle s'arrêta au coin d'une rue pour attendre le feu vert; ses pensées filèrent vers l'homme qui partageait sa vie. Qui aurait cru que Steve se plairait autant à la maison? Une vraie chance pour elle qui pouvait maintenant changer d'air sans que la culpabilité lui coupe les ailes. «Avoir quelqu'un qui nous aime, quelqu'un sur qui on peut compter... c'est un vrai cadeau du ciel!»

Pauline pensa à Julie, qui élevait son fils seule. Oui bien sûr, sa mère lui donnait un coup de main, mais la nuit, Julie s'endormait seule dans son lit. Un souffle d'angoisse malsaine l'envahit à la pensée de se retrouver seule un jour. Sa vie avec Steve et son amour pour lui prenait tant de place qu'elle se demandait ce qu'elle ferait sans lui.

Le feu passa au vert sans qu'elle fît un pas pour traverser. Brusquement, venu de nulle part, un cycliste la frôla à toute vitesse pour s'échapper dans la rue. Pauline poussa un petit cri d'effroi. Le cycliste, un adolescent à casquette, se retourna rapidement puis poursuivit son chemin sans demander son reste.

Plaquant une main sur sa poitrine pour réprimer les battements de son cœur, elle resta figée sur place. Le sacripant était déjà loin : trop tard pour lui faire savoir sa façon de penser.

Au nouveau feu vert, elle reprit la route vers la maison. Elle s'en voulait un peu de s'être laissé aller à sa manie de se monter des scénarios catastrophes. Steve allait bien, elle ne le perdrait pas. Elle le retrouverait à la maison en train de s'arracher les yeux devant l'écran de son ordinateur et lorsqu'elle se glisserait derrière sa chaise pour l'enlacer doucement et lui dire à quel point elle l'aimait, il lui marmonnerait un « Moi aussi » distrait en lui tapotant la main. Tout à sa création, Steve ne se rendrait pas compte qu'elle rentrait plus tôt que prévu. De toute façon, dans ces occasions-là, toute tentative pour amorcer une conversation était perdue d'avance. Il était comme ça, Steve.

Ils s'étaient connus quatorze ans auparavant lorsque Pauline avait été engagée à l'agence de marketing où Steve occupait un poste de publiciste-graphiste. Ils formaient un tandem naturel : lui concevait – c'était un génie du logo et un maître dans l'art de manier les mots pour créer des textes accrocheurs ; elle le complétait avec brio, s'occupant des relations publiques et de la mise en marché des produits. Au dire de tous, ils formaient l'équipe la plus productive de l'entreprise.

Peu à peu, de tendres sentiments pimentèrent leur collaboration. Ils auraient pu simplement vivre ensemble, mais pour eux, le mariage allait de soi.

Pauline laissa échapper un sourire nostalgique lorsque sa rêverie ranima ses noces champêtres et leur voyage à Tahiti. Par la suite, le périlleux voisinage entre vie de couple et relation de travail ne connut jamais de faille. Leur équipe sut résister aux intempéries et conserver son rapport égalitaire.

Le début du décalage survint peu avant la naissance des jumeaux, lorsque Pauline quitta le marché du travail. Alors que de son côté, Steve poursuivait son ascension dans sa profession, raffinait ses compétences et agrandissait son cercle d'amis, sa femme vivait retirée dans une existence qu'elle n'avait pas vraiment choisie. Porteuse de deux bébés et rapidement contrainte au retrait préventif, elle dut redéfinir son plan de carrière. Évidemment, plus question d'envisager un rapide retour au travail comme prévu ; les coûts exorbitants des garderies rivalisant avec son salaire, l'organisation et tous les soins que l'arrivée de deux enfants réclamait ne le lui permettaient plus. En revanche, la perspective d'être mère la comblait de joie. Une fois le bouleversement passé, elle se laissa donc happer de bon gré dans l'aventure de la maternité. Pourtant…

Pourtant ce passage d'une vie mouvementée au sein d'une entreprise dynamique à la tranquillité doucereuse d'une bulle familiale avait brouillé les cartes : Pauline avait perdu ses repères. Ainsi, après quelques années cantonnée dans son rôle de mère au foyer, elle avait commencé à douter de ses capacités d'autrefois.

Son époux continuait à œuvrer au sein de la même entreprise. Il avait pris du galon en acceptant le poste de directeur du marketing. Aux yeux de Pauline, il était toujours aussi brillant, aussi parfait en tout, mise à part l'attitude paternaliste qu'il cultivait à son égard depuis son retrait du travail.

Du côté de Steve, tout marchait comme sur des roulettes. Il avait développé une belle complicité avec un nouveau collaborateur, un jeune homme fraîchement diplômé des HEC et dont les idées novatrices l'enchantaient. Toutefois, craignant d'attiser l'envie de Pauline en affichant sa satisfaction de lui avoir trouvé un remplaçant, Steve lui parlait très peu de son travail. Son souci de la préserver l'avait même amené à faire cavalier seul dans l'une des décisions les plus importantes de sa carrière : créer sa propre entreprise.

Pendant des mois, Pauline avait tenté de comprendre ce qui tracassait son mari au point de le rendre insomniaque. Longtemps, elle lui en voulut de lui avoir caché l'éventuelle fermeture de la boîte. Sans parler du fait que l'achat de la maison familiale était déjà planifié lorsqu'il s'était enfin décidé à lui en faire part.

Pour la première fois depuis leur rencontre, un réel froid s'installa entre eux. Pauline s'était terrée dans un long silence boudeur alors que Steve ne pouvait s'expliquer sa réaction. Après tout, ne lui avait-il pas épargné des mois de soucis ?

Tout était finalement rentré dans l'ordre, mais Pauline portait encore en elle la blessure de cet affront.

Sa songerie l'avait accompagnée jusqu'à la porte de sa maison. Elle farfouilla dans son sac à main à la recherche de ses clés. Elle ouvrit sans bruit afin de ne pas éveiller les jumeaux, mais elle avait oublié la présence de Philomène qui aboya dès que la porte s'entrouvrit.

— Chut! Chut! Philo, chuchota-t-elle.

Rassurée, la chienne agita joyeusement la queue. Pauline s'accroupit pour lui gratter les oreilles.

— La prochaine fois, je t'emmènerai chez Hélène avec moi.

Chapitre 8

Dimanche 13 mai 2001

Il pleuvait à boire debout. Pauline descendit de l'auto en compagnie de Philo. Elle fit signe à son mari et envoya des baisers à ses garçons avant que la voiture ne s'éloigne. Steve, qui avait proposé aux jumeaux de les emmener au cinéma, lui avait offert de la laisser chez Hélène en passant.

Aboyant de plaisir, la chienne grimpa l'escalier en trombe.

— Ma foi! Je ne savais pas que les chiens savaient voler! rigola la jeune femme.

Elle ouvrit son parapluie et monta à son tour sous le regard impatient de l'animal semblant lui dire: « Qu'est-ce que t'attends? »

— J'arrive, j'arrive! Mais tu vas être encore déçue, ma belle. J'espère que tu ne passeras pas la soirée à pleurer sinon je devrai te laisser à la maison, la prochaine fois.

Elle glissa la clé dans la serrure et ouvrit. Philomène se précipita dans la maison.

Il était 13 h 55. Le matin, Pauline avait vérifié sa boîte aux lettres virtuelle : Hélène serait au rendez-vous cet après-midi-là.

Pauline alluma l'ordinateur et cliqua sur l'icône du logiciel de clavardage. Ensuite, elle entrouvrit le couvercle de l'aquarium et saupoudra généreusement l'eau de nourriture pour poissons. Ceux-ci s'agglutinèrent fébrilement à la surface. Leur voracité avait raison d'être puisque la veille, Pauline, débordée par les préparatifs de la fête des jumeaux, n'avait pas trouvé le temps de passer.

De retour à l'ordinateur, elle vit apparaître une fenêtre de dialogue lui signalant l'arrivée d'Hélène en ligne. Déjà, sa correspondante se lançait dans leur première communication virtuelle.

Hélène : Bonjour ! On y est enfin !

Excitée, Pauline s'assit et appuya sur les touches du clavier.

Pauline : Je suis vraiment contente, comment allez-vous ?

Hélène : Je vais très bien, même si pendant les deux derniers jours, j'ai eu l'impression d'être retournée au boulot.

Pauline saisit l'allusion.

Pauline : Vous parlez de l'histoire avec Grégoire Miller ?

Hélène : Oui. Il m'a fallu user de tout mon tact pour rétablir la situation.

« Hum, songea Pauline, qu'est-ce qui a bien pu se passer ? C'est vrai que le patron était pas mal stressé quand il m'a demandé de la contacter... »

Pauline : Vendredi, monsieur Bélair m'a dit que vous alliez vous occuper de tout. Il semblait soulagé. Était-ce si grave que ça ?

Hélène : Il ne vous a rien dit ? Et Luc ? A-t-il parlé de quelque chose ?

Pauline : Non, je ne sais rien. Est-ce top secret ?

Hélène : C'est délicat, mais ça ne me dérange pas de vous en parler. Yvan voulait me joindre parce que Grégoire refusait de nous vendre Cinéphile.

C'est ainsi que Pauline apprit comment, profitant de l'absence d'Hélène, Luc avait tenté de s'infiltrer dans l'affaire. Bien sûr, il n'avait réussi qu'à y semer la pagaille.

Hélène : Grégoire avait accepté de nous vendre parce que je lui avais assuré que ses boutiques conserveraient la même politique de service à la clientèle. Vous êtes sans doute au courant que les employés de Cinéphile sont mieux payés qu'ailleurs ?

Pauline : Oui, mais ils sont également mieux formés que partout ailleurs.

Hélène : Voilà ! C'est la raison pour laquelle les clubs Cinéphile vendent leurs cartes de membre au lieu de les offrir gracieusement comme Ciné-Vidéo. Luc a toujours rechigné sur ce point-là. Nous en avons souvent discuté, lui et moi : Luc veut que Ciné-Vidéo impose sa charte à Cinéphile. Pas tout de suite,

évidemment (une clause du contrat exige effective-
ment que Ciné-Vidéo maintienne le service à la
clientèle implanté par Grégoire), mais pour les années
futures. Bref, mercredi dernier, Luc a eu une prise de
bec avec Grégoire à ce sujet. Il a critiqué sa façon de
faire assez cavalièrement.

Pauline: Il a du front! Mais pourquoi monsieur
Miller voulait-il se retirer de la transaction?

Hélène: Il ne voulait pas faire affaire avec Luc, ni
maintenant ni dans l'avenir, sachant qu'il succédera
un jour à Yvan au poste de directeur général.

«Et moi qui espérais que c'était juste une
rumeur…», se désola Pauline.

Quelques lignes s'ajoutèrent dans la fenêtre de
clavardage.

Hélène: Les frères Bélair étaient vraiment contra-
riés quand ils ont appris toute l'histoire, mais c'est
réglé maintenant. Vendredi soir, j'ai rencontré
Grégoire pour remettre les pendules à l'heure. La
vente de Cinéphile a été conclue hier avec Gilles
Bélair, le directeur de la filiale de Québec. Il ne
manque plus que les signatures des deux autres frères.

Pauline: Tout le monde va pouvoir respirer maintenant.

Hélène: Oui, et j'ai bien hâte que ce soit terminé,
car je commence à en avoir ras le bol.

Pauline: Je vous comprends.

Hélène: Si nous passions à un sujet plus intéressant? Vous, par exemple. Tout ce que je sais, c'est que

vous êtes une fille épatante. Allez, dites-m'en un peu plus sur vous.

Le clavier de Pauline resta silencieux quelques secondes.

Pauline: Qu'est-ce que je pourrais bien vous dire... J'ai trente-trois ans, je suis mariée et mère de jumeaux qui viennent tout juste de célébrer leur dixième anniversaire.

Hélène: J'ai su, par Julie, que mon remplacement à Ciné-Vidéo était votre premier emploi depuis votre congé de maternité. Comment trouvez-vous votre retour sur le marché du travail?

Pauline: Je suis contente. Au début, il y avait pas mal de travail à abattre, mais je me suis adaptée. En passant, votre logiciel est fameux.

Hélène: Merci, vous êtes gentille. En fait, Icétou a d'abord été conçu pour mon usage personnel au travail. J'étais loin de penser que les frères Bélair me demanderaient de l'implanter à la grandeur du réseau. Mais on parle encore de moi, là... Comment vous entendez-vous avec les autres?

Pauline: J'aime beaucoup Julie, mais j'ai rarement l'occasion de jaser avec elle. J'ai aussi rencontré Susanne Marchand, elle est très sympathique. Mes contacts avec Caroline et Luc se limitent à un cadre uniquement professionnel.

Hélène: Et chez vous, votre mari, vos enfants, comment prennent-ils ce gros changement?

Pauline : Assez bien étant donné que Steve, mon mari, travaille à la maison.

Pauline lui détailla les raisons économiques qui l'avaient poussée à retourner travailler et son besoin de changer d'air.

Pauline : À la maison, j'aidais Steve à gérer ses affaires. Dans le passé, nous avons travaillé ensemble dans la même boîte : Publi Pub. Nous collaborions aux mêmes projets. Ça marchait plutôt bien.

Hélène : Vous étiez sa secrétaire ?

Pauline : J'avais été engagée comme telle. À la fin de mes études en marketing, j'ai eu une promotion : je m'occupais des relations avec la clientèle et des études de marché.

Hélène : Vous avez une formation en marketing ? Pensez-vous retourner travailler dans une boîte de pub ?

Les doigts de Pauline hésitèrent quelques secondes.

Pauline : À vrai dire, je ne me suis pas encore posé la question. Tout ce qui m'importe pour le moment, c'est de gagner des sous en vivant autre chose.

Un sourire s'était étiré sur ses lèvres en tapant cette dernière phrase : « En fait, c'est ma complicité avec toi, Hélène, qui pimente le plus ma vie… »

Hélène : Yvan semble très satisfait de vous. S'il vous demandait de rester, accepteriez-vous ?

Pauline : Oui, je pense que je pourrais m'y plaire.

La conversation se poursuivit quelques minutes autour des jumeaux. Puis Hélène parla de son fils.

Hélène: Moi, j'ai un fils, Jean-François. Vous avez peut-être vu sa photo : il y en a tout un assortiment dans ma chambre.

Pauline: Oui. J'ai aussi aperçu quelques photos de votre petit-fils.

Hélène: Mon petit Willy. Il me manque tellement... Ça fait un an que je ne l'ai pas pris dans mes bras. Heureusement, Jean-François m'envoie des photos.

Pauline: J'ai appris que votre fils vit en France.

Hélène: Ah, c'est vrai, vous avez dû avoir droit à tout un rapport de madame Écho-voisins...

Pauline rigola avant de poursuive.

Pauline: Quel surnom fantastique !

Hélène: Il lui va à merveille, croyez-moi ! L'avez-vous vue souvent ?

Pauline: Juste deux fois, mais assez pour me faire une opinion.

Hélène: Vous a-t-elle fait le coup des cartes ?

« Le coup des cartes... » Pauline sourit. Ainsi Hélène n'était pas dupe du stratagème utilisé par la vieille dame pour soutirer de l'information sur les gens de son entourage.

Pauline: Elle aurait bien voulu, mais le temps lui a manqué...

Elle jeta un coup d'œil à sa montre. Le temps passait trop vite, il lui faudrait bientôt clore la conversation pour retourner à la maison confectionner deux douzaines de petits gâteaux pour la classe de Mathieu. Elle en fit part à sa correspondante.

Hélène : Ah ! La joie d'être mère. Avant de partir, pouvez-vous me donner des nouvelles de Philo ?

Pauline : Elle est ici avec moi, mais je ne la vois pas.

Hélène : Je ne serais pas surprise qu'elle se soit endormie sur mon lit.

Pauline : Ça ne m'étonnerait pas. Heureusement, elle commence à s'habituer à nous. Elle va bien, elle mange bien. Mes garçons se sont un peu calmés, alors elle aussi.

Hélène : Je suis bien contente de la savoir en bonnes mains. J'ai bien aimé « parler » avec vous.

Pauline : Moi aussi. Je n'ai pas souvent la chance d'échanger avec les gens. J'ai peu d'amis, pourtant je suis loin d'être asociale.

Hélène : Personnellement, ça me plairait bien de poursuivre cette conversation. À quand le prochain rendez-vous ?

Pauline : Demain, c'est trop serré, j'aurai juste le temps de passer nourrir les poissons. Que diriez-vous de mardi à 20 h 30 ?

Hélène : Ça me va très bien. Au fait, j'ai donné mon numéro de téléphone au patron. Je vous le confie à vous aussi, mais ne le transmettez à personne, OK ?

Une série de chiffres défilèrent à l'écran. Pauline s'empressa de les noter avant de pianoter sa réponse.

Pauline: Soyez sans crainte Hélène, je serai discrète. À mardi.

Comme de fait, Pauline retrouva Philomène pelotonnée sur le lit de sa maîtresse. Elle s'assit à ses côtés et caressa son dos duveteux.

— Allez, ma pitoune, on y va.

La chienne se réveilla en grognant. Pauline lui attacha sa laisse et retourna chez elle d'un pas alerte, les pensées tournées vers sa conversation avec Hélène. Ce premier contact en temps réel lui avait souligné à quel point elle avait besoin d'une nouvelle amitié depuis le départ de son amie Carole pour le Grand Nord.

Elle avait connu Carole Dumont au primaire et depuis, elles avaient tout partagé : loisirs, projets et surtout, confidences. Bien que leur cheminement scolaire eût bifurqué après leurs études au secondaire – Pauline avait opté pour un diplôme en secrétariat alors que Carole se destinait à l'enseignement –, rien, même leur vie de couple respective, ne semblait affadir leur amitié.

En juillet 1999, Carole et son mari Jean-Pierre, couple sans enfant et tous deux professeurs au primaire, avaient plongé dans une grande aventure : enseigner à Obedjiwan. Un contrat de deux ans qu'ils parlaient déjà de renouveler tant l'expérience leur plaisait.

Pauline et Carole s'écrivaient de temps en temps. Il leur arrivait quelquefois de clavarder, lorsqu'elles avaient la chance de mettre simultanément la main sur un ordinateur libre. Pour Pauline, c'était trop peu : la spontanéité de leurs échanges et leurs sorties de filles lui manquaient terriblement.

Une fois chez elle, Pauline fit entrer Philomène dans la maison et monta dans sa voiture pour se rendre à l'épicerie.

Ses pensées la renvoyèrent à Hélène Beaudoin et à son amoureux, le Roi de trèfle. Hélène, une voleuse de mari ? Pauline n'aimait guère l'imaginer ainsi. Qui était donc cet homme « beau comme un acteur », ce Frédéric Sainte-Marie ?

« Il doit être de retour chez lui maintenant. Je me demande si Hélène lui a écrit… » Pauline brûlait de savoir. Un peu honteuse, elle eut soudain l'impression de se transformer en une nouvelle « Madame Écho-voisins ».

« Ben non, Pauline, c'est juste ton petit côté romanesque qui refait surface… », se rassura-t-elle gentiment.

Le mardi soir, à 20 h 30, la conversation virtuelle reprit entre les deux femmes. Pour le moment, il était question du bureau.

Hélène : Je sais très bien que Luc n'apprécie pas ma présence : il croit que je veux lui ravir le poste de directeur des ventes.

Pauline : Vous savez, il n'a pas tort, les rumeurs lui donnent raison.

Hélène : Les rumeurs n'ont rien à voir avec moi... Avec ce que je veux, moi.

Pauline : Pourtant, on dit que vous êtes surqualifiée pour le poste que vous occupez.

Hélène : Oui, c'est vrai. À Québec, j'étais directrice des ventes, mais à Montréal, je suis commis-comptable et ça me convient très bien ainsi. Les rivalités de bureau, je n'en ai rien à faire. Luc n'a pas besoin de moi pour gâcher ses chances.

Pauline : Vous dites ça à cause de l'histoire avec Grégoire Miller ?

Hélène : Oui, entre autres. Luc est trop agressif, son ambition lui monte à la tête. Grégoire n'est pas habitué à se faire brasser. Il accepte de nous vendre son réseau, mais je doute qu'il veuille s'impliquer dans une collaboration à long terme si Luc est dans les parages.

Pauline : Pourquoi ne ferait-il pas équipe avec vous ? C'est votre ami, paraît-il.

Hélène : Je le connais depuis plus de trente ans. C'était un ami de mon père. Quand j'étais jeune, Grégoire rêvait de mettre sur pied un projet cinématographique, un genre de festival des films du monde à plus petite échelle. J'y ai travaillé avec lui pendant tout un été. Nous nous sommes liés d'amitié.

Pauline : Alors, pourquoi ne collaborerait-il pas avec vous ?

La fenêtre du clavardage resta vide plus longtemps que d'ordinaire. La réponse d'Hélène se faisait attendre…

Hélène : Disons que j'ai d'autres projets, mais s'il vous plaît, ne le dites à personne. Je n'ai pas fini de faire le point.

« Elle n'aurait pas l'intention de revenir à Ciné ? Voyons, elle ne peut pas faire ça… » Les doigts de Pauline tapèrent fébrilement sur le clavier.

Pauline : Vous pensez quitter Ciné-Vidéo ?

Hélène : Nous en reparlerons un de ces jours, OK ?

Mal à l'aise, Pauline se mordit les lèvres. Elle aurait tort d'insister.

Pauline : Oui, bien sûr. Je n'ai pas voulu être indiscrète…

Hélène : Mais non, rassurez-vous, c'est normal que vous vouliez savoir. Je vous informerai personnellement de ma décision aussitôt qu'elle sera prise. Je vous dois bien ça !

Pauline se détendit un peu.

Pauline : C'est vraiment très délicat de votre part.

Hélène : Je me sens redevable envers vous. Grâce à vous, je peux désormais profiter sans crainte de mon éloignement ; je sais que ma maison et mon chien sont en bonnes mains.

Pauline : Vous écrivez toujours votre roman ?

Hélène : J'y travaille quatre à cinq heures par jour. Le reste du temps, je vais me promener dans l'île ou dans les rues du Vieux-Québec. J'écris, je marche, je réfléchis… Un peu comme si je faisais une retraite fermée. J'en avais besoin, même s'il m'arrive parfois de me sentir bien seule dans cette grande baraque.

Pauline : Vous devez bien avoir des amis et de la parenté à Québec ?

Hélène : Je jase de temps en temps avec une voisine, mais personne d'autre ne sait que je séjourne ici.

« Même Frédéric ? Hélène, lui as-tu donné de tes nouvelles ? »

Les doigts de Pauline se recroquevillèrent au-dessus du clavier : valait mieux éviter ce genre d'interrogatoire.

Leurs conversations se prolongèrent pendant les deux semaines suivantes. Tous les soirs, sitôt les jumeaux au lit, Pauline prenait la direction de la 17e Avenue pour boire son petit déca en compagnie d'Hélène.

Steve bougonnait un peu. Il se sentait négligé, mais il savait bien que de toute façon, Pauline devait se rendre quotidiennement sur la 17e Avenue pour nourrir les poissons.

Pauline prenait un réel plaisir à ces conversations virtuelles où il était souvent question du bureau : Hélène répondait à ses questions concernant le fonctionnement d'Icétou et lui prodiguait quelques conseils pour communiquer avec certains franchisés d'humeur difficile. Toutefois, outre leurs échanges autour des enfants ou de leurs goûts cinématographiques et littéraires respectifs, Hélène parlait peu d'elle-même : pas un mot sur les raisons de son départ précipité et jamais le nom de Frédéric Sainte-Marie n'avait été évoqué. Pour Pauline, le mystère restait entier. « Pourtant, elle m'a confié ses clés, elle doit bien me faire confiance... »

C'est que, malgré l'assiduité de leurs rencontres, leur amitié n'avait pas encore trouvé la complicité du cœur.

Chapitre 9

Mardi 29 mai 2001

Les rayons du soleil s'estompaient peu à peu, bientôt ils s'effaceraient tout à fait pour laisser place au crépuscule.

Une Ford passa lentement sur la 17ᵉ Avenue. C'était la deuxième fois en trois minutes. La voiture stationna devant la maison de madame Berthiaume et son conducteur leva les yeux vers le deuxième étage. « Son auto est encore dans la cour, mais on dirait qu'il n'y a personne là-haut, songea-t-il. Pourtant Michel m'a bien dit avoir aperçu de la lumière, hier soir… »

Après quelques secondes, l'homme dans la cinquantaine s'extirpa lourdement de son véhicule en grimaçant. Saisissant sa canne, glissée entre son siège et la portière, il s'y appuya pour avancer en claudiquant légèrement.

Grand de taille et large d'épaules, il portait un jeans et une chemise bleue aux manches roulées aux coudes. L'abondante chevelure châtaine qui lui effleurait la nuque avait subi une coupe claire sur le côté gauche. Une cicatrice, qu'un léger duvet n'arrivait pas à dissimuler, lui tatouait la tempe de haut en bas.

Ses pas l'avaient conduit au bas de l'escalier menant au second étage. Songeur, il s'arrêta, fit demi-tour et gravit plutôt lentement les quelques marches du premier palier. Il appuya sur la sonnette, attendit un peu. Personne ne vint lui ouvrit.

Il rebroussa chemin. De retour au pied de l'escalier du deuxième étage, il poussa un soupir résigné devant cet Everest à escalader.

Laborieusement, marche par marche, les traits tendus par la douleur, il fit son ascension en s'aidant à la fois de sa canne et de la rampe. Enfin sur le balcon, il sonna et, sans attendre la réponse, il frappa dans le carreau vitré de la porte en acier. « Personne... Rien ! Rien de rien ! »

Sans plus hésiter, il plongea la main dans sa poche, sortit un trousseau de clés pour déverrouiller la porte récalcitrante.

Sitôt à l'intérieur, l'homme perçut une odeur familière et un obscur sentiment de bien-être s'insinua en lui. Abandonnant sa canne dans le vestibule, il entra dans la pièce servant de bureau, là où se dressait la bibliothèque. Il ne savait que faire ni quoi chercher. Il s'approcha de l'aquarium : les poissons nageaient nonchalamment. Qui les nourrissait ? Et les plantes ? Jamais Hélène ne laisserait ses plantes dépérir. À cette pensée, il se retourna vivement vers le lierre accroché au-dessus du meuble de l'ordinateur. Tendant le bras

vers le pot, il planta son index dans la terre. « Humide »,
murmura-t-il.

Pris d'un fol espoir, il se rendit dans la cuisine et
reprit son manège avec les plantes qui fleurissaient sur
le bord des fenêtres. « Une chose est sûre, quelqu'un
est passé ici récemment. »

Malgré tout, il se méfiait de la douce euphorie qui
s'était infiltrée en lui. Avisant le réfrigérateur, il se dit
qu'il obtiendrait sans doute réponse à sa question à
l'intérieur. Il ouvrit la porte et vit, sagement aligné au
fond de la deuxième tablette, tout un assortiment de
pots en verre : de la confiture à la vinaigrette en passant par toute une panoplie de condiments. Rien qui
allait se gâter à brève échéance, à part… Tiens ? À part
un litre de lait sur l'une des tablettes de la porte… et
dont la date d'expiration était loin d'être échue. Mais
il n'y avait rien d'autre, pas de fruits, pas de viande,
pas même un reste de nourriture pour Philo.

— Mais oui, le chien ! lança-t-il en s'adressant aux
murs.

Il jeta un coup d'œil par terre à la recherche du plat
de Philomène et aperçut, près de la porte arrière, un
petit bol à dessert à demi rempli d'eau, mais ne vit
aucun récipient pour la nourriture…

Poursuivant son inspection, l'homme découvrit un
pot de café décaféiné sur le comptoir et une énorme
tasse oubliée dans l'évier. Il fronça les sourcils.
« Bizarre… Hélène a une sainte horreur de l'instantané, elle ne boit que de l'expresso. »

De plus en plus perplexe, il se rendit dans la chambre à coucher et ouvrit la porte de la penderie : la moitié des cintres étaient dénudés. Il tira sur une chaînette, une lumière crue jaillit. La grosse valise bleue qui accompagnait Hélène dans tous ses déplacements n'était plus sur la tablette du haut.

« Elle n'est pas revenue », conclut-il, brisé.

Hélène courait toujours… Elle le fuyait parce qu'elle avait eu trop mal. Trop mal d'avoir été reléguée dans l'ombre, pendant que tout devait se jouer sans elle, encore et toujours…

En soupirant, il saisit la chaînette pour éteindre, mais retint son geste en apercevant l'un des déshabillés d'Hélène, le rouge, celui qu'il lui avait offert l'automne précédent. Il le décrocha du cintre. Ses doigts palpant le tissu soyeux lui ramenèrent le doux souvenir de la dernière fois où il l'avait vue porter cette tenue légère.

C'était un soir de décembre, peu avant le congé de Noël. Dehors, il neigeait abondamment et Hélène avait éclaté de rire en le découvrant à sa porte, la chevelure enneigée…

En principe, il aurait dû rester chez lui à réviser le texte d'une conférence qu'il devait prononcer le lendemain. Sa femme et leur fille couraient les magasins, la maison était silencieuse, le moment s'y prêtait bien. Pourtant, il n'arrivait pas à se concentrer. Sans trop savoir pourquoi, il s'était levé pour aller à la fenêtre de son bureau. Dehors, d'énormes flocons cotonneux avaient entamé une chorégraphie improvisée. C'était si joli! Il s'était alors dit que sortir l'aiderait sans doute à refouler cette pointe d'angoisse qui l'empêchait de travailler. La soirée était jeune, alors pourquoi pas?

Il avait choisi de marcher le long d'une rue bordée d'arbres centenaires où la nature offrait le meilleur spectacle. Sa longue promenade l'avait entraîné aux abords du quartier Rosemont. Soudain, un vent glacial s'était levé et la danse gracieuse des flocons s'était convertie en une poudrerie endiablée: la balade avait perdu l'attrait de la sérénité. Par chance, quelques rues seulement le séparaient de la maison d'Hélène. Se réjouissant à l'avance de sa surprise en le voyant arriver à l'improviste, il s'était aussitôt senti réconforté.

Hélène lui avait sauté au cou et lui, comme toujours, l'avait soulevée de terre pour l'étreindre tendrement.

—Je ne pensais pas avoir la visite d'un aussi beau bonhomme de neige… si froid, avait-elle rigolé en se dégageant.

Lui aussi riait.

—Tu te trompes, ma chère, je suis l'abominable homme des neiges qui vient te manger tout rond, avait-il clamé en se débarrassant de son paletot et de ses bottes.

D'un air de défi, Hélène avait étroitement croisé les pans de son peignoir écarlate contre elle.

—Ah ça, mon cher, c'est juste si tu m'attrapes!

Il l'avait poursuivie dans le couloir. Ils riaient aux éclats, ils avaient de nouveau dix-huit ans. À chaque fois c'était la fête, tout le reste s'évanouissait devant leur joie de se retrouver.

Il l'avait cernée dans la cuisine et l'avait prise dans ses bras pour l'emporter dans la chambre. Sans ménagement, il l'avait jetée sur le lit en poussant un rugissement de conquérant. Emprisonnant ses poignets dans ses larges mains, il l'avait clouée, impuissante, sur le couvre-lit pour la couvrir de baisers. Lorsqu'il l'avait sentie à sa merci, il avait relâché son emprise. Libérées, les mains Hélène avaient glissé sous son épais chandail à col roulé en insistant pour l'en débarrasser. Oubliant tout, Fred avait de nouveau plongé au cœur de l'interdit, s'abreuvant à la source même de son angoisse.

Mais après, oui, après s'être saoulé d'elle au point d'avoir perdu la notion du temps, il lui avait fallu retourner à la réalité : s'arracher de ce lit moelleux et de la douce tiédeur de la peau de sa maîtresse pour retomber dans son autre vie en s'efforçant d'ignorer le terrible tourment qui reprenait inexorablement sa place.

Six mois s'étaient écoulés depuis…

Frédéric émergea de sa rêverie. Il accrocha le déshabillé sur le cintre, lissant maladroitement, du bout de ses gros doigts, la couture de l'épaule pour enlever les mauvais plis. Ses gestes, d'une infinie tendresse, se modelaient sur les caresses qu'il prodiguait en pensée à celle dont l'absence le laissait si démuni. La souffrance physique n'était rien, son corps, son âme, tout son espace de vie enduraient un calvaire bien pire : la peur de l'avoir perdue à jamais. Hélène avait traversé cet enfer, c'était à son tour maintenant...

Refermant la porte de la penderie, il se remémora leur dernière conversation après l'amour, il y avait si longtemps déjà, des semaines...

Il la tenait blottie tout contre lui. Elle ne disait rien.

— Hélène, qu'est-ce qu'il y a ? lui avait-il chuchoté en resserrant son étreinte.

Il l'avait entendue soupirer.

— Je me demandais quand est-ce que tu me sortirais ton fameux "Il faut que je me sauve..."

Qu'aurait-il pu répondre ?

— Fred, je n'en peux plus. Je ne sais pas si je vais être capable de continuer très longtemps à vivre comme ça.

— Je comprends, avait-il murmuré en la pressant davantage contre lui, je sais que ce n'est pas facile pour toi.

— Si au moins on pouvait passer plus de temps ensemble. Vivre autre chose... J'en ai assez de n'avoir que des miettes de toi. À chaque fois que je te vois, c'est comme si j'accostais sur une île sans pouvoir aller plus loin que le rivage.

C'était l'éternelle rengaine qu'elle lui ressassait périodiquement lorsqu'elle n'arrivait plus à endiguer sa frustration et lui, impuissant, attendait que l'orage passe. Que pouvait-il faire d'autre ?

Pourtant, ce soir-là, il lui avait promis de trouver du temps – tout un week-end, pas moins –, se demandant en même temps quelle raison il invoquerait pour s'esquiver en douce de ses obligations familiales. Lui, si mauvais menteur, lui qui culpabilisait si facilement. La situation était tout aussi pénible pour lui, Hélène s'en rendait-elle seulement compte ?

Finalement, il n'avait pu tenir sa promesse : l'accident de voiture l'avait rappelé à l'ordre. Le médecin prétendait qu'il avait été chanceux de s'en tirer à si bon compte physiquement. Oui, bien sûr, physiquement...

Il sortit une feuille froissée de la poche arrière de son pantalon et parcourut pour la centième fois le message qu'Hélène lui avait fait parvenir par courriel au début avril. Probablement le jour de son départ...

C'était tout ce qu'il avait.

Il jeta un coup d'œil à sa montre et prit une décision. Il dénicha un stylo dans le tiroir de la table de nuit. Puisqu'il ne pouvait pas la joindre, il allait lui laisser un mot qu'elle lirait à son retour. Au moins en lui écrivant, il aurait l'impression de la retrouver un peu... Il retourna dans la cuisine et s'assit à la table. Pour une fois, il n'eut aucun mal à imaginer les mots pour traduire ses sentiments.

Il apposait sa signature au moment où il entendit une clé tourner dans la serrure... Le cœur prêt à éclater, il repoussa sa chaise qui bascula derrière lui.

— Hélène? C'est toi Hélène?

Pauline avait pris du retard sur son horaire habituel. Aujourd'hui, pas de rendez-vous sur le Net avec sa nouvelle complice. Elle ne devait passer que pour les poissons. Toute pleine d'entrain, Philomène avait eu peine à se calmer pendant qu'elle lui passait sa laisse. Pauline appréciait sa compagnie, surtout à cette heure tardive. Bien sûr, Philo n'avait pas le physique d'un labrador, mais ses grognements auraient des chances de dissuader quiconque oserait l'aborder cavalièrement.

Chez Hélène, tout se passa très vite : la jeune femme remarqua à peine la canne appuyée contre le mur du vestibule, elle n'eut ni le loisir d'analyser le fracas provenant de la cuisine ni de se demander à qui appartenait la voix que Philo avait reconnue...

— Hélène? C'est toi Hélène?

Au comble de l'excitation, la chienne tira si fort sur sa laisse que Pauline dut lâcher prise. Frétillant de joie, Philo se précipita dans le couloir. À sa poursuite, Pauline la vit se jeter sur l'homme qui chancela en poussant un cri de douleur. Il s'appuya au mur pour retrouver son équilibre. Il riait maintenant.

— *Hello*, ma belle ! *Long time no see !* Ben oui, ben oui… t'es toute fofolle, calme-toi…

Accaparé par l'animal, il ne pouvait rien faire d'autre que la flatter pour l'apaiser.

Le cœur palpitant, Pauline assistait en silence à cette scène de réjouissances. Elle n'avait pas eu le temps d'avoir peur. De toute façon, qu'avait-elle à craindre de cet homme qui n'était pas tout à fait un étranger pour elle. « Le voici enfin… »

Il était sympathique et fort séduisant, le « Roi de trèfle » de madame Berthiaume et ce, malgré, ou surtout à cause de cette impression de fragilité qui se dégageait de lui.

Philo rassasiée d'affection, Frédéric put enfin considérer l'inconnue qui se tenait devant lui. Ses yeux azur l'interrogeaient en silence. Pauline fit un pas vers lui.

— Hélène n'est pas à Montréal, l'informa-t-elle d'une voix teintée de regret.

— C'est donc vous qui prenez soin des plantes.

— … des poissons et de Philomène, continua la jeune femme. C'est même moi qui la remplace au bureau… Je m'appelle Pauline Nadeau, et vous… vous êtes Frédéric…

— Sainte-Marie, compléta-t-il en tendant une main amicale. Mais où est-elle ?

Muette, Pauline serra la main de l'homme en se demandant ce qu'elle pourrait bien lui dire.

Frédéric devina son trouble.

— Hélène vous a demandé de ne rien dire, c'est ça ?

— Je regrette…

Il avait gardé la main de la jeune femme dans la sienne.

— Vous lui parlez souvent ? Elle va bien ?

— Oui, très bien. Et vous, ça va mieux ? demanda-t-elle en détachant sa main pour désigner sa blessure à la tête.

— Oh moi ? Je remonte lentement la pente. Mais, je vous en prie, venez vous asseoir, il faut que nous parlions.

D'un geste, il l'invita à passer au salon. Ensemble, ils prirent place sur le canapé. La chienne s'installa entre eux, se pelotonnant tout contre Frédéric qui la gratta derrière les oreilles. Elle eut un petit grognement de plaisir qui le fit sourire, amenant un brin de sérénité sur ses traits tendus.

— Je ne vous ai jamais rencontrée, pourtant vous savez qui je suis… Hélène vous aurait-elle parlé de moi ?

— Je connais votre nom parce que j'ai entendu votre message sur sa boîte vocale, au bureau et… et j'ai vu les photos dans sa chambre à coucher.

Elle préféra taire le fait qu'elle n'avait jamais rencontré Hélène en personne, le moment ne se prêtait guère aux explications fastidieuses.

— Vous a-t-elle donné une date de retour ?

— Malheureusement non, je suis désolée.

—Je dois lui parler, insista Frédéric. Pouvez-vous lui faire le message de ma part?

— Bien sûr. Voulez-vous que je lui demande de vous téléphoner?

Confuse, Pauline réalisait qu'elle était en train de le tester.

—Euh… c'est compliqué par téléphone, bredouilla l'homme.

La curiosité l'emportant sur son embarras, la jeune femme décida de pousser son audace d'un cran:

— Tout doit se faire discrètement, c'est ça?

Frédéric détourna les yeux de crainte de lire une condamnation dans le regard de la jeune femme. Aucune explication ne lui venait à l'esprit pour se sortir de ce mauvais pas. Il haïssait cette maudite paralysie qui s'emparait de lui chaque fois que les émotions le submergeaient.

Le considérant avec compassion, Pauline préféra changer de sujet.

— Que vous est-il arrivé?

Le visiteur se détendit un peu.

— Un accident d'auto, collision frontale. Je revenais d'une réunion, il pleuvait, c'était glissant… Le conducteur de l'autre véhicule est mort et son passager a pris la fuite: la voiture avait été volée, il n'avait pas envie de jouer les bons samaritains. J'ai eu la jambe cassée et des côtes fracturées, l'une m'a transpercé un poumon. Ma tête a fracassé la vitre de la portière et j'ai été dans les pommes pendant un bout de temps. Je me suis éveillé le lendemain, paraît-il, mais je ne m'en souviens pas. Je n'ai vraiment repris connaissance que le surlendemain. On m'a opéré plusieurs fois. J'ai été hospitalisé pendant une douzaine de jours puis j'ai dû retourner à l'hôpital à cause d'un début d'infection, précisa-t-il en désignant son côté gauche au niveau de la cage thoracique.

— Vous souvenez-vous de la date ? s'enquit Pauline. Je… Excusez ma curiosité, mais Hélène a quitté le bureau le 6 avril et je voulais m'assurer…

— Si pensez que mon accident a quelque chose à voir avec le départ d'Hélène, vous ne vous trompez pas.

Il passa une main dans ses cheveux. Des gouttes de sueur perlaient à son front.

— Comme je vous le disais, je sortais d'une réunion d'amis et je me rendais justement chez elle. Comme j'étais dans les vapes, je n'ai pu la prévenir et j'imagine très bien le genre de nuit qu'elle a dû passer, souffla-t-il, comme pour lui-même.

« Une nuit terrible… », songea Pauline se remémorant le récit de Caroline lors du dîner soulignant le retour de Susanne Marchand.

— Comment l'a-t-elle su ?

— Elle a téléphoné au bureau le lendemain. Michel, un de mes collègues, lui a appris la nouvelle. Le même soir, il l'a accompagnée à l'hôpital. Quelques jours plus tard, j'ai voulu l'appeler de ma chambre, mais il n'y avait pas de réponse chez elle. J'ai tenté de la joindre au bureau, mais là non plus, pas de réponse.

J'ai quand même pu laisser un message sur sa boîte vocale et à la réception de Ciné-Vidéo.

— À Ciné, on ne vous a pas dit qu'elle était partie pour un certain temps ?

— Oui, mais la secrétaire ne savait pas pour combien de temps et je n'ai pas voulu insister davantage. Je ne voulais pas embarrasser Hélène, elle est très discrète au sujet de sa vie privée.

En entendant le prénom de sa maîtresse, Philomène dressa ses grandes oreilles d'épagneul.

— Toi aussi, tu te demandes où elle se cache ? lui dit l'homme en appuyant affectueusement un doigt sur le bout de son museau.

Il reprit son récit.

— Par la suite, j'ai su qu'elle avait rappelé Michel. Je n'ai eu aucune autre nouvelle jusqu'au moment où j'ai pu prendre mes courriels. Hélène m'avait laissé un mot m'apprenant son départ. Je lui ai répondu, mais le message m'est revenu. Elle avait fermé son compte de messagerie, elle ne voulait plus rien savoir de moi… murmura-t-il en baissant les yeux.

Une ritournelle retentit. Frédéric saisit son cellulaire dans sa poche. Pauline s'attendait à ce qu'il se lève pour prendre l'appel discrètement, mais il ne fit aucun geste en ce sens. Après s'être excusé, il appuya sur un bouton de l'appareil :

— Allô, oui ? (…) Je suis dans l'auto, en route pour la maison. Tu as besoin que je rapporte quelque chose ?

Il avait parlé en plantant son regard dans celui de Pauline, implorant une complicité tacite.

— Ah oui, c'est vrai, je vais le prendre en passant… Au club vidéo ? Pourquoi pas. Quel film aimerais-tu voir ? Moi ? Bof, n'importe quoi. Choisis, toi… Bon OK, je te rappellerai de là-bas…

Il termina son appel et regarda encore Pauline dans les yeux :

— Je ne suis pas un salaud qui saute sur la première occasion pour tromper sa femme.

Il avait lancé cette phrase d'un seul souffle avant de baisser les yeux sur ses mains ; une alliance brillait à son annulaire.

— C'est parce que c'est elle, avoua-t-il sans lever les yeux. C'est parce que c'est Hélène. Je n'ai jamais eu personne d'autre. Croyez-moi, j'aime ma femme…

Il se tut aussitôt, conscient de s'embourber dans le plus vieux cliché du monde. Il haussa des épaules désabusées, tout ceci le dépassait. Comment pouvait-il expliquer ce qu'il vivait avec Hélène sans s'aventurer sur un terrain miné ? C'était une longue histoire qu'il ne voulait pas tout bonnement livrer dans une conversation expéditive où la justification prendrait toute la place.

Embarrassée, Pauline se leva pour se donner contenance. Frédéric allait bientôt partir et il fallait régler une chose.

— Où Hélène pourrait-elle vous joindre ? À votre travail ?

— Non, je suis encore en convalescence pour quelques semaines. Le jour, je suis seul à la maison la plupart du temps, mais il arrive à ma fille de faire un saut entre deux cours à l'université.

— Et votre cellulaire ?

— C'est celui de ma femme, alors...

Il réfléchit un moment, puis :

— Pouvez-vous au moins lui transmettre le message que j'ai laissé sur la table de la cuisine ? Je pourrais vous faire signe dans quelques jours en vous appelant au bureau. Je connais le numéro, ajouta-t-il avec un pauvre sourire.

Il se leva pour prendre congé.

— Vous pouvez compter sur moi, Frédéric, l'assura Pauline, je vais m'en occuper ce soir même.

Après le départ du visiteur, Pauline se rappela la raison pour laquelle elle était passée chez Hélène. Absorbée par ses pensées, elle ouvrit le couvercle de l'aquarium, saisit la boîte de nourriture et en saupoudra la surface. L'assaut de la douzaine de poissons déchaînés n'arriva pas à la sortir de sa méditation. « Pourquoi un homme qui se prétend amoureux de sa femme la tromperait-il ? ... À moins que Frédéric ne soit dans la même situation que Rémi : heureux en ménage parce qu'il trouve ailleurs la compréhension qui lui manque chez lui... »

Au réveillon de Noël, son frère Rémi, marié depuis une quinzaine d'années, l'avait prise à part pour lui confier qu'il avait une maîtresse. L'alcool lui avait délié la langue cette nuit-là, car jamais, en un autre temps, il ne lui aurait avoué quoi que ce soit.

«Dans son cas, sauter la clôture doit l'aider à endurer le quotidien avec sa maudite folle… Manon ne se doute pas de ce qu'elle doit à l'autre…», se dit-elle sans essayer de censurer sa méchanceté.

Pauline entra dans la chambre d'Hélène pour examiner la photo du couple : deux personnes dans la cinquantaine. Pas des vedettes de cinéma, mais deux individus ordinaires dont l'air radieux témoignait de leur amour mutuel. Pauline ne pouvait pas se le cacher, la vulnérabilité de Frédéric l'avait touchée. Et même si la tricherie était contre ses principes, elle refusait de le juger. Après tout, les histoires d'amour, et encore davantage les histoires d'amour impossibles, l'avaient toujours fait craquer.

«C'est parce que c'est Hélène…», avait-il affirmé sans pudeur.

Pauline se sentait privilégiée de la confiance qu'il lui avait accordée.

Se rappelant tout à coup le message qu'il avait laissé dans la cuisine, elle s'y rendit à grands pas. Il lui tardait maintenant d'en prendre connaissance. Elle se savait curieuse, mais pas vraiment indiscrète puisque désormais, elle avait un rôle à jouer dans cette romance.

Elle reconnut l'élégante écriture de la carte de vœux. Elle releva la chaise renversée avant de s'y installer et de saisir le papier flétri pour le lire.

Chère Hélène,

Tout ce temps sans nouvelles de toi, je ne sais plus que penser. Si au moins tu me donnais signe de vie, ne serait-ce que par courriel…

Je vais beaucoup mieux maintenant. Je devrais revenir au bureau dans quelques semaines, j'attends juste l'accord de mon médecin.

Je suis content que Gisèle soit retournée au travail (elle avait pris quelques jours de congé à ma sortie de l'hôpital) parce que j'ai la face longue du matin au soir. C'est plus fort que moi, Hélène, je ne peux retrouver ma joie de vivre. Tu me manques tellement…

Comme tu vois, je suis venu chez toi. J'espérais que tu y sois mais je n'ai pas été chanceux…

Ton silence me pèse terriblement et je ne puis rien faire d'autre que t'écrire ce mot et attendre ta réponse…

Ton Fred

« Comme il semble l'aimer », soupira Pauline en terminant la lecture de la missive.

Et maintenant, elle devait acheminer ce message à Hélène. Elle avait son numéro, elle aurait pu l'appeler, mais elle se voyait mal en train de lire à haute voix ces mots d'amour. Il était préférable de les recopier pour les envoyer par courriel.

Après avoir mis l'ordinateur en marche, Pauline fit chauffer la bouilloire pour se préparer un café. En reprenant la lettre de Frédéric, elle se rendit compte qu'un texte était imprimé au verso. Il s'agissait du courriel d'Hélène, daté du 6 avril.

Mon amour,

Je suis partie quelque temps, je devais le faire. Ce qui t'est arrivé et tout ce qui a entouré cet événement m'a fait réaliser que notre relation est sans issue.

Michel te l'a sûrement dit : je suis passée te voir à l'hôpital (personne au monde n'aurait pu me retenir). Quand j'ai aperçu ta femme, j'ai compris à quel point je n'étais pas à ma place. Je ne sais pas si c'est à cause du choc, mais j'avais oublié Gisèle... C'était comme si je l'avais complètement rayée de ton existence. Comme si j'étais la seule à avoir une place à ton chevet...

Michel a été formidable, tu sais (tu vois bien que, malgré tes hésitations, le mettre dans la confidence était une bonne chose...), il a rapidement pris la situation en main : Gisèle ne s'est rendu compte de rien. Il est vrai que ce jour-là, elle devait être trop bouleversée pour se douter de quoi que ce soit.

La voir ainsi complètement anéantie à tes côtés m'a bouleversée. Sentir sa peine à elle, percevoir sa détresse m'a fait saisir que j'étais une intruse autant dans cette chambre d'hôpital que dans ta vie. Alors j'ai préféré sortir et attendre Michel dans le couloir. Il m'a ramenée à la maison sans un mot. Je lui suis reconnaissante de la complicité qu'il m'a témoignée ce jour-là ainsi que de son silence.

Le soir même, j'ai pris des dispositions afin de me donner du recul sur ma vie. Je ne peux t'en dire davantage, car je ne sais vraiment plus où j'en suis…

Hier, j'ai rappelé Michel pour avoir de tes nouvelles. Je suis rassurée maintenant. Alors, soigne-toi bien et ne te fais pas de souci pour moi, ça va aller. J'en ai vu d'autres, tu le sais bien…

Tendresse,

Hélène

Tout était clair maintenant: le départ précipité d'Hélène, le mystère entourant l'endroit où elle se terrait jusqu'à son excessive discrétion sur sa vie privée. Hélène avait cru bon de se protéger du qu'en-dira-t-on. Qui pourrait lui reprocher? En découvrant son secret, Pauline se sentit plus proche que jamais de sa correspondante virtuelle.

Elle prit le temps de bien peser ses mots lorsqu'elle tapa son message. Elle raconta sa rencontre avec Frédéric et lui fit part de son désarroi. Après avoir recopié soigneusement le mot qu'il avait laissé, elle ajouta: «Vous pouvez compter sur mon appui pour quoi que ce soit.»

Il lui tardait déjà de lire la réponse de sa nouvelle amie… la fugueuse.

Chapitre 10

Mercredi 30 mai 2001

La réponse d'Hélène arriva d'une manière impromptue.

Il était 16 h 15. Pauline avait fermé la porte de son bureau pour travailler à la conciliation des comptes que le patron attendait avant la fin de la journée. Comble de malchance, rien ne balançait. Elle cherchait en vain les trente-deux cents qui déséquilibraient tous ses calculs. En plus, le téléphone sonnait sans arrêt. Quand ce n'était pas le nouveau franchisé qui la talonnait depuis le matin pour obtenir des explications sur le logiciel Icétou, c'était l'un de ses fils qui l'appelait pour qu'elle arbitre une dispute.

— Pauvre Math, je ne peux pas t'aider. Va voir papa… Bon… OK, passe-moi ton frère… Jo, lâche Mathieu… Non! Écoute-moi! On ne règle rien en tapochant sur les autres… Ah, c'est encore à cause de ça! Et papa, il est où? Au dépanneur? Bon, quand il reviendra, tu lui diras… Non, non, je ne veux pas qu'il m'appelle, je suis très occupée! On en reparlera ce soir, c'est tout!

Irritée, elle raccrocha. «Pourquoi c'est toujours moi qu'on appelle à la rescousse? On dirait que Steve n'est jamais là quand ils se piochent dessus.»

Pauline reprit ses calculs en soupirant. Quelques minutes plus tard, la sonnerie du téléphone lui vrilla de nouveau les oreilles. Encore la ligne privée. Elle décrocha en pestant:

— Écoute Mathieu, je ne veux plus que tu appelles! Attends que papa revienne...

Un rire cristallin se fit entendre à l'autre bout du fil.

— Comme ça, Pauline, tu ne peux t'empêcher de jouer à la mère au bureau?

— Euh... répondit-elle, confuse.

— Mathieu, c'est bien ton fils n'est-ce pas? reprit joyeusement la voix féminine que la jeune femme n'arrivait pas à identifier.

— Ou... oui... Qui est à l'appareil?

— Pauline, c'est moi, Hélène.

«Hélène!» Ahurie, la jeune femme resta sans voix.

— Allô? insista la voix.

Pauline fit pivoter sa chaise pour tourner le dos à sa calculatrice.

— Euh... excuse-moi, c'est la surprise. Je ne m'attendais pas à ton appel... Ça me fait tout drôle... balbutia-t-elle.

— Oui c'est vrai, on chatte depuis des semaines, mais on ne s'est jamais parlé de vive voix. C'est fou!

— Tu as reçu mon dernier courriel ?

— Oui, hier soir, répondit Hélène d'un ton soudainement grave. Je n'aurais pas dû l'ouvrir avant d'aller au lit, je n'ai pas pu fermer l'œil de la nuit.

— Oups ! Désolée, fit Pauline en serrant le fil du téléphone entre ses doigts.

— Tu n'as pas à l'être, c'est comme ça, la rassura Hélène, bienveillante. Alors, tu l'as rencontré… Il allait bien ? Il t'a parlé de moi ?

« Elle agit comme lui, remarqua Pauline, attendrie : les mêmes questions, le même empressement… »

— Il boite un peu, il a encore besoin d'une canne pour se déplacer.

— Et sa tête ? Il porte encore un pansement ?

— Non, plus rien. Il a une vilaine cicatrice sur la tempe gauche, mais lorsque ses cheveux repousseront, je crois que plus rien n'y paraîtra. Physiquement, ça va de mieux en mieux, mais moralement, on dirait que rien ne va plus…

— Ah… D'accord, je vais lui donner des nouvelles. Ou… plutôt, j'aimerais que tu le fasses pour moi, si tu veux bien.

Pauline sentit une vague d'exaspération l'envahir. Mais où voulait-elle en venir ? Pourquoi ce silence ?

— Hélène, tu sais que tu peux compter sur moi, mais pourquoi ne pas lui écrire toi-même ? Juste un mot… Crois-moi, il en aurait grand besoin…

Un long silence lui répondit à l'autre bout du fil. Confuse, Pauline regrettait déjà son insistance.

—Je ne me sens pas encore prête, reprit lentement Hélène. Je suis partie pour prendre du recul et cette remise en question exige que je me tienne loin de lui un bout de temps encore. J'ai même changé d'adresse électronique pour l'empêcher de me contacter.

— Oui, il m'en a parlé. Je pense qu'il croit que tu lui as définitivement fermé ta porte…

— Il se trompe ! coupa vivement Hélène, dis-lui qu'il se trompe. Jamais je ne pourrais… C'est juste que… j'ai préféré m'effacer temporairement. Je me connais, Pauline, soupira-t-elle, si Frédéric me demandait de revenir maintenant, je sais très bien que mes résolutions ne tiendraient pas le coup.

Mais pour Pauline, ces explications ne suffisaient pas. Elle revint à la charge.

— Hélène, ça fait presque deux mois…

— Oui, je sais… Il doit me trouver cruelle, mais ce n'était pas mon intention. S'il te plaît, dis-le-lui.

— Alors, ma belle, tu as fini tes devoirs ?

Pauline sursauta et fit pivoter sa chaise. Luc avait entrouvert la porte de son bureau et la considérait d'un air condescendant.

— Tu m'as fait peur ! rétorqua-t-elle.

— Scuuuse-moi ! lança-t-il, la main sur le cœur et le ton faussement emphatique. J'ai frappé, mais tu n'as pas répondu. Je ne savais pas que tu étais au téléphone.

Pauline tenta de contenir son agacement.

— Encore quelques minutes et j'aurai terminé.

— C'est parce qu'Yvan attend, insista Luc en pointant le cadran de sa montre-bracelet.

— Oui, je le sais! répliqua Pauline d'un ton rogue. Dis-lui qu'il aura les chiffres d'ici une demi-heure.

Le neveu du patron referma la porte en haussant les épaules d'un air dédaigneux. Pauline poussa un soupir d'exaspération.

— Est-ce que c'était qui-tu-sais? ricana la voix d'Hélène.

— Oui, Luc en personne! Il doit avoir terminé la conciliation de ses comptes. Il me pousse dans le dos pour avoir les miens, mais je n'arrive pas à balancer...

— De combien?

— Trente-deux cents, misère!

— N'en fais pas toute une histoire, Pauline. Le mieux, c'est de dormir là-dessus...

— Mais le patron...

— Yvan? Bah, ce n'est pas le genre à se casser la tête avec de petits détails. Remets-lui tes chiffres avant de partir. Demain matin, tu les reprendras à tête reposée.

— C'est sans doute ce que je vais faire si je ne trouve rien d'ici les trente prochaines minutes, affirma Pauline en jetant un regard torve à sa calculatrice. Merci du conseil. Mais... nous avons été interrompues, nous parlions de Frédéric...

— Oui, tu m'as écrit qu'il allait te contacter sous peu. Écoute... dis-lui que j'ai encore besoin de temps: j'ai une décision à prendre... toute seule. Parle-lui de

mon roman, il sera content de savoir que j'ai recom-
mencé à écrire. J'ai prénommé mon enquêteur
Roméo, fais-le lui savoir, ça va le faire rire.

Pauline fit pivoter sa chaise de nouveau.

— Ça m'a l'air pas mal spécial, vous deux.

— On pourrait dire ça. On se connaît depuis plus
de trente ans. Nous avons passé notre vie à nous
perdre et à nous retrouver. Quand on se revoyait,
c'était toujours comme si on s'était quittés la veille.
Hier, après avoir lu ton message, j'ai eu envie de te
raconter notre histoire. J'ai tapé toute la nuit. Seulement, même si ça m'avait fait un bien immense,
j'hésitais à t'envoyer le courriel. J'avais peur de perdre
ton amitié avec ces révélations. J'ai préféré attendre
un peu. J'ai dormi une partie de la journée. À mon
réveil, j'ai relu mon message puis j'ai décidé de t'appeler. Maintenant c'est clair : advienne que pourra, je
vais te l'envoyer...

Pauline ouvrit de grands yeux.

— Ah oui ? Je... vraiment, je te remercie de ta
confiance, Hélène, tu me connais à peine...

— C'est faux, voyons ! Pauline, j'ai plus échangé
avec toi en quelques semaines qu'avec mes compagnons de travail en un an.

— Tu n'as donc pas d'amis ?

— Si peu, je veux dire des vrais. Il y a bien Gabrielle
et Antony, les amis chez qui je séjourne, mais ils sont
à l'autre bout du monde. J'ai aussi une grande amie à
Québec, seulement elle vient d'apprendre qu'elle a un

cancer et je ne voulais pas l'embêter avec mes problèmes. Il y a aussi Annette... tu sais, la voisine de Gabrielle ?

— Ah oui, la "veuve joyeuse" ! rigola Pauline.

Dans le flot de leur conversation, Hélène lui avait parlé avec enthousiasme de la dame qui habitait la maisonnette située en face de la grande maison de Gabrielle.

— Oui, c'est elle, mais elle n'est au courant de rien, tandis que toi... Écoute, ça peut-être avoir l'air drôle de te dire ça, mais... je t'aime bien et mon intuition m'a toujours dit que j'ai raison de te faire confiance.

Remuée, Pauline n'avait pas de mots. Le silence devenait embarrassant.

— Bon ! lança Hélène avec bonne humeur. Pourquoi ne pas rendre la chose officielle : tu es mon amie, encore mieux, ma bonne fée ! J'ai envie de t'envoyer ce que j'ai écrit la nuit dernière parce que je veux que tu saches. Et toi, accepterais-tu de me lire ?

— Mais bien sûr, Hélène, j'en serais ravie.

« J'en meurs d'envie... », songea-t-elle.

— OK, tu recevras le message dans quelques minutes.

— Je le lirai ce soir chez toi, répondit Pauline, tentant tant bien que mal à contenir son excitation.

— Euh... assure-toi d'avoir assez de papier dans l'imprimante et prépare-toi un gros café parce que tu vas en avoir pour un bout : je me suis laissé aller un peu.

La conversation terminée, Pauline retourna à sa calculatrice, toujours à la recherche des terribles trente-deux cents. Elle les trouva presque aussitôt. «Ouf! Ça y est! Hélène, tu m'as porté chance. Aujourd'hui, c'est toi ma bonne fée!»

Chapitre 11

Le soir même, chez Hélène, Pauline fit bouillir de l'eau pendant qu'un imposant fichier s'imprimait page après page dans le bureau. Elle soupira d'aise en se remémorant leur conversation. Après quelques semaines d'échanges virtuels à se vouvoyer, voilà qu'en direct, le tutoiement avait pris place tout naturellement.

Son énorme tasse à la main, Pauline se rendit à l'imprimante pour récupérer le document. Une lumière clignotante indiquait que l'imprimante manquait de papier. Elle se hâta d'en rajouter, se réjouissant de l'importante liasse déjà imprimée. Pendant que l'appareil poursuivait son travail, elle nourrit les poissons, puis sélectionna quelques CD de musique classique dans la bibliothèque. Dans le salon, elle approcha une petite table du canapé pour y poser sa tasse et introduisit l'un des disques dans le lecteur. Les premières mesures d'un concerto de Bach s'amorcèrent en sourdine. L'impression terminée, elle récupéra fébrilement l'épais document et retourna au salon s'installer confortablement dans le canapé pour commencer sa lecture.

Ma chère Pauline,

Il y a quelques heures, j'ai reçu ton message au sujet de ta rencontre avec Frédéric. Tout ceci me bouleverse énormément. Il est plus de minuit et je n'arrive pas à fermer l'œil. En désespoir de cause, j'avais décidé de me lever pour travailler un peu à mon roman, mais là non, plus rien à faire, je ne peux m'empêcher de penser à lui.

Dans ces cas-là, se vider le cœur est sans doute la meilleure solution. Maintenant, je sais que le temps est venu d'en parler à quelqu'un, à toi, puisque tu es plus ou moins au courant de la situation. Je me demande seulement par où commencer.

Oui, bien sûr, je pourrais simplement t'écrire « Voilà, j'ai un amant! » et en finir là, mais ce n'est pas si simple. Ce qu'il y a entre Frédéric et moi ne peut se résumer dans cette seule affirmation parce que, autant te le dire tout de suite, c'est une très longue histoire, une histoire qui s'est compliquée avec les années.

Si tu savais comment je préférerais te raconter que j'ai un chum, un mari, quelqu'un que les gens ont l'habitude de voir graviter à mes côtés parce qu'il vient me chercher le soir au bureau, parce qu'il m'accompagne dans les partys, les soupers entre amis, parce qu'il partage ma vie de tous les jours… Malheureusement, c'est une tout autre réalité: Frédéric est quelqu'un que j'ai toujours caché de peur de voir la vérité éclater au grand jour, de peur de me faire juger ou pire, de peur de le perdre.

Il est marié depuis vingt-quatre ans, il a des enfants, une autre vie. C'est comme ça...

J'ai toujours eu beaucoup de mal à assumer cette situation. Depuis quelques mois, j'avais réalisé à quel point cette liaison était devenue une véritable dépendance qui m'isolait et me vidait de mon énergie. Puis il y a eu l'accident. À partir de ce moment-là, ce n'était plus seulement difficile, mais carrément insupportable. Pour éviter de sombrer, je devais m'éloigner au plus vite. C'était ma seule issue.

Pendant les deux derniers mois, je me suis efforcée de lâcher prise, comme on dit. Les deux premiers jours ont été très pénibles, car je ne savais pas vraiment où j'allais. En fait, pendant ces deux jours, je n'ai fait que courir droit devant moi. J'ai loué une auto (ma vieille minoune n'aurait pas tenu le coup) et j'ai juste roulé... le plus vite possible, le plus loin possible. Je m'arrêtais pour manger quand j'étais affamée et pour dormir seulement quand j'étais trop épuisée pour conduire, reprenant la route dès mon réveil. Tout ce que je voulais, c'était mettre le plus de kilomètres possible entre Frédéric et moi.

Finalement, j'ai arrêté ma course, complètement exténuée, quelque part dans les Maritimes. J'ai loué une chambre de motel et j'ai dormi pendant vingt-quatre heures d'affilée. À mon réveil, j'avais l'esprit plus clair. J'ai alors décidé de téléphoner à mon couple d'amis de l'île d'Orléans.

Elle, c'est Gabrielle Manseau, tu sais, l'écrivaine. C'est une amie d'enfance. Gabrielle et son mari habitent une magnifique maison qu'ils ont mise en vente il y a quelque temps. Ils étaient sur le point de partir pour un voyage de plusieurs mois en Asie et m'avaient déjà demandé de m'installer chez eux pendant leur absence, afin qu'il y ait quelqu'un sur place lorsque l'agent d'immeuble ferait visiter les lieux.

C'est donc ainsi que je me suis retirée ici pour faire le point et travailler à mon roman. L'an passé, avant de déménager à Montréal, j'avais déjà rédigé les premiers chapitres que j'avais envoyés à Gabrielle pour avoir ses impressions. Elle m'avait encouragée à poursuivre.

Les sept dernières semaines, j'ai plongé à corps perdu dans l'écriture. J'ai voulu me couper de Frédéric et de ma vie à Montréal dans le but de survivre et de me refaire. (En passant, te souviens-tu de ce que je t'avais écrit au sujet de ma boîte vocale au bureau ? Que j'avais essayé, sans succès, de prendre mes messages à distance ? Eh bien, je peux te l'avouer maintenant, c'était un gros mensonge... Jamais je n'ai osé le faire de peur d'entendre la voix de Frédéric et de courir vers lui malgré ma résolution première.) Je pleurais tous les jours en pensant à lui, puis, peu à peu, je me suis sentie capable de le mettre à l'écart pour faire place à autre chose.

La deuxième semaine, je me suis rendue tous les jours à Québec pour consulter les archives de la Ville. Il me manquait certaines informations pour mon roman, dont l'action se situe, je te le rappelle, dans le Québec des années trente. Comme j'ai toujours adoré l'histoire, me faufiler dans les méandres du passé m'a vraiment captivée : un souffle de joie m'envahissait chaque fois que je poussais la porte des archives municipales.

Par la suite, j'ai adopté un rituel quotidien. Le matin, j'écrivais jusqu'à midi ; ensuite, j'allais marcher longuement, profitant de ces moments pour réfléchir à la suite de mon récit.

J'ai aussi fait la connaissance d'Annette, la voisine de Gabrielle. La veille de son départ, Gaby a eu la bonne idée de l'inviter à souper et nous avons rapidement fraternisé. Depuis, nous allons chaque semaine en ville pour faire notre marché ensemble. Je l'aime bien. Annette est une fille tordante dont la présence m'aide à sortir de l'isolement.

Les semaines ont passé et la passion de l'écriture prenait plus d'espace dans ma vie. Je réalisais que je pouvais être encore heureuse, malgré tout. Je savais bien que j'avais une décision à prendre au sujet de ma relation avec Frédéric, mais je la reportais sans cesse. Renoncer à lui autant que poursuivre exactement où nous en étions demeurait pour moi un dilemme insoutenable.

Inutile de te parler du choc que j'ai eu, tout à l'heure, en lisant ton courriel… Je ne m'attendais pas à avoir de ses nouvelles. Pas de cette façon, pas après le message que je lui avais laissé en avril et surtout pas après avoir tout fait pour l'empêcher de me joindre.

Chère Pauline, je ne t'écris pas cela pour te reprocher de m'avoir envoyé son message, bien au contraire : la vie doit continuer, je ne peux fuir éternellement. De plus, j'ai des décisions à prendre, côté travail. J'avais demandé au patron de m'accorder trois mois à mes frais, il ne m'en reste plus qu'un avant de sortir de ma tanière. En fait, ton message, c'est comme la sonnerie d'un réveil : « Debout là-d'dans ! »

Mais voilà que je m'égare en mettant la charrue avant les bœufs. Je t'écrivais pour te raconter mon histoire d'amour avec Frédéric...

Pour commencer par le commencement, il faut remonter aux débuts des années 1970. Frédéric étudiait alors au cégep sans savoir précisément quelle profession l'intéressait vraiment. Il avait un grand besoin de contacts humains et semblait attiré par le travail social et la psychologie. De mon côté, je voulais devenir secrétaire ou commis-comptable. Il me tardait de me retrouver sur le marché du travail afin de voler de mes propres ailes. J'avais donc l'intention de terminer mes études avec l'obtention d'un certificat de secondaire cinq, option commerciale.

J'ai connu Frédéric à Québec, pendant la crise d'octobre, par l'entremise d'un ami commun : Théophile Grandmont, que tout le monde appelait Théo, une sorte de grand frère un peu plus âgé que nous.

Ce jour-là, c'était la fête pour les amis de Théo et ce, en dépit de l'atmosphère oppressante qui sévissait dans la capitale. En effet, notre ami déménageait avec sa blonde, Diane, dans un grand appartement délabré. Pour le retaper un peu, il avait convié ses amis à un

« party de peinture ». C'était un vendredi, nous étions tous en congé scolaire.

Dès le matin, nous étions déjà cinq ou six volontaires. Un certain Frédéric devait se joindre à nous après sa journée de travail dans une quincaillerie où Théo était gérant.

Malgré l'ambiance euphorique qui avait régné tout le jour, nous étions fourbus à l'heure du souper. Je nous revois encore tous affalés par terre à râler contre le livreur de pizza qui n'arrivait pas. Le grand Fred s'est pointé en même temps que lui avec son sourire radieux et une caisse de bières. C'était le second souffle qu'il nous fallait pour continuer.

Ah ! Frédéric à dix-huit ans !

C'était une espèce de jeune chien fou qui prenait beaucoup de place ; une sorte de Gaston Lagaffe tapageur pour qui tout était matière à la rigolade, mais aussi un vrai gars de gang que l'amitié et la famille faisaient vibrer.

Notre premier contact ? Je te dirais que Frédéric a eu une façon bien à lui de se démarquer !

On l'avait chargé de repeindre le plafond du salon, demande judicieuse puisqu'il était le plus grand de nous tous. De mon côté, j'étais dans la même pièce en train de peindre les boiseries. Tout à coup, une pluie diluvienne de peinture vert pomme m'est tombée sur la tête, le tout ponctué d'un éclat de rire tonitruant. Le grand fanal qui travaillait au-dessus de moi beurrait pas mal épais !

Mes cheveux, ma figure et mes vêtements avaient changé de couleur. Ahurie, j'ai levé les yeux : l'innocent sur son escabeau se bidonnait comme un malade. Même pas une p'tite gêne !

J'ai immédiatement sauté sous la douche pour minimiser les dégâts. Contrairement à ce qu'on aurait pu penser, je n'étais pas en colère contre Frédéric. J'étais plutôt sous le charme... En fait, depuis son arrivée, un sentiment délicieusement troublant m'avait envahie.

Tout le reste de la soirée, Frédéric m'a tourné autour avec son rouleau de peinture pour me taquiner. Personne n'était dupe : le grand Fred me faisait la cour à sa façon, la façon un peu rustre d'un gars qui ne sait pas trop comment s'y prendre avec les filles.

Le lendemain soir, Théo et Diane nous ont invités tous les deux au cinéma (à la demande expresse de Frédéric, je l'ai su quelques semaines plus tard). Ce fut notre première sortie officielle et l'amorce d'un feu d'artifice qui allait durer trente jours. Un tout petit mois où nous avons sans doute établi un record de tous les temps dans la catégorie necking.

Il était si charmant, si attentionné et surtout, tellement vivant. Tout le monde appréciait sa présence (sauf mon père qui, de toute façon se méfiait toujours de mes amoureux). Moi, j'étais folle de lui, si totalement éprise que plus rien d'autre ne comptait.

Je suis tombée de haut quand il a rompu. Il me trouvait trop envahissante, je l'étais, je le sais... J'ai eu beaucoup de mal à m'en remettre et mes parents s'inquiétaient, car je passais mes journées à pleurer et je négligeais mes études.

De son côté, Frédéric continuait son bonhomme de chemin, se contentant de vivre des flirts passagers. Lorsque je lui téléphonais, et je lui téléphonais souvent, il était toujours gentil avec moi. De temps en temps, nous sortions ensemble et nous nous cachions encore dans ma chambre pour nous embrasser, mais rien à faire pour le faire changer d'idée : il ne voulait pas reprendre officiellement avec moi.

Quelques mois plus tard, mes amis ont organisé un party pour mes dix-huit ans. Tout le monde était là, et Frédéric aussi, naturellement. Une soirée presque parfaite. Toutefois, malgré l'ambiance à la fête et en dépit de la présence de tous ceux que j'aimais autour de moi, quelque chose manquait à mon bien-être : j'avais atteint l'âge de la maturité et j'étais encore vierge…

Tout ceci doit te paraître complètement insensé, Pauline ; après tout, dix-huit ou vingt ans, quelle importance ? Mais pour moi, cette virginité qu'on m'avait tant priée de préserver pour-mon-mari-la nuit-de-nos-noces, me pesait lourd. N'étions-nous pas à l'aube des années 1970, à l'ère de la pilule, à l'époque où l'on balançait tous les tabous ?

Il était temps, je me sentais mûre et, en plus, j'étais en présence du partenaire de rêve : mon beau Frédéric, aussi puceau que moi. Dans mon cas, ce détail constituait un critère sans appel, cette fameuse «première fois» incarnait une valeur symbolique. Pas question de gâcher ce moment précieux en m'abandonnant dans les bras d'un macho qui irait claironner ses exploits dans tout le quartier. Faire l'amour dans ces conditions m'aurait donné l'impression de commettre un sacrilège (oui, je le sais, je conjuguais mes principes au mode de ma propre religion). C'est pourquoi je préférais offrir ma virginité à un gars que j'aimais vraiment afin d'en ennoblir le geste. J'adorais Frédéric et je sentais que lui aussi m'aimait bien. C'était un gentleman qui, en dépit de son inexpérience, saurait se montrer discret, patient et délicat.

Il me fallait ensuite trouver un endroit, loin de l'œil inquisiteur de mon père qui veillait sur ma chasteté comme le gardien des joyaux de la Couronne d'Angleterre.

Rien de plus facile !

Je gardais souvent les enfants d'un collègue de mon père, Max Lachance, un type super cool. Sa femme et lui pouvaient partir des nuits entières en me confiant la maison et leurs trois enfants : deux filles et un garçon suffisamment turbulents le jour pour s'écrouler raides morts le soir venu.

Ce cher Max, l'éternel adolescent-qui-comprenait-les-jeunes, ne voyait jamais d'inconvénient à ce que j'invite quelqu'un à passer la soirée avec moi. Un samedi du mois d'octobre 1971, en me voyant arriver en compagnie de Frédéric, Max nous avait chantonné avec un clin d'œil complice : « Il y a tout ce qu'il faut dans le frigo pour déjeuner, les jeunes. Ne nous attendez pas avant demain midi. »

Quelle chance! Partenaire, lieu et opportunité, tous ces éléments convergeaient vers la réalisation de mon vœu.

Lorsque j'y repense, je peux t'affirmer sans me tromper que la nuit que j'ai passée dans le lit conjugal de Max Lachance avec Frédéric a été l'un des plus beaux moments de ma vie. Tu veux savoir pourquoi? Parce que contrairement à ce que l'on aurait pu croire, je ne m'étais pas donnée à Fred dans le but de le reconquérir; j'avais plutôt fait l'amour pour la première fois dans les meilleures conditions possibles, avec celui que j'avais choisi, et ce, en vertu de la loi que je m'étais dictée. Surtout, je l'avais fait pour moi, autant pour vivre le moment présent que pour me remémorer à jamais le doux souvenir d'une «première fois» sans faille.

En fait, ce que j'avais offert à Frédéric, cette nuit-là, c'était le partage d'un instant privilégié et ma confiance, une confiance absolue.

Même si nous étions plus dégourdis que nos parents, nous nous étions très peu aventurés dans la gestuelle amoureuse, redoutant sans doute la terrible culpabilité qu'on nous promettait si nous osions commettre l'ultime péché de la chair. Mais cette nuit-là, au diable le petit catéchisme gris et tous ses interdits. Qu'importait aussi notre inexpérience puisque nous nous étions donné la permission et le temps d'apprendre la sensualité l'un de l'autre.

Nous avons passé des heures étendus, nus, à nous embrasser, à chuchoter, à rigoler, entrecoupant la conversation d'un déluge de caresses. Nous avions toute la nuit devant nous, tout ce temps juste pour nous, sans contrainte ni appréhension.

Aujourd'hui encore, je garde intacte la sensation de ce moment : la sérénité de se laisser aller à être soi-même pour vivre intensément l'instant présent. Un bonheur tranquille dénué d'espoir.

Je n'ai rien exigé de Frédéric lorsqu'il est parti ce matin-là, je souhaitais seulement que cette nuit soit à jamais imprégnée dans son cœur.

Dans les trois ou quatre années qui ont suivi, nos chemins se sont croisés de temps à autre et il nous est arrivé parfois de nous saluer un peu plus longuement. Infailliblement, je retrouvais la bienveillante sensation que lui seul pouvait créer au fond de moi. J'avais cessé de nourrir des attentes envers lui. Depuis notre « première fois », j'avais compris qu'il était préférable de considérer ces rencontres comme un beau cadeau de la vie en soi.

À l'époque, je travaillais comme secrétaire pendant qu'il poursuivait des études en psychologie. Puis, nous nous sommes perdus de vue.

J'ai rencontré Louis, le frère d'une copine de travail, un beau gars plein de charme qui étudiait en médecine. Mes parents étaient ravis, surtout ma mère, qui avait toujours souhaité me voir épouser un « professionnel ». C'est qu'elle ignorait le côté sombre de ce beau monsieur qui s'avéra… un véritable parasite. Très amoureuse au départ, je ne me rendis compte de rien.

Nous avons pris un appartement près de l'université et Louis a vécu à mes crochets pendant plus de trois ans. À la fin de ses études universitaires, il m'a appris qu'il devait s'expatrier aux États-Unis pour se spécialiser en chiropractie. J'ai eu la bonne idée de le laisser partir : j'avais suffisamment investi d'argent, d'énergie et de larmes pour ce profiteur qui ne s'était jamais soucié de moi.

De toute façon, j'avais fait la connaissance d'Alexandre Barbot, un homme d'affaires français. Nous nous sommes mariés sans cérémonie en 1979, car j'étais enceinte. À l'époque, « partir pour la famille » hors des liens du mariage était encore très mal vu, alors nous avons dû procéder assez rapidement.

À l'été 1980, j'ai croisé Frédéric tout à fait par hasard. J'avais accouché quelques mois auparavant, et j'étais d'humeur mélancolique, je me trouvais plutôt moche physiquement et j'avais immensément besoin de l'attention de mon homme. Malheureusement, Alexandre, qui travaillait beaucoup, avait des préoccupations plus importantes que sa famille. De mon côté, j'avais quitté définitivement le travail peu de temps avant l'accouchement et je m'ennuyais à la maison. Le samedi après-midi, j'avais pris l'habitude de laisser le bébé chez mes parents pour aller faire quelques courses. Ce jour-là, j'avais décidé de faire une visite impromptue à mes vieux amis, Théo et Diane.

En m'accueillant, Théo s'est tout de suite exclamé : « On dirait bien que les grands esprits se rencontrent aujourd'hui ! » *J'ai très vite compris ce qu'il avait voulu dire lorsque j'aperçus Frédéric assis à la table de la cuisine, un paquet de photos éparpillées devant lui. J'étais heureuse de le revoir, mais surtout décontenancée par ce cœur qui, au creux de ma poitrine, manifestait une joie que je jugeais démesurée.*

Diane m'a offert un café et j'ai écouté Frédéric me raconter le bout de chemin qu'il avait fait depuis notre dernière rencontre, cinq ans plus tôt. Il avait quitté Québec pour faire des études en orientation profession- nelle à l'Université de Sherbrooke. Il était marié depuis quelques années avec Gisèle, une fille de Montréal qui partageait ses cours, et il était père d'une petite fille (qui jouait dans la cour avec les deux bouts de chou de Théo). Un autre enfant était attendu quelques mois plus tard. Depuis l'obtention de leur maîtrise, sa femme et lui travaillaient à Sherbrooke : lui dans une école secon- daire, et elle, dans un cégep.

De passage à Québec, il avait pensé revoir son vieux chum Théo à qui il n'avait pas donné signe de vie depuis des années.

Pendant qu'il se racontait, je l'observais avec atten- tion, analysant le moindre de ses gestes, percevant l'intensité de son regard sur moi. Je constatais que j'avais encore un faible pour lui. Pourtant, je n'éprou- vais aucune jalousie lorsqu'il parlait de sa femme. Alors, pourquoi ce tumulte en moi ?

Après avoir pris de mes nouvelles, Frédéric s'est excusé pour aller chercher sa petite dans la cour. Il ne s'était arrêté que quelques minutes avant d'aller souper chez sa mère qui habitait toujours la capitale. Il a serré la main de Théo, a embrassé Diane et, sans rien ajouter, m'a pressée très fort contre lui. À n'en pas douter, quelque chose vibrait encore entre nous... Très vite, il a détourné les yeux, a lancé quelques boutades à Théo et fait déferler son grand rire. Nos hôtes n'y ont vu que du feu, seulement, il ne m'avait pas leurrée. Je le connaissais trop bien, ce fameux rire, c'était celui qu'il appelait à la rescousse pour masquer ses émotions.

Je suis rentrée chez moi réconfortée par l'intensité de son étreinte. Je me sentais toute belle, tout à coup et mon cœur, encore secoué, émergeait d'une sombre torpeur me rappelant que oui, j'étais en vie!

Je vivais avec un homme très sérieux, doué pour les relations publiques. Alexandre était, comme je le disais à la blague, un homme d'affaires très affairé. Au début, il a été charmant, après, il a été... absent. Que veux-tu, Pauline, j'avais épousé un homme qui voyageait à travers le monde pour le compte d'une entreprise d'importation de produits alimentaires (du moins jusqu'en 1998, car alors un infarctus l'obligea à remettre sa vie en perspective).

Nous étions suffisamment à l'aise financièrement pour que je me permettre d'arrêter de travailler après la naissance de Jean-François: cela s'avéra une grave erreur, puisque j'ai fait la bêtise d'organiser mon existence strictement autour du bonheur des miens. Je ne voyais plus mes amis et ma vie de couple était sacrifiée aux fastidieuses mondanités entourant la carrière de mon mari.

Pauline, peux-tu seulement croire qu'Alex et moi n'allions jamais souper au restaurant en amoureux? Nous étions chaque fois en présence de clients potentiels, de «belles sorties» dont l'apothéose était la ratification d'un contrat.

Lorsqu'Alex était à la maison, j'étais aux petits soins pour lui, c'était le grand seigneur des lieux. Je cuisinais ses plats préférés, je recevais ses collègues et ses clients. Je lui laissais le premier choix dans tout, je lui donnais toujours raison... Je voulais tant le rendre heureux. Malheureusement, il n'y avait jamais moyen de le faire sourire : une vraie face de carême! Seuls ses succès professionnels pouvaient lui desserrer les lèvres.

Je n'ai jamais su vraiment ce qui le faisait courir, ni pourquoi il semblait incapable de prendre du bon temps en famille. Jean-François et moi n'étions que des poids lourds dans sa vie, une sorte d'erreur de parcours qu'il s'efforçait d'assumer tant bien que mal.

L'amour physique dans tout ça? Oui bien sûr, de temps en temps, mais je ne peux pas dire que c'était un «délice des dieux». Mon mari n'a jamais investi dans la tendresse, il me prenait rarement dans ses bras spontanément. Lorsqu'il m'embrassait rituellement le matin et le soir, c'était toujours du bout des lèvres. Faire l'amour était la seule façon d'obtenir quelques miettes d'affection de sa part alors que pour lui, le sexe n'était qu'une activité hygiénique (il semblait prendre plus de plaisir à déguster sa Camel, juste après).

En somme, «l'après» était toujours pareil : lui grillait sa cigarette et moi je brûlais d'amertume, me reprochant encore une fois de m'être donnée pour pas grand-chose. Je me sentais misérable, esseulée, desséchée. Au bout de quinze ans de cette vie-là, j'ai fini par sombrer dans une grave dépression. Heureusement, à cette époque, j'ai eu une bonne conversation avec mon amie Gabrielle. Elle m'a incitée à rencontrer Fabienne Demaison, une psychologue qu'elle connaissait bien.

Alex fut surpris d'apprendre que je consultais un thérapeute, c'était un vrai mystère pour lui. Comment pouvais-je être aussi malheureuse alors que j'avais tout : le gros train de vie, une magnifique maison, ma propre voiture et autant d'argent que je pouvais en désirer.

Un an plus tard, j'allais beaucoup mieux grâce à la thérapie et à la médication. J'apprenais à comprendre ma dépendance affective envers Alexandre et à me détacher de lui, même si la perspective de le quitter un jour me faisait très peur. Mère au foyer sans revenu, j'étais persuadée n'avoir rien d'intéressant à offrir à un éventuel employeur. Je me sentais piégée et je ne voyais pas comment je pourrais m'en sortir tellement j'avais perdu confiance en mes capacités.

Au printemps 1994, Alex et moi avons reçu une invitation : Diane organisait un bien-cuit pour célébrer le cinquantième anniversaire de Théo le 5 juin suivant.

Tous ses vieux amis étaient conviés : de belles retrouvailles en perspective.

Évidemment, Alex ne voulait pas y aller, prétextant un surcroît de travail, comme d'habitude. Et puis tout compte fait, m'avait-il avoué, il n'avait rien à faire avec ces gens qu'il ne connaissait ni d'Ève ni d'Adam. Ça, c'était tout à fait lui : pas question d'investir tant soit peu de sa personne s'il n'y avait pas quelque profit à en tirer.

Pour une fois, l'absence de mon mari m'importait peu. J'adorais Diane et Théo, les grands rassembleurs grâce auxquels j'allais renouer avec de vieilles connaissances, et puis, pensais-je, Frédéric allait sûrement être présent. Je voulais tellement qu'il soit là !

Ballottée par ce fol espoir, je me suis laissée aller à la rêverie : je revivais nos fréquentations, notre première nuit de même que tous les bons moments que nous avions passés par la suite. J'anticipais notre prochaine rencontre avec allégresse. Bien sûr, j'avais conscience de m'abandonner à des chimères (j'avais d'ailleurs décidé d'escamoter quelques séances de psychothérapie de crainte que Fabienne ne m'incite à revenir sur terre), mais c'était si bon de flotter dans les nuages loin de mon existence insipide.

Seulement, plus la date approchait, plus ma rêverie s'imprégnait d'anxiété (et s'il ne venait pas à la soirée ?), de réalisme plat (de toute façon, il est engagé ailleurs...) et de vague à l'âme (ouais, moi aussi...).

À la mi-mai, n'y tenant plus, j'ai téléphoné à Diane pour en avoir le cœur net :

— *Fred? J'espère bien qu'il sera là, rigola-t-elle, c'est lui qui doit animer la soirée!*

Quel soulagement! Je n'ai pas poussé l'interrogatoire plus loin (viendra-t-il accompagné?). Il serait là, c'est tout ce qui comptait.

La soirée fut couronnée de succès. Diane avait fait les choses en grand: location d'une magnifique salle dont le décor rétro rappelait les années 1970, animation par un disc-jockey et services d'un excellent traiteur. Une quarantaine de personnes étaient présentes et une dizaine d'entre elles avaient épicé le souper en relatant des anecdotes où notre Théo jouait les têtes de Turc. Ce dernier, informé quelques jours auparavant, avait concocté une réplique piquante pour chacun de ses rôtisseurs.

Malheureusement, une violente dispute entre Jean-François et son père m'avait retardée à la maison. J'ai manqué le cocktail et je suis arrivée au milieu du repas alors que la soirée battait son plein. Je me suis déniché une place au fond la salle, où je me trouvai entourée d'inconnus et loin de l'action. J'étais plutôt contrariée, ma soirée commençait bien mal.

À l'avant sur une scène improvisée, Frédéric, entouré des «cuiseurs», animait la soirée avec brio, saisissant toutes les occasions pour faire rire l'auditoire.

Pauline, as-tu déjà remarqué comment, en prenant de l'âge, certains hommes deviennent plus séduisants? C'est du moins ce que je pensais en observant Frédéric. Il avait pris du coffre: je le trouvais plus racé, plus assuré aussi. En fait, je n'avais d'yeux que pour lui.

Lorsqu'il n'était pas au micro, il parcourait la salle des yeux, l'air de scruter l'assistance à la recherche de je ne sais quoi. Tout à coup, son regard s'est immobilisé sur moi et je l'ai vu sourire, me sourire… Je le vis faire signe au maître d'hôtel. Quelques minutes plus tard, on m'avait déplacée à l'avant, aux côtés de Diane et de Théo.

À la fin du repas, le maître d'hôtel avait invité l'assistance à quitter momentanément la salle afin de permettre au personnel de la réaménager pour la soirée dansante. Nous sommes tous sortis à l'extérieur. Dans la cohue, Frédéric s'est faufilé jusqu'à moi. Il ne m'a pas demandé où était mon mari ni s'il allait se joindre à moi plus tard dans la soirée : il semblait savoir. De mon côté, je m'attendais à ce qu'il me présente sa femme, mais non, lui non plus n'était pas accompagné.

— Rien à faire pour l'emmener : c'est son week-end de filles annuel ! Pour Gisèle, la première fin de semaine de juin, c'est sacré. Elle part avec deux ou trois de ses amies se ressourcer dans un centre de thalassothérapie.

Il clamait ça à la ronde d'un ton badin, comme si de rien n'était, mais à voir cette façon qu'il avait de fuir mon regard, j'avais l'impression qu'il jouait pour la galerie. Ensuite, il a glissé affectueusement son bras autour de mes épaules pour me susurrer à l'oreille :

— Mais où étais-tu ? J'ai bien cru que tu n'arrive- rais jamais.

Sans attendre ma réponse, il haussa le ton.

— Te souviens-tu de Ti-Gilles ? Tu sais, le chum de Sylvette ?

Et il m'a guidée parmi les invités pour me permettre de refaire connaissance et rattraper mon retard du début. Rattraper tant bien que mal, Pauline, car je dois t'avouer que je n'avais plus les pieds sur terre. Le vague espoir que j'avais cultivé pendant des semaines s'épanouissait en une certitude enivrante.

À notre retour à l'intérieur, l'éclairage de la salle avait fondu et la musique si chère à nos années de jeunesse jaillissait à plein tube.

Quel merveilleux moment !

Frédéric et moi avons passé la soirée sur la piste de danse, nous déhanchant avec nos vieux chums sur des airs des Beatles et d'Elvis sans oublier Les Classels, Les Baronets et les Hou-Lops. Plus tard, mon amie Gabrielle, qui avait également fait partie de l'entourage de Théo, s'était jointe à nous au grand bonheur de ceux qui avaient suivi son cheminement littéraire.

— Où as-tu caché Alexandre ? me glissa-t-elle entre deux twists endiablés.

Je haussai les épaules. Alex était bien le dernier de mes soucis.

— Bah, il doit souper avec un client, quelque part.

— Tu es resplendissante ce soir, me complimenta-t-elle avec un air complice. Le rétro te fait un bien fou, ma chère !

La ronde des slows a commencé vers une heure du matin. Frédéric et moi les avons tous dansés soudés l'un à l'autre, seuls sur notre petite planète, nous moquant du qu'en-dira-t-on. Nos corps enlacés avaient tant de choses à se dire : ses grandes mains sur mes hanches, mes doigts dans ses cheveux, son souffle dans mon cou et ces tremblements incontrôlables qui nous traversaient l'un et l'autre… Puis, nos regards se sont croisés, une entente tacite s'est conclue entre nous…

À la fin de la soirée, Frédéric me fit monter dans sa voiture et nous avons roulé à tombeau ouvert jusqu'à destination. Il conduisait en silence, une main sur le volant et l'autre enlaçant tendrement la mienne. Aucune parole ne fut prononcée pendant qu'un concerto de Vivaldi meublait notre course folle.

Nous avons pris une chambre dans un petit motel sur le boulevard Laurier et nous nous sommes aimés le reste de la nuit. Au départ, nous avions laissé la musique de la radio bercer nos retrouvailles intimes puis, comme autrefois, nous avons parlé tranquillement des « vraies affaires », c'est-à-dire où nous en étions dans nos vies respectives.

Il ne m'a pas dit grand-chose à propos de Gisèle. Il semblait plus à l'aise lorsqu'il s'épanchait sur ses enfants : une fille et deux garçons, dont l'un d'entre eux était atteint d'une maladie chronique. Il me parla avec passion de son métier de conseiller d'orientation. Il songeait à s'associer prochainement avec sa femme et deux de ses confrères psychologues pour ouvrir un centre de consultation multiservice.

Quand vint mon tour de me confier, je ne pus retenir mes larmes en lui dépeignant mon mariage malheureux

et ma vie dénuée de sens. C'était tellement réconfortant
de me laisser dériver dans cette atmosphère feutrée.

La sonnerie du téléphone ramena Pauline dans la
réalité. En maugréant entre ses dents, elle gagna la
chambre d'Hélène où se trouvait l'appareil. La main
sur le récepteur, elle hésita. «Je ne suis pas chez moi,
de quoi je me mêle?»

Elle consulta sa montre: 22 h 50! Qui pouvait bien
appeler? La sonnerie se faisait insistante. Elle
décrocha, c'était Steve. Elle aurait dû y penser. Depuis
qu'elle se rendait régulièrement chez Hélène, elle
avait pris soin de lui laisser le numéro de téléphone
afin qu'il puisse la joindre en cas de besoin.

Mathieu était malade, rien de grave, une simple
indigestion. Seulement, il avait fait un cauchemar et
refusait de fermer l'œil sans sa mère à ses côtés.

— Bon, j'arrive tout de suite!

Chapitre 12

«Minuit, je ne suis vraiment pas raisonnable...»

Pourtant Pauline savait qu'elle ne pourrait aller dormir avant d'avoir terminé le récit d'Hélène.

À la maison, elle avait retrouvé le pauvre Mathieu, le teint blafard et assis tout grelottant sur le siège des toilettes, son frère à ses côtés. Jonathan lui expliqua gravement que Mathieu avait souillé son lit et qu'il lui tenait compagnie pendant que papa changeait son lit.

— Je lui ai prêté mes draps *Star Wars*, indiqua-t-il, fier de lui.

Pauline sourit tendrement à Jonathan et le reconduisit dans sa chambre. Il devait se lever tôt le lendemain pour se rendre en classe, et non, il ne pourrait manquer l'école pour prendre soin de son jumeau. Elle le remercia de son offre, amusée par cette sollicitude aussi excessive qu'intéressée.

Elle retourna auprès de son autre fils qui semblait soulagé malgré sa triste mine. Mathieu lui raconta son cauchemar, dont il ne se remémorait que des bribes, et lui fit promettre de rester auprès de lui jusqu'à ce qu'il se soit endormi. Pauline proposa de lui lire une histoire afin de l'aider à dissiper toutes traces de son mauvais rêve.

Sitôt Mathieu endormi, Pauline alla retrouver son mari. Installé dans leur lit, Steve était plongé dans un roman historique, genre dont il était friand. Elle l'observa à la dérobée : qu'il était beau avec ses petites lunettes de lecture posées sur le bout du nez ! Au début de la quarantaine, il n'avait pas eu le choix d'arborer « cette béquille », surnommant ainsi à la blague ce nouvel accessoire dont il aurait bien aimé se passer.

Il leva les yeux et sourit à Pauline qui s'assit à ses côtés.

— Il s'est endormi. Je crois que ça va aller maintenant.

— As-tu pensé que ce pourrait être une gastro ? fit Steve en enlevant ses lunettes.

— Ne parle pas de malheur... Tu te souviens de l'an passé ? On y est tous passés.

— Je ne pense qu'à ça... S'il fallait ! Demain, je dois absolument aller dîner avec un client potentiel.

Pauline fit mentalement le calcul de ses heures supplémentaires accumulées au bureau.

— Écoute, si Mathieu doit rester à la maison, je vais prendre ma journée.

— Merci, ma chérie, dit-il en l'embrassant. Grâce à toi, je vais dormir plus tranquille. Tu viens ?

— Nonnn, j'en ai encore pour une petite heure.

Steve jeta un coup d'œil au radio-réveil sur sa table de nuit.

— Hum! Il approche minuit, tu vas être fatiguée demain.

Pauline lui posa un gros baiser sonore sur la joue.

— Oui, pôpa, je le sais, mais je suis une grande fille maintenant...

— Une grande fille un peu trop délinquante, compléta-t-il en posant affectueusement le bout de son index sur le nez de sa compagne. Qu'est-ce qui peut bien te retenir loin du merveilleux corps de ton adorable époux?

— Prétentieux, va! s'esclaffa Pauline. Hélène m'a écrit. Elle me raconte plein de choses.

— Ah! Cette mystérieuse Hélène... J'ai bien hâte de la rencontrer, celle-là.

— À qui le dis-tu, fit la jeune femme en se levant. À tout à l'heure, dors bien.

Non, rien au monde n'aurait empêché Pauline de poursuivre sa lecture.

Quelques minutes plus tard, pelotonnée dans un énorme fauteuil du salon, elle se glissa de nouveau dans l'univers d'Hélène.

Quand vint mon tour de me confier, je ne pus retenir mes larmes en lui dépeignant mon mariage malheureux et ma vie dénuée de sens. C'était tellement réconfortant de me laisser dériver dans cette atmosphère feutrée.

Frédéric m'a longuement écoutée, sa belle tête chevelue posée sur mon ventre. En levant les yeux, je pouvais apercevoir notre reflet dans l'impudique miroir au plafond, une image onirique que j'ai toujours gardée dans mon cœur.

Il m'a aussi fait un beau cadeau lorsqu'il m'a expliqué ce que j'avais représenté pour lui à ses dix-huit ans :

— Tu sais, dans ce temps-là, je n'avais pas vraiment de succès en amour. J'étais maladroit et peut-être trop collant avec les filles, je devais leur faire un peu peur. Tu as été ma première vraie blonde ; avant toi, j'avais eu juste quelques petits flirts sans importance. Quand je t'ai rencontrée, c'était comme si Mars découvrait Vénus... Pour la première fois, je pouvais prendre une fille dans mes bras sans la sentir se raidir. Tu étais tellement réceptive à mes caresses. Tu vois, me souffla-t-il en me pressant contre lui, cette nuit, c'est comme avant : faire l'amour avec toi, c'est comme danser. C'est comme si nous avions prolongé notre dernier slow jusqu'ici. Avoir été autant aimé par une fille, par toi, ajouta-t-il, m'a donné une grande confiance en moi... J'en avais grand besoin à l'époque.

— Mais Frédéric, pourquoi as-tu cassé ?

Il haussa les épaules.

— Je n'avais que dix-huit ans et nous deux, ça allait un peu trop vite à mon goût. Tu étais tellement attachée à moi, tu m'entraînais à toute allure, la pédale au plancher, et moi, ben... j'ai paniqué.

Au petit jour, il a bien fallu nous quitter. Nous avions chacun une autre vie, lui à Sherbrooke et moi à Québec. Ce qui venait de se passer n'avait été qu'une permission exceptionnelle et probablement unique que nous nous étions accordée. Comme avant, je l'ai laissé partir sans exiger la moindre promesse. Il m'a ramenée à mon auto et nous avons clos ce merveilleux épisode par un baiser amical. Nous avons démarré en même temps et sommes partis chacun de notre côté.

Loin d'être abattue ou mélancolique, j'éprouvais une sensation de bonheur très franche. Le bonheur que l'on ressent à être authentique, le bonheur d'avoir vécu une véritable communion avec un être. Cette communion, je ne l'avais ressentie ni avec Alex ni avec aucun autre homme après Frédéric. J'avais oublié à quel point c'était bon de se dévoiler sans crainte d'être jugée. Je suis rentrée chez moi habitée d'une légèreté indescriptible. J'avais commis l'irréparable ? Grand bien m'en fasse ! Avoir fait l'amour avec Frédéric, l'avoir entendu m'avouer l'importance que j'avais eue dans sa vie m'avait donné la perception de ma propre valeur.

Il était encore très tôt. À la maison, mon fils et mon mari dormaient toujours. J'aurais pu juste me coucher comme si de rien n'était, mais en apercevant Alex, étendu sur le ventre dans le lit conjugal, une évidence a jailli : plus jamais je ne pourrais m'allonger à ses côtés, plus jamais ma réalité ne serait la même. J'étouffais dans cette existence stérile. Il me fallait de l'oxygène, et vite !

J'ai fait le bonheur de Jean-François (alors âgé de quinze ans) en troquant sa chambre à l'étage contre le sous-sol entier. Comme d'habitude, lorsque je prends une décision importante, je ne perds pas de temps : le jour même, Jean-François a invité deux ou trois copains et le tour fut joué !

Alex dans tout ça ? Non, il n'a pas protesté. Lui, tant que ses affaires tournaient rond…

Décidée à renoncer à ma cage dorée et au faux sentiment de sécurité qu'elle me procurait, j'allais retourner sur le marché du travail. Frédéric m'avait laissé les coordonnées de l'une de ses collègues de Québec et dès le lundi, j'ai pris rendez-vous. Cette démarche d'orientation allait confirmer mon choix antérieur, la comptabilité, avec l'ajout d'un nouveau volet, l'informatique.

En septembre, je me suis inscrite à une série de cours et l'année suivante, j'ai commencé à travailler à Ciné-Vidéo, où j'occupais un poste équivalent au tien en ce moment. J'ai gravi rapidement les échelons par la suite. Il est vrai que j'y dépensais beaucoup d'énergie. Mon travail avait pris de plus en plus de place dans ma vie : mon bureau était devenu mon oasis, loin de la maison et de mon couple insensé.

Je ne fais jamais les choses à moitié, Pauline, et je constate maintenant que j'étais devenue la version féminine d'Alex : absente et affairée. Dieu merci, mon fils n'en a pas trop souffert. Lui aussi préparait sérieusement son avenir. À dix-huit ans, il déménageait à Montréal afin de poursuivre des études en marketing.

À la maison, rien n'allait plus depuis qu'Alexandre avait perdu les services de sa relationniste. Nous nous disputions souvent et je songeais de plus en plus à le quitter, mais en 1998, il a subi un infarctus et j'ai préféré attendre. Par la suite, il a ralenti ses activités. Après quelques mois, il a décidé d'entreprendre des changements majeurs : quitter son poste de représentant et rentrer en France où il prévoyait un merveilleux avenir pour son fils au sein de l'entreprise de produits alimentaires et de spécialités québécoises qu'il comptait fonder. Il s'attendait même à ce que je balance tout pour les suivre là-bas...

Jean-François se laissa séduire par les projets de son père. Il est vrai qu'Alex excellait dans son domaine et que, depuis sa maladie, il s'était beaucoup investi auprès de son fils.

Le temps a passé. Mon mari faisait des allers-retours à Paris pour démarrer sa nouvelle firme. Je me rendais compte qu'il tenait mon départ pour acquis, ignorant que de mon côté je tergiversais depuis des mois. Même à mon travail, je n'avais pris aucune mesure dans un sens ou dans l'autre. En réalité, je vivais un douloureux dilemme : rester signifiait voir partir Jean-François au loin et renoncer à voir grandir mon petit-fils, mais d'un autre côté, suivre Alexandre, c'était ni plus ni moins qu'exporter un mariage en ruine. De plus, professionnellement, j'allais devoir recommencer à zéro si je décidais de partir. L'association que me proposait mon mari ne me disait rien qui vaille et je n'avais nulle envie de jouer la reine du foyer là-bas. Et puis, c'était son rêve à lui, pas le mien !

Heureusement, le destin m'a fait signe. En novembre 1999, cinq mois avant le grand départ, j'ai revu Frédéric…

Alex s'était absenté quelques semaines pour trouver un logement à Paris. Un soir, j'ai reçu un appel de Diane : Blanche, la mère de Théo, était décédée subitement.

Blanche Grandmont était une femme formidable, une rassembleuse comme son fils, toujours là à nous ouvrir les bras. Combien de fois, nous, les amis de Théo, lui avions-nous confié un chagrin d'amour, un échec scolaire ou un conflit avec nos propres parents ? Nous arrivions chez elle éclopés, angoissés, nous en repartions tonifiés, allégés. Elle en savait toujours un peu plus que nos parents et même parfois que nos chums ou nos blondes. Blanche, c'était notre mère à tous…

Malgré le temps maussade, toute la gang était là pour lui rendre un dernier hommage. C'était un vendredi matin, j'avais pris une demi-journée de congé pour assister aux funérailles. Après la cérémonie, un buffet avait été dressé chez Théo. J'avais peu de temps, mais j'ai quand même décidé de m'y présenter. C'est là que j'ai croisé Frédéric.

Il y avait tellement de monde à l'église que je n'avais pas remarqué sa présence. Il m'a aperçue le premier, il m'a embrassée sur les deux joues, puis il m'a présenté sa femme, Gisèle.

Nous avons bavardé un peu tous les trois; ensuite Frédéric a été entraîné plus loin par de vieux amis et je suis restée quelques minutes à discuter avec Gisèle. C'était une vraie battante, aussi éprise de son métier que Frédéric. Elle m'a raconté qu'elle s'était associée depuis trois ans avec lui pour ouvrir un centre d'orientation et de consultation psychologique à Montréal qui embauchait une douzaine de professionnels. Pour alimenter la conversation, je lui ai parlé de la démarche d'orientation que j'avais entreprise quelques années auparavant.

En somme, je l'ai trouvée très jolie et fort sympathique. Incroyable, se pouvait-il que nous ayons des atomes crochus, elle et moi? Pourtant...

Peu après, nous avons tous les trois salué Théo avant de quitter les lieux. Dehors, après un dernier au revoir, Gisèle et Frédéric se sont dirigés vers leur voiture. En les voyant s'éloigner, tendrement enlacés par la taille, j'ai soudain senti mon cœur se tordre dans ma poitrine.

Qu'est-ce qui m'arrivait?

Tout le week-end, j'ai ressassé ce moment intense en me demandant si j'étais amoureuse de Frédéric, ou... si je n'avais tout simplement jamais cessé de l'aimer.

Je ne l'avais pas revu depuis le bien-cuit de Théo, cinq ans plus tôt, et même si notre escapade me revenait parfois à la mémoire, j'étais certaine que cette aventure d'une nuit n'aurait aucun lendemain : le bonheur de nos jeunes familles passait avant tout.

Les funérailles de Blanche nous avaient de nouveau réunis et cette rencontre m'avait bouleversée au point où la seule idée de mettre un océan entre Frédéric et moi me donnait froid dans le dos.

Et lui? Bien sûr, devant sa femme, il n'avait pas bronché, c'est bien normal. Toutefois, un peu plus tard, lorsque nos regards s'étaient furtivement croisés, j'avais aperçu dans ses yeux cette petite étincelle qui m'avait toujours fait craquer. Me tendait-il une perche?

Seulement, il y avait son épouse et Gisèle était beaucoup plus qu'un prénom, désormais. C'était une chic fille. Qu'avait-elle fait pour mériter qu'on lui vole son mari? J'avais beau me raisonner, me dire que je n'étais pas ce genre de femme, c'était plus fort que moi, il fallait que je revoie Frédéric pour en avoir le cœur net.

Cette fois, je ne laisserais pas le hasard décider à ma place. Je lui ai téléphoné à son bureau et, prétextant mon prochain passage à Montréal, je l'ai invité à prendre un café pour lui remettre un paquet de vieilles photos que j'avais réunies pour lui.

Frédéric semblait heureux de me parler et j'ai perçu une certaine fébrilité dans sa voix lorsqu'il a accepté mon invitation. Qu'allait-il se passer? Dieu que le temps m'a paru long avant cette rencontre!

Trop nerveuse pour conduire, j'ai fait le trajet en autobus. Le voyage m'a semblé interminable. Arrivée au terminus, j'ai sauté dans un taxi en direction du quartier Outremont, où se trouvait le restaurant.

Il sortait de son auto au moment où je payais ma course. Il m'a fait signe pour m'inviter dans sa voiture. Je le sentais agité. Après m'avoir embrassée rapidement

sur la joue, il s'est retourné, regardant droit devant lui.
Puis, comme s'il s'adressait à son volant, il m'a lancée
d'un seul souffle :

— Tu as deux choix. Soit nous dînons ici, soit je
t'emmène chez Michel, un de mes amis.

Je l'observais, agrippé à deux mains à son volant. Il
n'en menait pas large. Bien sûr, je n'étais pas dupe de
ce subterfuge un peu gros. Du coup, amusée de son
embarras, je me suis payé sa tête :

— Ton copain Michel ? Il est bon cuisinier, j'espère…
Il a émis un petit rire gêné.

— Ben non, Michel ne sera pas là. Il est parti en
vacances avec sa femme et il m'a confié ses clés.

Ça y est, nous étions repartis pour un tour. Je
tremblais comme une feuille. Pour me donner conte-
nance, je me suis accordé un court moment de réflexion
avant de lui dire que je choisissais d'aller chez son
copain. Fred a démarré sans rien ajouter.

Michel habitait l'Île-des-Sœurs. Avant de nous y
rendre, nous nous sommes arrêtés dans une épicerie pour
acheter de quoi dîner : une bouteille de vin, un poulet
cuit, une salade et un dessert (finalement, nous n'avons
bu que du vin car le reste ne passait pas).

Aussitôt seuls, il m'a prise contre lui « afin de
m'embrasser comme il faut », a-t-il murmuré d'une
voix rauque. Un baiser qui s'est prolongé bien au-delà
des limites de la camaraderie.

Ma chère Pauline, si la chose avait été possible, je
crois bien que j'aurais fondu dans ses bras lorsqu'il m'a

glissé à l'oreille : « Ça fait des années que je rêve de ce moment-là... »

Après, il m'a tout raconté : de sa hâte de me revoir au cinquantième de Théo à la culpabilité qui l'avait tenaillé à la suite de notre escapade. Avec le temps, il avait tout de même réussi à atténuer ses remords et à classer cette histoire. Mais voilà, depuis les funérailles de Blanche, il n'était plus sûr de rien. Notre rencontre avait fait remonter des souvenirs...

Nous avons passé tout le reste de l'après-midi à refaire connaissance. Je me sentais comblée de tendresse et de bonheur à l'idée qu'il partageait mes sentiments. J'avais tant besoin qu'un homme prenne soin de moi. Frédéric m'aimait comme j'étais ; auprès de lui, j'avais enfin l'impression d'exister, d'être une vraie femme, pas seulement l'ombre de quelqu'un d'autre.

On dit qu'il existe seulement deux façons d'aimer. La première, c'est avec sa tête. On a alors l'impression d'accomplir sagement son devoir, de faire tout ce qu'il faut pour la personne aimée. La deuxième se vit avec son cœur et son corps, quand la passion dévore la raison. Cet amour a tout d'un ensorcellement, d'un mal incurable. Le grand Fred, je l'avais toujours eu dans le cœur et dans la peau...

Lorsqu'il m'a accompagnée au terminus, à la fin de l'après-midi, les choses avaient changé. Cette fois, je me sentais incapable de le quitter sans lui demander quand nous allions nous revoir.

Sans me donner de date, Frédéric m'a bien fait comprendre que pour lui aussi, il n'était plus question de remettre nos rencontres au hasard. Nous avons convenu de correspondre par courriel.

Dans l'autobus, en route vers Québec, je vibrais de toutes parts comme si mon cœur avait envahi mon corps. En plongeant la main dans mon sac, j'ai retrouvé l'enveloppe de photos promises : une excuse si peu crédible…

Le temps des Fêtes est arrivé avec tout ce qu'il implique. Tiraillée entre mon amour pour Frédéric et la perspective de perdre de vue mon petit-fils, j'étais toujours incapable de faire un choix. Je tentai de m'étourdir en organisant un énorme party pour souligner le dernier Noël d'Alex et de Jean-François au Québec. J'avais convié tous leurs collègues et amis.

Pendant la soirée, alors que les gens nous lançaient des «bon départ!», j'ai enfin compris que ces souhaits ne pouvaient s'adresser à moi.

Ah, si tu avais vu la tête d'Alexandre, le lendemain matin, quand je lui ai fait part de ma décision avant de… demander le divorce!

(Ouf, Pauline, je vois bien que mon récit s'éternise… Je croyais pouvoir tout te raconter en quelques pages, mais plus j'écris et plus je ressens le besoin de me confier. Mon secret me pèse depuis trop longtemps.) Jusqu'à présent, seule Gabrielle était au courant. Elle disait qu'elle me comprenait. Seulement, l'an passé, quand j'ai décidé de déménager à Montréal…

Bon, il faut que je t'en parle.

Après notre dernière rencontre, nous ne nous sommes plus lâchés, Frédéric et moi. On s'écrivait tous les jours et nous nous sommes revus deux autres fois, entre janvier et mars 2000, dans un petit motel situé à mi-chemin l'un de l'autre, dans la région de Trois-Rivières. Nous aurions aimé nous voir plus souvent, mais la distance, s'ajoutant à la clandestinité, ne facilitait guère les choses.

Par ailleurs, le départ de Jean-François et d'Alexandre, de même que la médiation précédant le divorce m'ont tenue assez occupée pendant cette période. Heureusement, il n'y a pas eu de vagues entre Alex et moi, nous sommes passés au travers comme des grands. Nous avons même eu une longue conversation, avant son départ, où il m'a avoué combien il regrettait l'échec de notre mariage.

— Je sais bien que je t'ai tout donné sauf mon cœur. Je me le suis toujours reproché, mais sache que je n'ai jamais eu d'autres femmes que toi dans ma vie. Je n'étais pas fait pour le mariage, j'aurais dû le comprendre.

Toujours aussi généreux, il n'a pas lésiné pour me laisser la maison et assez d'argent pour vivre à l'aise.

En avril, j'ai reçu une offre intéressante pour la maison. C'est là que j'ai pensé à reprendre le logement de mon fils à Montréal. Pauvre Jean-François, il doit encore se demander pourquoi j'ai vendu la maison familiale pour venir m'installer dans son haut de duplex. Dieu merci, il avait d'autres choses à faire que de se questionner au sujet des lubies de sa vieille mère.

Frédéric savait à quel point je trouvais difficile de le voir si peu et d'ailleurs, il partageait le même tourment. Toutefois, j'ignorais comment il allait réagir lorsque je lui apprendrais la nouvelle. Je lui ai écrit un long courriel. Le lendemain, sa réponse a balayé tout doute. Il se disait très heureux puisque nous aurions l'opportunité de nous voir plus souvent.

Je n'attendais que cela pour mettre tout en branle : accepter l'offre d'achat et demander à mon employeur ma mutation à Montréal. De ce côté-là aussi, j'ai eu de la chance : Icétou avait été rodé à Québec et il était maintenant question de l'implanter d'abord à Montréal, puis à Sherbrooke afin de tisser un réseau informatique reliant toutes les succursales de la province. Mon expertise serait grandement appréciée.

M'éloigner de ma famille et de mes amis, me défaire de ma magnifique maison, ou encore redevenir simple commis à Ciné-Vidéo, tout cela me semblait dérisoire comparé au bonheur de me rapprocher de l'homme que j'aimais.

Gabrielle m'a piqué toute une colère lorsque je lui ai appris la nouvelle. Surtout lorsque je lui ai avoué avoir accepté un poste subalterne à Montréal. Quant à Fabienne, ma psychologue, elle n'était au courant de rien. En janvier, j'avais laissé tomber la thérapie. Je flottais sur un nuage rose et je n'avais nulle envie d'être confrontée à la réalité.

Je t'épargne les détails au sujet du départ de Jean-François et de mon déménagement, sans parler de notre terrible madame Berthiaume qui épiait le moindre de mes gestes. J'aimerais tout de même te raconter mon transfert à la filiale de Montréal.

Mon arrivée à Montréal ne s'est pas passée sans heurt. Yvan, le patron, que je connaissais très bien, m'a tout de suite demandé ma collaboration pour entamer des pourparlers avec Grégoire Miller. C'est là que Luc m'a prise en grippe. Il se sentait menacé et ramait de son bord comme un diable dans l'eau bénite, apeuré de perdre sa chance de succéder à son oncle. Si j'avais pris le temps d'en discuter avec lui, il aurait bien vu que, malgré les apparences, je n'avais pas l'intention de jouer dans ses plates-bandes. J'aurais dû le faire, mais il était si désagréable que j'ai décidé de me taire : je n'avais pas d'énergie à consacrer à ce malengueulé qui prenait un malin plaisir à casser du sucre sur mon dos. De toute façon, le travail passait au second plan pour moi.

Ma seule ambition, c'était d'avoir Frédéric près de moi. Après des années aux côtés d'un homme froid et indifférent, j'avais soif d'exubérance et de fantaisie dans ma vie. Frédéric respirait la joie de vivre, il était devenu mon oxygène.

Seulement, dans ma hâte de déménager, je n'avais pas réalisé à quel point la solitude allait me peser. Repliée sur moi-même, loin de ma famille, coupée de mes amis de Québec, il ne me restait que l'amour insensé pour un homme qui ne m'appartenait pas.

Malheureusement, je ne le voyais pas aussi souvent que je l'aurais espéré. Frédéric tentait de compenser ses absences par de délicates attentions, m'écrivant des billets doux, m'offrant des bijoux, des fleurs, même un chien pour me tenir compagnie.

Après avoir vécu des années aux côtés d'un homme sérieux et rangé, j'avais pour amant l'une des personnes les moins raisonnables qui soient (entre nous, Pauline, les gens raisonnables ne sont-ils pas les êtres les plus ennuyants du genre humain?). Souvent, Fred poussait l'audace très loin pour passer du temps avec moi, jonglant avec un horaire déjà très serré, usant de mille stratagèmes pour s'évader quelques heures, voire même, de temps à autre, toute une nuit. Un vrai casse-cou!

Seulement, cette passion me brisait et mon humeur se conjuguait à la cadence de ses visites: j'étais joyeuse et vibrante lorsqu'il venait me voir, mais aussi chagrine et nonchalante en son absence. Si je restais plus de deux jours sans nouvelles, je me desséchais comme une plante oubliée et je doutais de son attachement pour moi. J'avais constamment besoin d'être rassurée. Sans parler de la jalousie...

Frédéric me parlait souvent de ses enfants (en particulier des déboires de celui affligé d'une maladie chronique), mais il n'était presque jamais question de sa femme. C'était mieux ainsi. J'avais beaucoup trop de mal à l'entendre me parler de son autre vie: tous ces «on» et ces «nous» dont j'étais perpétuellement exclue. J'enviais Gisèle qui, en plus de partager son lit et sa vie de famille, travaillait en association avec lui. Moi, j'occupais si peu d'espace dans sa vie... Je passais après sa femme, ses enfants, son travail et toutes les activités bénévoles auxquelles il se vouait.

Il est vrai que je le voyais plus souvent à Montréal, mais si peu longtemps à la fois. Alors, faute de temps, lorsqu'il venait chez moi, nous passions immédiatement à l'essentiel et l'essentiel, eh bien, c'était le sexe...

Je n'avais rien contre – je ne pouvais moi-même me résoudre à le voir sans le toucher –, mais depuis un certain temps, je me demandais ce que nous pourrions bien construire ensemble. Si nous n'avions aucun projet commun, où allions-nous?

Moi, j'avais un objectif: vivre cet amour au grand jour!

Après quelques mois, lassée de cette vie, je l'ai acculé au pied du mur maintes et maintes fois. Il lui fallait choisir: elle ou moi! Cette discussion revenait sans cesse empoisonner nos rencontres. La plupart du temps, Fred se contentait de m'écouter en silence et, s'il lui arrivait parfois d'essayer de me raisonner, il bredouillait qu'il aimait Gisèle autant que moi, qu'il se sentait incapable de briser sa vie de famille et qu'il... ne m'avait jamais rien promis de tel. (C'était vrai, Fred ne me faisait jamais de promesses qu'il ne pouvait tenir.) Alors, blessée, je me taisais, résignée jusqu'à la prochaine fois.

Décidément, côté cœur, je ne vivais que des épisodes de vie torturés qui, loin de me nourrir, m'appauvrissaient sans cesse. Les météorologues donnent des prénoms aux tempêtes tropicales, moi j'avais subi tour à tour Frédéric, Louis, Alexandre et de nouveau Frédéric : des histoires d'amour qui m'avaient emportée dans un tourbillon aussi envoûtant que destructeur.

Je menais pourtant ma carrière tambour battant. J'avais les compétences pour administrer un service des ventes et j'avais mis au point un logiciel comptable, mais j'étais prisonnière de l'amour, lui abandonnant tout un pan de ma personnalité, me trahissant ainsi moi-même. J'avais laissé Louis m'exploiter pendant des années, j'avais vécu dans l'ombre d'Alexandre et maintenant, j'étais devenue un satellite gravitant autour d'un homme que je ne pourrais jamais avoir.

Plus les mois passaient et plus je remettais cette relation en question. Je prenais conscience de ma bêtise, me reprochant d'avoir tout sacrifié à cette liaison tout en étant incapable de m'en affranchir.

Puis vint cette nuit d'avril…

C'était un mardi. Frédéric devait passer « me border », après une soirée avec quelques amis. Comme il lui arrivait souvent de venir chez moi en fin de soirée et même en pleine nuit, je lui avais remis une clé.

Ce soir-là, je me suis couchée à la même heure que d'habitude, sachant qu'il était inutile de l'attendre avant minuit. Je me suis éveillée en pleine nuit et j'ai jeté un coup d'œil à mon réveil : 3 h 40 ! Il n'était pas encore passé. J'étais étonnée… Avait-il laissé un message sur ma boîte vocale pour me prévenir d'un empêchement ? J'ai le sommeil léger, aussi la sonnerie du *téléphone sur ma table de chevet m'aurait éveillée, mais on ne sait jamais… J'ai vérifié le voyant lumineux de mon répondeur : rien. Je ne comprenais pas. Ce n'était pourtant pas son genre de me laisser sans nouvelles, d'autant plus qu'il connaissait ma tendance à me tracasser pour des riens.*

J'ai passé le reste de la nuit à tourner en rond dans la maison, ne sachant que faire. Je ne pouvais tout de même pas téléphoner chez lui pour prendre de ses nouvelles ! En désespoir de cause, j'ai démarré mon ordinateur pour voir s'il m'avait laissé un message. Bien sûr, là aussi, sans résultat. J'ai ressenti toute une gamme d'émotions : de la colère la plus virulente à la pensée qu'il m'avait oubliée, en passant par l'anxiété la plus noire à mesure que l'inquiétude me gagnait.

Le matin venu, je suis allée travailler presque soulagée. Dès 9 h, j'allais pouvoir lui téléphoner au bureau pour qu'il me fournisse une explication.

Au lieu de me rassurer, cet appel m'a bouleversée davantage. La réceptionniste m'a répondu que monsieur Sainte-Marie avait dû s'absenter pour une durée indéterminée, et que si j'avais entrepris une démarche d'orientation avec lui, il me faudrait la poursuivre avec l'un de ses collègues. Je me demande encore comment j'ai pu garder mon sang-froid, car j'ai calmement demandé si monsieur Sainte-Marie était malade ou quelque chose du genre. Elle m'a d'abord appris, après avoir hésité, qu'il avait eu un accident la veille et qu'il était hospitalisé. Encaissant le choc, j'ai murmuré que j'allais rappeler un autre jour. J'ai raccroché et je suis restée complètement pétrifiée, la main sur le récepteur jusqu'au moment où Julie, à moins que ce ne soit Caroline, vienne frapper à la porte de mon bureau pour obtenir un renseignement.

Ne me demande pas comment j'ai pu travailler ce jour-là, ni ce que j'ai fait: c'est le noir total dans ma mémoire. En soirée, je suis allée marcher longuement avec Philomène dans l'espoir d'apaiser mon angoisse. Il fallait absolument que je sache comment il allait. Mais comment? Puis, je me suis souvenue de Michel Couture, son meilleur ami et l'un de ses associés. Frédéric l'avait mis dans la confidence à notre sujet quelques mois plus tôt. Ça m'a un peu calmée. Je décidai de lui téléphoner dès le lendemain.

J'ai pu lui parler tôt le matin. Tout de suite, il s'est exclamé:

— Mon Dieu! Hélène… Je suis désolé, j'ai complètement oublié de vous prévenir!

Pourquoi m'en serais-je étonnée? Une maîtresse est un être désincarné, tapi dans l'ombre.

Michel m'a raconté que Frédéric avait eu un accident d'auto le mardi soir en revenant de sa réunion. Hospitalisé pour soigner des côtes brisées, une jambe cassée et une grave blessure à la tête, il n'avait pas encore repris connaissance.

Lorsque Michel m'a dit qu'il passerait à l'hôpital dans l'après-midi, je l'ai supplié de me laisser l'accompagner.

Il a d'abord refusé, mais j'ai tellement insisté qu'il a fini par accepter.

Ce n'était pas une bonne idée. Je l'ai su dès que j'ai aperçu la femme de Frédéric à son chevet: Gisèle... blafarde, les traits tirés par l'angoisse. Elle aussi... elle... elle...

Je suis restée sur le pas de la porte. Après un bref coup d'œil vers Frédéric – méconnaissable, la moitié du visage masqué par un pansement et branché sous respirateur – je me suis effacée et j'ai attendu Michel dans le couloir. Heureusement, Gisèle ne s'est rendu compte de rien. Fred était déjà assez mal en point comme ça, il n'avait pas besoin d'ennuis supplémentaires.

Être à la fois si proche et si loin me chavirait. L'homme que j'aimais était gravement blessé et je ne pouvais rien pour lui. Je ne pouvais même pas lui effleurer la main. Frédéric n'était pas « mon homme », il ne l'avait jamais été. Je n'étais pas sa femme, seulement sa maîtresse et je n'avais rien à faire là.

C'était trop pour moi. De retour à la maison, ma décision était prise.

J'ai loué une auto, j'ai confié mon logement et mon chien à madame Berthiaume. Très tôt le lendemain, je suis allée rencontrer le patron pour lui demander un long congé, prétextant de vagues ennuis de santé. Ensuite, je suis partie. Je me suis enfuie...

Voilà ma chère Pauline, maintenant tu connais toute l'histoire.

Il est presque huit heures. J'ai passé une grande partie de la nuit à taper. J'espère que ce long récit ne t'a pas trop ennuyée. Pour ma part, je t'avoue que renouer avec les événements de cette dernière année m'a fait un bien immense.

Je sais que j'ai eu raison de m'éloigner. Ces quelques semaines de solitude m'ont permis de me retrouver et de faire le point.

Je vais écrire à Frédéric bientôt. S'il te le demande, tu peux lui apprendre où je suis, ça le rassurera.

Je ne peux pas encore te donner de date pour mon retour au bureau. Certainement pas avant trois semaines, peut-être même un mois, car il se passe des choses intéressantes pour moi, ici. Je te tiendrai au courant, c'est promis.

En attendant, chère Pauline, nous pouvons toujours nous retrouver certains soirs sur Internet, si tu veux encore rester mon amie après avoir appris toute l'histoire...

Hélène

Pauline poussa un long soupir. «Oh! Hélène, j'aurais tant aimé que tu sois ici...», murmura-t-elle en pressant la liasse de feuilles contre son cœur.

S'il n'avait pas été si tard, Pauline lui aurait téléphoné immédiatement pour lui enlever toutes ses craintes. C'est si facile de juger les gens lorsque l'on ignore les raisons qui les poussent à agir...

Pauline descendit au sous-sol pour allumer l'ordinateur de Steve.

> *Chère Hélène,*
> *Je viens tout juste de terminer ton récit et avant d'aller dormir, je tenais à te dire ceci : je suis encore là, je serai toujours là...*
> *Pauline*

Chapitre 13

Jeudi 31 mai 2001

À l'aube, Jonathan, la tignasse ébouriffée et le teint livide, vint trouver ses parents dans leur chambre.

— J'ai vomi…

Pauline ouvrit un œil.

— C'est ton tour ?

— Oui, ça veut-tu dire que je vais manquer l'école ? questionna-t-il aussitôt.

La jeune femme s'assit au bord du lit en se frottant les yeux.

— Ben oui, ça veut dire ça, répondit-elle d'un ton résigné. Allez viens, on va changer tes draps.

— Pas besoin, maman, j'ai eu le temps de me rendre aux toilettes.

Pauline poussa un soupir de soulagement : pas de dégâts à ramasser, c'était toujours ça de pris. Elle se leva et entoura de son bras les frêles épaules de son fils.

— Laissons papa dormir.

Elle ferma doucement la porte puis poussa celle de la chambre de Mathieu. Il dormait à poings fermés.

Dans la cuisine, la chienne agita joyeusement la queue, déjà prête pour sa promenade matinale.

— Jo, va t'habiller, on va aller faire un petit tour dehors avec Philo. Ça va te faire du bien de respirer de l'air frais. Tu te sens assez bien ?

— Euh... oui, oui, mais c'est moi qui tiens la laisse, OK ?

Une fois de retour, Pauline laissa un message sur la boîte vocale de Julie. Elle n'était pas fâchée de prendre une journée pour cajoler ses jumeaux après ce premier mois à Ciné-Vidéo.

La routine quotidienne reprit son cours dès le lendemain. Steve emmena les jumeaux à l'école et Pauline alla travailler, remerciant le ciel de lui avoir épargné le fléau de la gastro.

Après avoir laissé son cardigan et son sac dans son bureau, la jeune femme se rendit à la cuisinette où elle aperçut l'adjointe du patron, la tête dans le frigo en train de ranger des plateaux de canapés.

Julie se redressa, la mine réjouie.

— Cinéphile est à nous ! L'acte de vente sera signé tout à l'heure. On attend monsieur Miller et les deux autres frères Bélair pour célébrer, l'informa-t-elle en brandissant deux bouteilles de champagne.

Julie coucha les bouteilles sur une tablette du réfrigérateur.

— Tout ça, c'est grâce à Hélène, souffla-t-elle. Sans son intervention, la transaction était à l'eau : Luc a failli tout gâcher, l'autre jour. Si tu veux mon avis, ajouta-t-elle après un bref coup d'œil à l'entrée de la cuisinette, ça m'étonnerait beaucoup que monsieur Miller accepte de collaborer avec nous avant le retour d'Hélène. Bah, pour le moment, tout ce qui compte, c'est que nous ayons enfin Cinéphile.

Pauline sentit une pointe de fébrilité la gagner. Avec l'acquisition du réseau Cinéphile, Ciné-Vidéo quittait la catégorie « petite chaîne de quartier » pour se hisser au rang des grands. Toutefois, la concurrence était féroce et les Bélair devaient se démarquer en offrant un petit quelque chose de plus qui allait non seulement fidéliser sa clientèle, mais aussi permettre de la développer davantage. N'en déplaise à Luc, Ciné-Vidéo aurait avantage à remodeler son image.

— Les frères Bélair ont-ils contacté une agence pour organiser une campagne de publicité ? s'informa-t-elle.

— Ça m'étonnerait, répondit Julie, ils se sont toujours méfiés de ce genre de boîte. Ils craignent l'ingérence extérieure et ils trouvent leurs tarifs exor…

Elle s'interrompit d'un coup.

— Hé, c'est vrai, ça ! Avec ton expérience en publicité, tu pourrais leur donner quelques idées.

— Je pourrais faire beaucoup plus ! s'enhardit Pauline. J'ai une bonne expertise en matière d'image, c'était mon point fort à l'agence : j'ai collaboré à plusieurs projets.

— Super ! se réjouit l'adjointe. Je vais en toucher un mot à Yvan, je suis certaine qu'il aimerait en discuter avec toi.

Pauline revint dans son bureau, le cœur gonflé d'espoir. Son poste de commis-comptable commençait déjà à l'ennuyer, un nouveau défi serait le bienvenu.

Elle n'eut pas le loisir de rêvasser, une pile de factures l'attendait sagement à côté de son ordinateur. Remarquant le voyant lumineux de son téléphone, elle s'installa pour prendre ses messages. Les deux premiers, datés de la veille, provenaient de fournisseurs. Le troisième avait été laissé le matin même.

— Bonjour Pauline. C'est Frédéric Sainte-Marie. Je me demandais si vous aviez eu des nouvelles d'Hélène… Vous pouvez me joindre à la maison ce matin.

Pauline nota le numéro puis l'appela aussitôt. Frédéric l'invita à luncher.

— Hélène et moi avons adopté un petit café français dans Outremont, on y sert les meilleurs croque-monsieur en ville. Je pourrais aller vous chercher à midi.

— D'accord. Je surveillerai votre arrivée de la fenêtre de mon bureau. Quelle est la couleur de votre auto ?

Après les salutations d'usage, la jeune femme raccrocha. Toujours imprégnée du récit de son amoureuse, elle était enchantée de revoir Frédéric.

Après des semaines de rumeurs et d'interrogations, apprendre enfin la vérité lui avait permis de replacer les personnages dans une toute nouvelle perspective. Ils avaient ainsi acquis la noblesse de l'humanité sans perdre le parfum mythique des héros romanesques.

À midi pile, une Ford se gara devant l'entrée principale : Frédéric l'attendait ! Pauline se leva pour lui faire signe de sa fenêtre. Elle enfila son cardigan avec la folle impression d'avoir rendez-vous avec Rhett Butler ou Ovila Pronovost.

Voir Pauline lui faire signe de sa fenêtre plongea Frédéric dans une profonde nostalgie. « Comme Hélène, quand je venais la chercher… »

Il avait trouvé ce moyen pour la voir plus souvent : luncher dans ce petit café de l'avenue Van Horne tous les lundis. Les lundis pour se faire pardonner les longs week-ends sans lui donner signe de vie ; les lundis surtout, parce qu'il y avait moins de dîneurs au Bistro de la Belle donc moins de risque qu'on les voie ensemble.

Son regard s'assombrit à l'évocation d'un pénible moment vécu là-bas un lundi de juin 2000, alors qu'il lui avait annoncé son départ prochain pour la Caroline du Sud avec Gisèle. Hélène avait très mal réagi : deux mois sans lui alors qu'elle venait à peine de s'installer à Montréal ! Sa colère l'avait jeté dans un tel désarroi…

Frédéric chassa rapidement ce mauvais souvenir en apercevant Pauline sortir par la porte principale. Il se pencha pour lui ouvrir la portière.

— Pardonnez ce manque de courtoisie, j'aurais dû sortir pour aller vous ouvrir, mais j'ai encore un peu de difficulté à bouger.

Pauline prit place et boucla sa ceinture.

— Vous savez, Frédéric, peu d'hommes se plient encore à ce genre de civilités.

— C'est vrai. Hélène me dit toujours que je suis "le dernier des vrais".

— Ne changez rien! Ce n'est pas un défaut, bien au contraire. Alors, nous allons à votre resto français?

— Oui, j'ai réservé une table. En principe, ils ne prennent pas de réservation le vendredi, mais je connais bien le patron.

Le Bistro de la Belle offrait une ambiance chaleureuse: murs peints de couleurs chaudes, petites tables carrées, laminés d'anciennes affiches de films français, large ardoise apposée au mur derrière le bar où on avait transcrit le menu du jour. «Une calligraphie à l'accent français», songea Pauline. Elle était autant séduite par l'atmosphère de la place que méduséé par les élégantes mains gantées qui surgissaient des murs pour offrir de fines tasses de porcelaine posées sur des soucoupes aux couleurs pastel.

Frédéric désigna une table au fond de la salle.

— Vous avez vu le film de Jean Cocteau? demanda-t-il devant l'air perplexe de sa compagne.

— Ah oui! *La Belle et la Bête* avec Jean Marais. Je me souviens des couloirs du château de la Bête jalonnés de torches brandies par des bras humains.

Ça donnait froid dans le dos... Tandis qu'ici... c'est une idée de décor vraiment originale.

Elle jeta un coup d'œil à l'ardoise.

— Croque-monsieur, avez-vous dit...

— Sans hésitation, croyez-moi!

Elle s'adossa à sa chaise, joignit les mains sur la table et regarda son compagnon dans les yeux.

— Hélène m'a écrit mercredi. Elle m'a demandé de vous dire qu'elle allait bien et qu'elle avait repris l'écriture de son roman policier.

Le visage de Frédéric s'éclaira.

— Merveilleux! Écrire est une passion pour elle. Elle y a toujours trouvé beaucoup de satisfaction.

— Elle a prénommé son enquêteur Roméo. Ça aussi, elle voulait que vous le sachiez.

Un serveur revêtu d'un tablier immaculé se présenta à eux. Fred le salua en l'appelant par son prénom – le patron de la boîte sans doute. Il commanda pour deux puis lui présenta Pauline comme une amie d'Hélène. Ensuite, il dut lui expliquer les raisons de son piteux état.

Le serveur s'éloigna et Frédéric revint au vif du sujet.

— Roméo, c'est une façon de me faire un clin d'œil, expliqua-t-il en esquissant un triste sourire. Depuis que nous correspondons par Internet, j'ai l'habitude de terminer mes messages avec ce pseudonyme.

«Bien sûr, comment n'y ai-je pas pensé ? », songea Pauline, se souvenant de la signature apposée sur la carte de vœux retrouvée dans le bureau d'Hélène.

Frédéric lui toucha la main.

— Hélène vous a-t-elle mentionné une date de retour ? lui demanda son compagnon.

— Elle a parlé de plus ou moins un mois.

— Tout ce temps encore, murmura-t-il comme pour lui-même.

— Ne vous inquiétez pas, Hélène ne vous a pas oublié, elle vous écrira bientôt.

Le patron du bistro revint, une bouteille de vin rouge à la main.

— Tenez, lança-t-il avec son accent mélodieux du Midi, goûtez-moi ce petit Bordeaux ! C'est la maison qui régale !

Sans attendre de permission, il remplit généreusement leurs coupes et gagna la table voisine.

— Sacré François, un vrai coup de vent ! s'esclaffa Frédéric.

Puis, levant sa coupe, il invita Pauline à trinquer à la santé d'Hélène.

— Corsé comme je l'aime, commenta-t-il après avoir bu une gorgée. Qu'en dites-vous ?

— Très bon, reconnut Pauline en observant le serveur gesticuler vers la porte pour saluer de nouveaux clients.

Elle revint à Frédéric qui la regardait intensément.

— Si au moins je pouvais savoir où elle est…

—Je peux vous le dire, maintenant, répondit Pauline. Elle garde la maison de son amie Gabrielle Manceau, partie en voyage en Asie.

Surpris, Frédéric haussa les sourcils.

— Elle est à l'île d'Orléans? Je l'aurais crue en visite chez son fils, à Paris.

— Hélène avait besoin d'être seule pour écrire et... faire le point.

— Gabrielle est sa meilleure amie; sa maison est un bon endroit pour se ressourcer, admit Frédéric, songeur.

— Ah oui, c'est vrai, vous connaissez Gabrielle.

— Oui, depuis l'adolescence. Dans le temps, nous étions toute une bande: la gang à Théo...

— Hélène m'a parlé de cette époque, de Théo, de sa mère et... de vous deux.

— Vraiment? s'étonna-t-il.

«Hélène n'est pourtant pas le genre de femme à étaler sa vie privée devant des collègues de bureau», poursuivit-il en pensée...

— Elle m'a longuement écrit à ce sujet. Je crois qu'elle en avait besoin, crut bon de préciser Pauline en remarquant l'air embarrassé de son compagnon.

Elle l'observait faire tourner le vin dans sa coupe d'un air absent. Cet homme qu'on lui avait décrit comme l'incarnation de la joie de vivre paraissait si affligé, si vulnérable qu'elle ne put s'empêcher d'effleurer sa main.

— Frédéric, ne croyez surtout pas que je vous juge, vous ou Hélène. J'ai beaucoup d'amitié pour elle, je sais qu'elle n'a pas toujours eu la vie facile et je la comprends… Je vous comprends tous les deux.

Frédéric trempa ses lèvres dans le vin pour se donner contenance.

— Mais nous sommes des parias, parvint-il à articuler après un moment. Les gens tranchent trop vite, il n'y a pas de demi-mesure : le type est toujours perçu comme un minable et sa maîtresse, comme une garce écervelée.

Pauline se tut. Non, elle ne jugeait pas le couple, mais elle se souvenait de sa déception en apprenant les détails croustillants des amours d'Hélène de la bouche de madame Berthiaume.

Une serveuse arriva au même moment avec leurs dîners. Ils prirent quelques bouchées en silence. Mal à l'aise, Frédéric décida de changer de sujet :

— Vous travaillez chez Ciné-Vidéo depuis longtemps ?

— Non, en fait, j'y suis depuis la fin avril, c'est moi qui remplace Hélène…

— Ah ? Mais… vous la connaissiez déjà, non ?

« Ça y est, songea Pauline, nous voici rendus à la grande explication. »

— En fait, Frédéric, moi aussi j'entretiens une relation très spéciale avec Hélène…

Pauline lui raconta ses débuts dans l'entreprise et sa rencontre virtuelle avec Hélène. Elle lui expliqua ensuite les raisons qui l'avaient amenée à s'immiscer dans son intimité et comment leur amitié singulière s'était développée au fil des semaines.

— Je connais son écriture, sa voix, son histoire, son amoureux, je prends soin de ses plantes et j'héberge son chien. Tout ce qu'il me reste à faire maintenant, c'est la rencontrer en personne, conclut-elle avec un petit rire gêné.

Frédéric, qui l'avait écoutée sans l'interrompre, reprit :

— Et elle vous a tout raconté à notre sujet... Elle doit avoir une grande confiance en vous. Vous savez, personne, hormis Gabrielle, n'était au courant...

— Moi-même, j'ai été surprise, avoua Pauline. Mais parfois, il est plus facile de se confier à des étrangers.

— À qui le dites-vous ! lança Frédéric, un sourire complice sur les lèvres. Hélène a toujours eu un sixième sens pour démêler le meilleur du pire chez les gens : elle sait choisir ses amis. Et j'ai toujours eu confiance en son flair, affirma-t-il en levant sa coupe.

— Encore une petite goutte ?

François, le patron du bistro, se tenait devant eux, une bouteille dans chaque main. Pauline et Frédéric firent tous les deux le même geste négatif.

— Allons, allons, madame, monsieur, insista-t-il d'une voix tonitruante. Nous célébrons les cinq ans du bistro, il faut fêter ça ! Et ce petit nectar, jamais vous n'en boirez de pareil.

— Bon alors, juste un peu, accepta Pauline.

Elle avança sa coupe, imitée par Frédéric.

N'écoutant que son grand cœur, François les servit généreusement malgré leurs protestations puis passa à la table suivante.

— Il est toujours comme ça, rigola Frédéric, c'est un amoureux de la race humaine... et du bon vin.

— Dommage qu'il me monte à la tête, regretta Pauline. Je vais devoir en laisser si je ne veux pas m'endormir sur mon bureau.

— Pareil pour moi. Je ne prends plus de médicaments, mais je conduis, alors je vais juste prendre une dernière petite gorgée pour éviter d'offusquer notre hôte.

Après s'être exécuté, il revint au sujet de leur rencontre.

— Pauline, je suis curieux... Qu'est-ce qu'Hélène vous a raconté à notre sujet ?

— Tout, je crois. Du début de votre relation jusqu'à l'accident.

— Je n'aurais jamais dû casser avec elle dans le temps, soupira-t-il, mais j'avais dix-huit ans et je ne me sentais pas prêt à m'engager.

— Pourtant la chimie ne s'est jamais dissoute entre vous.

— C'est vrai ! Nous fréquentions le même milieu et nous sommes quelques fois retombés dans les bras l'un de l'autre au cours des années suivantes. En fait, jusqu'à ce que je déménage à Sherbrooke pour faire mes études. C'est là que j'ai rencontré Gisèle. Nous suivions les mêmes cours et nous nous entendions bien. Très vite, nous avons décidé de nous marier. Financièrement c'était plus pratique. Un couple d'étudiants mariés avait plus de chance d'obtenir des bourses du gouvernement. Après nos études, nous avons fondé une famille : une fille et deux garçons. Ils sont grands maintenant : vingt, vingt et un et vingt-trois ans. Il ne reste que ma fille à la maison.

— Hélène m'a dit qu'un de vos fils avait une maladie chronique.

— Antoine a la maladie de Crohn. Seulement, avant que le médecin pose le diagnostic, il a été hospitalisé plusieurs fois sans qu'on sache de quoi il était vraiment atteint. Ça a été très difficile pour toute la famille. Heureusement, il va bien maintenant.

Apercevant le patron du café à quelques mètres d'eux, il lui fit signe pour commander le dessert et des cafés. Pauline jeta un coup d'œil à sa montre.

— Vous avez encore du temps ? s'enquit Frédéric.

— Encore une quarantaine de minutes, en comptant le transport.

— Alors, dites-moi, qu'est-ce qu'Hélène vous a raconté d'autre à notre sujet ? Vous a-t-elle parlé de la soirée d'anniversaire de Théo ?

Il s'était incliné vers Pauline pour chuchoter sa question avant de s'adosser à sa chaise.

— Je m'en souviens comme si c'était hier, reprit-il, l'air songeur. J'ai aidé sa femme Diane à organiser un bien-cuit pour ses cinquante ans. Nous avions dressé la liste des invités ensemble et, bien sûr, Hélène en faisait partie. J'étais heureux qu'elle accepte l'invitation, j'avais hâte de la revoir. Puis, une semaine ou deux avant le party, Diane m'a appris qu'Hélène lui avait téléphoné précisément pour savoir si j'allais être présent. Ça m'a troublé. Ensuite, j'ai essayé de penser à autre chose, mais pas moyen de me l'enlever de la tête...

Il s'interrompit en apercevant une jeune femme assise quelques tables plus loin, gesticulant pour attirer l'attention de Pauline. Cette dernière lui fit un signe de reconnaissance avant de se lever.

— Pouvez-vous m'excuser une minute ? C'est une fille avec qui j'ai déjà travaillé. Je vais aller la saluer rapidement.

— Bien sûr, prenez votre temps, je ne me sauverai pas.

Pauline se fraya un chemin entre les tables pour retrouver son ancienne collègue. Frédéric en profita pour scruter la salle à la recherche de visages connus – des gens qui auraient pu le surprendre en agréable compagnie –, réalisant du coup qu'il avait déjà voulu rompre avec ce damné rituel qui l'empêchait de se détendre lorsqu'il venait dîner au bistro avec Hélène.

« Pourquoi est-ce que je m'énerve comme ça ? Je n'ai pourtant rien à me reprocher... » Il salua ce constat en sirotant une gorgée de vin.

Était-ce l'alcool qui le rendait si volubile ? À part ses aveux émis du bout des lèvres à son ami Michel, son grand secret, ses états d'âme, il les avait toujours gardés pour lui. Or, aujourd'hui, l'amie d'Hélène lui prêtait une oreille compatissante au moment où il en avait le plus besoin.

Pauline tardait à revenir, l'autre femme semblait l'accaparer. Elle lui lança un regard contrit, il lui sourit pour la mettre à l'aise.

À cet instant, le patron du bistro surgit de nulle part et remplit de nouveau sa coupe. Frédéric ne protesta pas, le vin l'avait conduit aux confins du raisonnable. Il savourait la délicieuse euphorie que lui procurait ce début d'ivresse.

Sa rêverie le ramena des années en arrière : l'anniversaire de Théo, la nostalgie, la musique, le dernier slow… Hélène tout contre lui, son parfum… Il lui semblait encore entendre la voix de Polnareff.

Love me
Please love me
Je suis fou de vous…

À ce moment, toutes les années vécues loin l'un de l'autre s'étaient estompées pour faire place à leur passion première, un éden connu d'eux seuls où ils avaient retrouvé leurs repères sans difficulté : les mêmes gestes, la même complicité, le même bien-être. Quelques heures de volupté… pour des semaines de cauchemar. Car il avait eu un mal fou à retomber sur ses pieds.

Pour contrer sa terrible culpabilité envers Gisèle, Frédéric s'était soumis à ses quatre volontés, acceptant même d'établir leur clinique de consultation à Montréal malgré ce qu'il lui en coûtait de se fixer dans cette ville qui l'horripilait. Les mois suivants, il avait plongé tête première dans le tourbillon de leur déménagement, la recherche d'associés et l'implantation de la clinique dans le quartier Villeray. Toutefois, il avait eu beau s'étourdir de travail et se rabâcher que son escapade avec Hélène n'était qu'un accident de parcours, il n'arrivait pas à occulter ce moment de grâce où il avait capté le meilleur de lui dans le regard de son premier amour.

De retour à sa place, Pauline saisit son sac à main pour y glisser un bout de papier.

— Je m'excuse, mais il fallait absolument que j'aie son numéro de téléphone.

— Je comprends, pas de problème.

La serveuse apporta deux parts de tarte aux pommes et les cafés. Frédéric lui désigna leurs verres.

— Mademoiselle, soyez gentille, rapportez ceci avec vous, votre patron s'est un peu trop laissé aller aujourd'hui.

La jeune fille émit un rire amusé et repartit avec le tout.

De sa fourchette, Frédéric désigna son assiette.

— Pauline, goûtez-moi cette tarte, vous m'en donnerez des nouvelles.

Ils prirent quelques bouchées, firent des commentaires élogieux, puis Frédéric reprit son récit.

— Après notre nuit à Québec, j'ai traversé un dur moment. Je me sentais tellement coupable envers Gisèle. Au moins, je ne risquais plus de revoir Hélène puisque nous habitions à des kilomètres l'un de l'autre. Je l'ai revue des années plus tard, aux funérailles de la mère de Théo. Gisèle m'accompagnait. J'étais vraiment mal à l'aise de les avoir toutes les deux devant moi. Les jours suivants, j'ai été pris dans un terrible dilemme : l'envie irrésistible de revoir Hélène et la volonté de rester loyal envers ma femme. J'ai bien essayé d'étouffer tout ça, j'y serais peut-être parvenu si Hélène ne m'avait pas téléphoné pour me proposer une rencontre.

Il sourit à l'évocation de ce coup de fil.

— Elle voulait me remettre de vieilles photos des années 1970. Je me doutais bien que ce n'était qu'un prétexte, car j'avais perçu de la nervosité dans sa voix.

«La journée qu'elle me proposait était plutôt chargée, j'avais cinq clients à voir. Je lui ai dit que j'allais m'organiser pour déplacer mes rendez-vous et je lui ai promis de la rappeler le lendemain.

«J'ai très mal dormi cette nuit-là. Le lendemain matin, j'ai envoyé promener ma raison. Inutile de me mentir davantage, il fallait que je la revoie.

«Ce rendez-vous a marqué un tournant important, car nous avons décidé de nous rencontrer plus régulièrement. Quelques semaines plus tard, Hélène m'a appris que son mari devait quitter le pays pour rentrer en France et qu'elle ne le suivrait pas.

« Avant son déménagement à Montréal, je réussissais à m'accommoder de cette double vie même si Hélène me manquait, mais l'avoir si près... »

— Vous aviez peur qu'elle prenne trop de place dans votre vie ?

Frédéric secoua lentement la tête.

— Je craignais plutôt qu'on nous voie ensemble, que des gens reconnaissent mon auto devant chez elle, que Gisèle apprenne la vérité.

— Et qu'arriverait-il si Gisèle l'apprenait ?

En le voyant se redresser sur sa chaise et détourner les yeux, Pauline se mordit la lèvre : « Quelle imbécile ! »

D'un geste brusque, Frédéric leva le bras pour réclamer l'addition. Son regard demeurait inaccessible. Pauline sentit un vent glacial la traverser.

— Frédéric... je m'excuse, Frédéric, souffla-t-elle d'une toute petite voix, j'ai été trop loin. Je me suis laissé emporter par la confidence, je regrette...

Il lui jeta un bref regard, il semblait désemparé.

— Non, c'est moi... soupira-t-il. C'est pareil avec Hélène, dès qu'il est question de Gisèle, tout s'embrouille et je m'énerve...

Il afficha un air piteux.

— Voyez, j'étais prêt à m'enfuir...

— Je me suis trop avancée...

— Votre question allait de soi : un triangle a trois côtés, même si je m'efforce de l'oublier…

François revint et sa gaieté aida à détendre l'atmosphère. Frédéric rafla l'addition, annonçant ainsi la fin de leur entretien.

Le retour fut silencieux, leur complicité s'était envolée et Pauline en était peinée. Cette rencontre ne pouvait tout de même pas se terminer sur cette note discordante. Le bonheur de ce couple, si interdit soit-il, lui tenait vraiment à cœur.

— Avez-vous quelqu'un à qui en parler ? risqua-t-elle.

Frédéric laissa échapper un long soupir.

— Mon ami Michel est au courant, mais c'est délicat : nous travaillons ensemble, Gisèle, lui et moi. Michel est psychologue, c'est mon associé. En plus, sa femme Louise et lui sont l'un de nos couples d'amis, nous avons beaucoup d'activités en commun : des sorties, des voyages.

— Que pense-t-il de tout ça ?

Ils étaient maintenant devant Ciné-Vidéo. Frédéric stationna son auto, coupa le moteur et se tourna vers elle.

— Ce qu'il en pense ? Le psy en lui refuse de me juger, mais l'ami est plus critique : il dit que j'ai l'air d'un p'tit cul assis sur une caisse de dynamite en train de s'amuser avec des allumettes. Mais c'est un ami précieux. Il m'a donné son opinion sans me retirer son amitié.

— Vous avez raison. En plus, il a été correct avec Hélène.

— Oui, heureusement qu'il était là, ce jour-là.

Pauline détacha sa ceinture de sécurité.

— J'ai été heureuse de dîner avec vous, Frédéric.

— Moi aussi, ça m'a fait un bien énorme de pouvoir parler d'Hélène avec vous et… je m'excuse encore de la façon…

— N'en parlons plus. C'est pas mal embarrassant, tout ça, lui répondit-elle en lui tapotant gentiment le bras.

Elle fit le tour du véhicule et se dirigea vers la porte principale, mais fit volte-face en entendant Frédéric l'appeler. Il avait baissé sa vitre.

— Pauline… quand vous parlerez à Hélène, dites-lui… que je l'aime.

Troublé par sa conversation avec Pauline et ne sachant où aller, Frédéric revint au Bistro de la Belle. Avant d'entrer, il composa le numéro de la clinique de physiothérapie où il devait se présenter dans l'heure suivante et remit son rendez-vous au lendemain. Le vin lui était monté à la tête, il lui fallait se dégriser rapidement avant d'assister à la réunion administrative au bureau. Du temps pour remettre ses idées en place et une bonne rasade de café, voilà ce dont il avait le plus besoin pour l'instant.

Le bistro était presque désert. Attablé contre la vitrine, un vieil homme terminait des mots croisés en grignotant un biscotti ; un garçon de table remplissait les salières et la serveuse passait le balai. Frédéric l'aborda et commanda un double expresso. Après être passé aux toilettes, il s'installa à la table qu'il avait partagée avec Pauline. Le café arriva au même moment. Il remercia la serveuse puis leva les yeux sur la chaise vide en face de lui. Tout à l'heure, une jeune femme dont il ne connaissait que le prénom avait posé un regard plein d'empathie sur lui. Quel soulagement d'avoir pu s'épancher sur son autre vie. Apprendre où Hélène se réfugiait l'avait réconforté, mais il était contrarié d'être maintenu à l'écart : « Un mois, c'est beaucoup trop. Je serai loin d'ici dans un mois... »

Il but une gorgée de café et consulta sa montre. Il avait un peu plus d'une heure devant lui. Ce serait la première fois qu'il remettrait les pieds au bureau depuis l'accident et, même s'il n'en avait aucune envie, il devait impérativement assister à cette fastidieuse réunion, ne serait-ce que pour reprendre contact avec le travail, malgré tout.

Oui, malgré Gisèle qui, croyant bien faire, s'était organisée avec Michel et Louise pour avancer leur voyage en Italie. Et ceci sans le consulter !

— Après les deux mois que nous avons vécus, ce voyage nous fera le plus grand bien, avait-elle affirmé d'un ton déterminé.

C'était la veille au soir. Sa femme lui avait fait part de la nouvelle pendant le souper. Il était furieux.

— Je n'en reviens pas que t'aies manigancé avec Louise et Michel pour faire ça dans mon dos.

Gisèle lui avait gentiment caressé la main comme s'il était un gamin.

— Fred, tu as encore besoin de temps pour te rétablir et ce n'est pas en t'enfermant entre quatre murs que tu vas retrouver tes couleurs…

— Et mes clients! Tu ne trouves pas qu'ils ont assez attendu? avait-il protesté.

— Tout est arrangé! André et Marie-France assurent déjà leur suivi depuis ton hospitalisation.

Frédéric s'était rendu. Ça non plus, il ne l'avait jamais su! Encore une fois, sa femme avait organisé les choses à sa façon sans lui demander son avis et lui, la volonté minée par la culpabilité, n'avait eu d'autre choix que de ravaler sa frustration.

Gisèle était une meneuse naturelle; avec elle, les affaires marchaient rondement. Au travail, le couple se complétait admirablement bien. Les employés se référaient spontanément à elle pour régler les tracasseries bureaucratiques. Gisèle s'occupait de tout, supervisait tout et la plupart du temps, Frédéric n'y trouvait rien à redire, au contraire : « Puisqu'elle aime tant se donner du trouble, je la laisse faire. J'ai la paix pendant ce temps-là », avait-il confié un jour à Hélène.

En revanche, comme il était expert et renommé dans sa profession de conseiller d'orientation (Frédéric avait fait de multiples apparitions à la télévision), c'était lui qui attirait la majeure partie de la clientèle. En société, il demeurait l'être charmant et le boute-en-train de son adolescence ; on l'aimait d'emblée. Sa crainte de déplaire était son talon d'Achille. Peu enclin aux luttes de pouvoir, où de toute façon, il ne se sentait pas de taille, il perdait tous ses moyens quand des êtres chers étaient impliqués. C'était d'ailleurs pourquoi il admirait le cran de sa femme même si parfois sa tendance à vouloir tout contrôler l'agaçait prodigieusement.

Seulement, cette fois il ne pouvait pas la critiquer : depuis son retour de l'hôpital, Gisèle le voyait jour après jour se traîner, l'air maussade, entre son fauteuil et ses rendez-vous de physio. Il avait perdu sa gaieté et semblait vidé de toute énergie. Elle ne le reconnaissait plus et elle ne comprenait pas.

Frédéric devait donc se résigner à quitter Montréal sans revoir Hélène. Comment aurait-il pu expliquer à Gisèle qu'il n'avait nulle envie de la suivre en Italie ?

Des éclats de rire provenant de la cuisine le tirèrent de ses pensées. Conscient de s'enliser dans son vague à l'âme, il inspira profondément. « Arrête de t'apitoyer sur ton sort, Fred. Pense plutôt à ceux qui passeront leur été en ville pendant que tu te prélasseras sur ton bateau de croisière. »

Peu convaincu, il haussa des épaules désabusées, sachant fort bien que son implacable combat entre raison et passion était loin d'être terminé.

Depuis qu'il avait renoué avec son amour de jeunesse, Frédéric s'était efforcé de contenir l'imposant sentiment de culpabilité qui risquait de l'engloutir. Il rangeait soigneusement le personnage d'Hélène dans un compartiment hermétique dissimulé quelque part dans son esprit. Refusant de remettre sa double vie en question, il avait préféré se jouer de la réalité en reléguant ses escapades au rang d'inoffensifs fantasmes : ses rencontres avec Hélène s'inscrivaient dans un espace-temps loin des soucis quotidiens, où il pouvait se ressourcer ; une extension de lui-même dans une vie parallèle où il retrouvait les racines de ce qu'il était vraiment, et ce, en toute impunité puisqu'il ne faisait de mal à personne. Se bercer dans cette douce utopie lui permettait de naviguer au large de ses sentiments contradictoires.

Mais c'était avant son accident...

L'accident et la fugue d'Hélène, cette lame de fond qui avait déferlé sur son barrage d'illusions, entraînaient sa philosophie factice et ses certitudes de quatre sous dans leur chute. Confronté à la douleur, à la fragilité de la vie et à sa propre impuissance, il était dépossédé de sa principale source de réconfort. Il constatait ainsi que ce qu'il éprouvait pour Hélène allait au-delà d'une innocente passion située dans les replis de son être : Hélène était sa drogue et il en était privé.

«Et si Gisèle l'apprenait ?»

La question de Pauline s'imposa cruellement dans son esprit.

«Si Gisèle l'apprenait, elle cacherait sa peine sous une colère terrible et me sacrerait dehors. Au mieux, elle me poserait un ultimatum : c'est elle ou c'est moi!»

Frédéric se mordit les lèvres. La seule idée d'être responsable de l'éclatement de sa famille en choisissant Hélène le dévastait. Sa peur d'être jugé lui brouillait l'esprit à un tel point qu'il n'arrivait pas à savoir s'il aimait encore sa femme ou s'il restait avec elle uniquement pour échapper aux foudres de son entourage.

Terré dans son angoisse, il inspira pour reprendre ses esprits en laissant son regard errer autour de lui. Soudain, sa respiration se bloqua. La serveuse juchée sur un petit tabouret était en train d'effacer le menu de l'ardoise, et ce rituel quotidien lui rappelait le geste similaire qu'il posait à la fin d'un de ses ateliers.

«La fidélité à soi-même dans un choix de carrière» représentait une maxime qui attirait particulièrement les cégépiens dont le choix de carrière était aiguillé par celui de leurs parents. Au début de son exposé, Frédéric incitait les étudiants à lancer en vrac toutes les injonctions auxquelles ils devaient se plier dans la décision de leur profession future. Frédéric notait le tout sur un grand tableau noir. L'exercice qui démarrait lentement à cause de la pudeur de chacun avait tendance à s'accélérer après l'intervention d'un ou deux courageux. Des soupirs de soulagement ponctués de petits rires gênés s'ensuivaient lorsque les jeunes constataient la similarité de ce qu'on attendait d'eux.

Après un exposé de quarante-cinq minutes portant sur les valeurs personnelles et l'importance d'être maître de ses propres choix, Frédéric remettait à ses étudiants un questionnaire portant sur leurs aspirations profondes à remplir individuellement. Des témoignages, parfois bouleversants, prolongeaient cet exercice de réflexion.

Frédéric concluait l'atelier par ces mots :

— Faire un choix de carrière pour soi, c'est d'abord bien se connaître. Ensuite, on doit apprendre à écouter sa voix intérieure et enfin poser courageusement ses limites.

Sur ce, il se retournait théâtralement vers le tableau noir et effaçait l'ensemble des injonctions. Puis, s'emparant de la craie, il traçait cette citation de Robert Blondin : *On n'appartient qu'à soi-même et c'est à soi-même qu'on doit la fidélité la plus importante.*

La main crispée sur sa tasse de café, Frédéric laissa échapper un rire amer. « Quel beau discours ! Surtout quand il s'adresse aux autres… »

— Une petite goutte de cognac pour vous remonter un peu ?

Frédéric tressaillit. Le patron du bistro était planté devant lui avec son impérissable sourire.

— Surtout pas, François ! fit-il avec un rire emprunté. Votre petit coup de ce midi m'a rendu complètement gaga. Je n'aurais même pas dû aller raccompagner mon amie, encore moins revenir ici.

Il leva sa tasse vers le restaurateur.

— C'est d'une bonne dose de café dont j'avais besoin.

Son hôte le considéra gravement quelques instants avant de prendre place en face de lui.

— Pardonnez mon sans-gêne, mais je vous observe depuis un moment… Qu'est-ce qui se passe, Frédéric ? Vous avez la triste tête d'un type qui a perdu la frite.

— La frite ? sourcilla l'autre.

— Ben la pêche… la forme, quoi ! Chez nous on dit "la frite"…

François s'inclina vers son client et baissa la voix d'un ton.

— J'ai l'impression que cet accident ne vous a pas amoché que la carrosserie, mon vieux. Qu'est-ce qui vous donne ce petit air gris que le bon vin ne peut effacer ?

Frédéric le fixa puis se surprit à oser la confidence :

— Je m'ennuie, François…

— De votre p'tite dame ? Je me demandais aussi…

— Hélène est partie depuis deux mois. Elle séjourne chez une amie dans la région de Québec.

— Mais c'est à peine à trois heures de route ! Qu'attendez-vous pour aller la retrouver ?

Chapitre 14

De retour à Ciné-Vidéo, Pauline, en constatant la disparition des deux fauteuils à proximité du bureau d'Yvan Bélair dont la porte était fermée, lança un coup d'œil interrogateur à Julie.

— Les trois frères Bélair sont en réunion avec Grégoire Miller et le notaire, l'informa cette dernière.

— Depuis longtemps ?

— Une vingtaine de minutes environ. On nous rassemblera tous pour un toast, ensuite. Susanne devrait arriver bientôt, elle est en ville aujourd'hui.

— Dommage qu'Hélène ne puisse être présente, commenta Pauline.

— Elle a décliné l'invitation que je lui avais envoyée vendredi passé. Le patron lui a téléphoné ce matin, mais en vain : elle a mieux à faire là-bas !

Le ton agacé de Julie attrista Pauline, mais elle n'y pouvait rien.

— J'ai envie d'un café fort, tu en veux un, Julie ?

— Non, j'ai eu ma dose aujourd'hui.

Dans la cuisinette, décorée de banderoles et de quelques ballons, Pauline croisa Aurel Sirois, le contremaître, en train de terminer son dîner, le nez dans le *Journal de Montréal*. Elle le salua puis lui demanda s'il avait l'intention de se servir le reste du café sur le réchaud. L'homme lui jeta un bref regard, secoua la tête et retourna à ses nouvelles du sport.

Pauline s'empara de la plus grosse tasse qu'elle put trouver dans l'armoire et y versa le reste du contenu de la cafetière. Elle but une gorgée, les pensées tournées vers Julie : « Si seulement elle savait ce qui retient Hélène loin d'ici… » Mais comment expliquer la défection d'Hélène sans trahir son secret ? Tout le monde dans la boîte interprétait le dévouement d'Hélène comme le reflet d'un fort sentiment d'appartenance alors qu'en fait, cette dernière s'était étourdie de travail depuis des années pour combler son vide amoureux. Seule Pauline savait le drame qu'elle vivait, elle seule pouvait la comprendre, mais il lui en coûtait terriblement d'être acculée au silence.

En entrant dans son bureau, sa tasse à la main, la jeune femme surprit Luc en train de farfouiller dans l'un de ses tiroirs.

— Mais qu'est-ce qui te prend ? lança-t-elle.

L'autre, assis dans sa chaise, poursuivit sa besogne comme si de rien n'était.

— Je cherche une photo. Elle était ici dans ce tiroir.

Outrée, Pauline posa brusquement sa tasse sur le pupitre et se précipita pour fermer le tiroir.

— Tabarnak ! hurla Luc. T'as failli m'écraser les doigts !

— C'est tout ce que tu mériterais ! rétorqua-t-elle. T'as pas d'affaire à mettre le nez dans mes affaires !

Il se leva en repoussant la chaise derrière lui.

— Je croyais qu'il restait des bébelles d'Hélène…

— Non, les bébelles d'Hélène, comme tu dis, ne sont plus là. Et même si elles y étaient encore, tu n'aurais aucun droit de fouiller !

Le neveu du patron maugréa un juron en s'élançant hors du bureau. Il bouscula Caroline sur le point d'en franchir le seuil.

— Mais qu'est-ce qui se passe ici ?

— Rien ! Rien ! grogna-t-il en lui empoignant le bras.

Fulminant, Luc entraîna Caroline dans son bureau, claqua la porte et se laissa lourdement tomber sur sa chaise.

— C'était lui ! Il n'était pas dans le même char, mais c'était lui, j'en suis certain !

Déboussolée, Caroline haussa les sourcils.

— Qui ça ? Qui lui ?

Incapable de tenir en place, Luc se leva d'un bond et gagna la fenêtre.

— Le type qui venait chercher Hélène tous les lundis midi, son chum ! Je l'ai reconnu.

— Ah bon, fit Caroline avec un léger haussement d'épaules. Il avait peut-être affaire i…

— Tu parles! l'interrompit Luc. Pauline vient juste de débarquer de son char.

Caroline secoua doucement la tête : «Pauvre loup, ça commence à virer à l'obsession, son affaire…» Elle réprima un soupir. Luc ne décolérait pas depuis les derniers jours. Non seulement son oncle l'avait écarté du projet Cinéphile, mais il lui avait fait l'affront d'appeler Hélène Beaudoin à la rescousse.

La jeune fille s'approcha de son amoureux pour lui tapoter le dos.

— Voyons Luc, tu dois te tromper. Ce n'est pas la même auto, tu l'as dit toi-même. L'homme que tu as vu devait juste lui ressembler un peu…

— C'est pour ça que je voulais retrouver la photo.

Décidément, Caroline comprenait de moins en moins.

— Mais pour l'amour, quelle photo ?

— Mais celle du chum d'Hélène, c't'affaire! Elle en avait une dans son tiroir.

Ahurie, Caroline n'en croyait pas ses oreilles.

— Ah ben là, ça me dépasse, Luc! Viens pas me dire que t'es allé fouiller dans le bureau de Pau…

Le jeune homme se détourna brusquement de la fenêtre en levant les bras au ciel.

— C'est ça, vas-y, engueule-moi toi aussi !

— Mais ça ne se fait pas, voyons! le réprimanda doucement sa copine.

— À la guerre comme à la guerre, ma chère. Pauline n'est pas *clean*, je suis certain qu'elle fricote dans mon dos.

— Ah non, pas encore! Luc, arrête de te pomper comme ça, tu vas te rendre malade.

L'autre se rassit sur sa chaise en soupirant.

— Pense donc ce que tu veux, Caroline, moi je sais ce que j'ai vu et surtout ce que je ressens.

D'un coup de pied, il fit pivoter sa chaise pour fuir son regard. Craignant qu'il se braque aussi contre elle, Caroline chercha un autre sujet de conversation. Malheureusement, elle ne fit que remettre de l'huile sur le feu :

— Tu viendras trinquer au champagne avec la gang?

La chaise revint brusquement à sa place.

— Es-tu malade! J'ai rien à fêter, moi! Pis toi, si t'étais de mon bord, tu n'irais pas non plus!

Avant de répondre, Caroline vint s'asseoir sur le bureau en face de lui, comptant sur sa minijupe d'écolière pour l'aider à plaider sa cause.

— Comprends-moi, mon loup, on en a déjà parlé… Je n'ai pas le choix, je suis nouvelle ici…

Luc explosa. Les yeux comme des poignards, il repoussa sa chaise et attrapa le poignet de Caroline pour la faire descendre de son bureau.

— Alors, t'as rien à faire icitte! vociféra-t-il.

— Ayoye! Tu me fais mal! Qu'est-ce qui te prend?

Il la lâcha d'un coup sec, son regard dévastateur vrillé sur elle. Puis, l'instant d'après, il détourna les yeux en poussant un long soupir.

— Va-t'en, laisse-moi tout seul, Caro, murmura-t-il d'un ton las. Tu vois bien que je ne suis pas en état…

— Bon OK, j'ai compris, répondit-elle en se massant le poignet. Tu… euh… On se voit toujours ce soir ?

Elle attendit quelques secondes une réponse qui ne vint pas, puis elle sortit en refermant doucement la porte. Il se calmerait, tout rentrerait dans l'ordre. Après tout, il l'appelait encore Caro…

Les mains enfoncées dans les poches, Luc retourna à la fenêtre. Son regard se perdit dans une vague contemplation de la rue déserte. La rage l'avait quitté instantanément en entendant Caroline crier. Il se sentait moche et vidé de tout. Il s'en voulait presque…

Et puis non, après tout ! Tout ce qui arrivait était sa faute à *elle* : à la maudite Beaudoin ! Il la haïssait de toutes ses forces, il la haïssait à en avoir mal aux tripes. Oui, tout était sa faute !

Ses mains, enfouies dans ses poches, s'étaient recroquevillées en deux poings rageurs : « Tout a changé à la minute où elle a mis les pieds ici. Elle et ses maudites idées, elle pis son crisse de logiciel ! »

Avant, il avait l'entière confiance de son oncle. Depuis le temps qu'ils travaillaient ensemble, en fait… Depuis le tout début, oui ! Quand ils étaient seuls, tous les deux, pour faire marcher la business, quand c'était dur parce qu'il fallait travailler sept jours sur sept pour y arriver. Qui avait rallié les premiers franchisés ? Qui avait usé de son charme pour les convaincre qu'ils faisaient une bonne affaire ? « Il vendrait des frigidaires à des Esquimaux, celui-là ! », clamait fièrement son oncle à qui voulait l'entendre. C'était l'époque où Yvan l'appelait « son bras droit », où il n'entreprenait jamais rien sans lui demander son avis...

« Maudite Beaudoin ! Avant qu'elle soit parachutée ici, il n'était question que de quelques mois avant que je devienne gérant des ventes ! Et dans trois ou quatre ans, Yvan m'aurait cédé sa place... »

Car lorsque son oncle et ses deux frères partiraient à la retraite ensemble, comme convenu, qui d'autre que lui serait assez qualifié pour prendre la tête du réseau ? Oui, « serait » parce que, depuis l'arrivée d'Hélène Beaudoin, Luc conjuguait son avenir au conditionnel.

« Plus personne ne me respecte maintenant, pas même Caroline ! soupira-t-il. Julie passe son temps à me contredire, Pauline me traite comme un moins que rien et Suzanne me regarde de travers. Quelle ingrate, celle-là ! C'est quand même moi qui lui ai tout appris à ses débuts...

« Et Yvan pis les deux mononcles avec leurs idées de grandeur ? ragea-t-il. Ils ont voulu m'exclure ? Mon opinion ne compte pas ? Ben, tant pis pour eux, ils vont se casser la gueule et moi, je n'aurai rien à me reprocher ! »

Il quitta la fenêtre pour aller éteindre son ordinateur et ranger son bureau : pas question de travailler une minute de plus aujourd'hui. Son discours intérieur avait ranimé sa fureur et il en rajoutait : « Si Hélène avait été ici, elle serait dans le bureau d'Yvan en train de pavoiser avec son vieux chnoque pas d'allure ! »

Non, Luc n'avait aucune envie de festoyer au champagne en compagnie de Grégoire Miller. Il saisit son cellulaire dans la poche de son veston et appuya sur la composition automatique.

— Éric ? Comment ça va ? s'enquit-il en s'efforçant de prendre un ton enjoué. Qu'est-ce que tu dirais d'une couple de *games* de racquetball ? (…) Oui, tout de suite. Peux-tu ? (…) *Yes !* Je passe à la maison chercher ma raquette et on se rejoint au club dans une trentaine de minutes.

Il raccrocha, presque heureux. Frapper une balle, rien de tel pour se défouler.

« Non, mais quel front de bœuf ! rageait Pauline en épongeant les éclaboussures de café sur son bureau avec un mouchoir en papier. J'ai-tu bien fait de rapporter les affaires d'Hélène chez elle ? »

Et ce n'était pas la première fois que le neveu du patron fouillait le bureau d'Hélène, Julie en avait déjà parlé. C'était d'ailleurs pour cette raison qu'Hélène avait changé le mot de passe de son ordinateur.

« Il cherchait une photo. Pfft ! Voir si je vais gober ça ! L'animal ! Je suis certaine qu'il cherchait autre chose et je donnerais cher pour savoir quoi. »

Quarante-cinq minutes plus tard, des rires et des éclats de voix provenant du bureau du patron attirèrent son attention. La réunion venait de s'achever, on allait bientôt sabler le champagne.

Pauline s'empressa de terminer sa comptabilité quotidienne puis écrivit un mot à Hélène pour prendre un rendez-vous téléphonique dans la soirée afin de lui parler de sa rencontre avec Frédéric.

Tous les employés étaient rassemblés dans la cuisinette : Susanne, Caroline, Guy, le chauffeur de même que les deux employés de l'entrepôt. Un gros seau à glace, contenant les deux bouteilles de Dom Pérignon, encerclé par une douzaine de flûtes à champagne, trônait au milieu de la grande table. Peu après, les trois directeurs de Ciné-Vidéo se joignirent à l'équipe.

Julie, qui guettait la réaction de Pauline du coin de l'œil, s'esclaffa en voyant son air ahuri.

— Mon Dieu, Julie, tu ne m'avais pas dit qu'ils étaient des triplés... Ouf ! J'ai beau avoir l'habitude avec mes jumeaux, mais là, c'est hallucinant...

En effet, les trois frères Bélair avaient délibérément accentué leur ressemblance en se revêtant de façon identique : même complet gris, même chemise rose pastel, le tout garni d'un nœud papillon gris fer et rose. Trois bonshommes Humpty Dumpty impossibles à différencier !

— Toi, tu sais lequel est notre patron ? souffla Pauline à l'adjointe.

— Franchement non, s'amusa Julie. Je les vois rarement ensemble et puis, comme tu vois, aujourd'hui, ils ont fait exprès : ils adorent mystifier les gens. Attendons de voir lequel des trois va déboucher la bouteille, en principe, ce devrait être Yvan…

Comme s'il avait deviné l'objet de leur conversation, l'un des trois sexagénaires fit un clin d'œil à Julie avant de s'en approcher.

— C'est bien vous ? fit-elle avec un petit rire.

— Bien sûr, Julie, comment pouvez-vous en douter ? répondit-il en esquissant un sourire moqueur. Nous attendons Grégoire, il est encore dans mon bureau avec le notaire. Tout le monde est là ?

Il jeta un regard circulaire.

— Où est Luc ?

Julie parut embarrassée.

— Euh… Je l'ai vu partir en vitesse tout à l'heure.

— Bonne idée ! C'est ce qu'il avait de mieux à faire ! grogna-t-il.

Lorsque Grégoire Miller fit son entrée, Yvan Bélair le présenta à la ronde et invita ses deux frères à déboucher chacun une bouteille.

Le champagne coula, les applaudissements fusèrent. Pauline observait Grégoire Miller : il semblait aussi satisfait que ses acheteurs. C'était un homme plutôt grand, doté d'une abondante chevelure blanche hirsute, et vêtu d'un pantalon noir au pli incertain et d'un veston fatigué.

En levant sa coupe, Pauline, le cœur serré, eut une pensée pour Hélène.

— Ainsi, c'est vous !

Surprise, elle leva les yeux. Grégoire Miller se tenait devant elle, un sourire bienveillant sur les lèvres. Aussitôt, Pauline fut happée par l'intensité de son regard : des yeux d'un bleu profond où l'on devinait toute la sagesse du monde.

— Vous êtes Pauline, n'est-ce pas ?

— Oui, c'est moi. Com...

— Comment j'ai su votre prénom ? Mais par Hélène, bien sûr ! J'ai déjeuné avec elle, ce matin, avant de prendre la route. Elle vous envoie ses amitiés.

— Et elle va bien ? s'informa-t-elle, tout sourire.

— En pleine forme ! Elle est ravie de la tournure des événements pour moi.

Il la fixa d'un œil amusé.

— Comme ça, c'est vous la "bonne fée" ?

Confuse, Pauline rougit jusqu'aux oreilles.

— Euh... oui, si on veut. Je suis surprise qu'elle vous ait parlé de moi.

Miller glissa sa main dans le dos de la jeune femme pour l'emmener à l'écart.

— Hélène m'a un peu raconté la raison qui l'a ramenée dans la région de Québec et la façon dont vous l'avez dépannée.

Pauline se demandait bien ce qu'Hélène lui avait dit exactement. Grégoire Miller était l'un de ses proches, mais savait-il toute la vérité ou seulement une parcelle? De crainte de commettre une indiscrétion, elle détourna la conversation:

— Vous savez, je connais bien Cinéphile. Dans mon quartier, il y a une de vos boutiques.

— Alors, je suppose que vous habitez Rosemont, Montréal-Nord ou Pointe-aux-Trembles.

— C'est celle de la rue Masson. J'apprécie le service à la clientèle et j'adore revoir de vieux films.

Pendant quelques minutes, ils échangèrent leur point de vue sur ce que pourrait être le club vidéo idéal. Contrairement à ce que Pauline avait cru, ce n'était pas la fatigue de la vieillesse qui avait guidé Miller dans sa décision de vendre son réseau, mais le manque de moyens financiers pour aller de l'avant. Cet homme ne manquait pas d'idées et la jeune femme comprenait pourquoi les frères Bélair avaient tant souhaité obtenir son expertise.

— Qu'allez-vous faire maintenant, monsieur Miller? Vous ne pouvez pas vous retirer comme ça?

— Vous parlez comme vos patrons... Les Bélair aimeraient bien que je m'implique à long terme. Tout à l'heure, ils m'ont fait une belle offre, mais je dois y réfléchir. Vous savez, pour moi, l'argent importe peu. Je mise plutôt sur la philosophie et la direction de l'entreprise.

«La direction… releva Pauline. Hum! J'ai comme l'impression qu'il n'a pas encore digéré l'intervention de Luc…»

— Je sais que Ciné-Vidéo a des projets de développement et je crois que la meilleure façon de devenir concurrentiel serait de faire preuve de créativité.

— Oui, Yvan m'en a touché un mot tout à l'heure.

Grégoire Miller était un passionné et Pauline se disait qu'il ne devait pas manquer grand-chose pour qu'il arrête sa décision… Elle crut avoir trouvé :

— Vous savez, dans quelques semaines, Hélène sera de retour, ce pourrait être agréable de travailler en collaboration avec elle.

— Non, justement.

Pauline sentit un vent de panique la secouer, elle fronça les sourcils.

— Que voulez-vous dire?

L'homme la considéra, l'air étonné.

— Hélène ne vous a donc rien dit?

— N… non…

Il s'inclina vers elle pour lui glisser à l'oreille :

— Si elle ne vous en a pas encore parlé, c'est qu'elle doit avoir ses raisons et je ne voudrais pas être indiscret.

— Oui, bien sûr, je comprends.

Pétrifiée, Pauline se tut. Ainsi, Hélène avait pris sa décision…

La petite fête prit fin aux alentours de 16 h. Yvan Bélair libéra ses employés pour le reste de la journée.

En rentrant chez elle, Pauline se brancha sur Internet pour prendre ses courriels : Hélène l'invitait à lui téléphoner à 20 h.

⁖

Il pleuvait à verse. Renonçant à sa marche quotidienne, Pauline laissa Philomène à la maison et monta dans son auto.

Hélène décrocha à la première sonnerie. Elle semblait de fort bonne humeur.

— Alors, la vente est conclue ?

— Oui, le contrat est signé !

— Bon, une bonne affaire de fait ! Allez, raconte-moi…

Pauline lui fit le récit des événements de l'après-midi, sa surprise en découvrant trois Bélair identiques et sa rencontre avec Grégoire Miller. Hélène enchaîna en lui parlant des projets de l'entreprise.

— Tout est à faire, Pauline : l'implantation du programme Icétou dans les boutiques de Grégoire, la formation des gérants sans oublier la refonte de l'image de Ciné-Vidéo.

Enhardie par les propos de son interlocutrice, Pauline saisit la balle au bond.

— Tu sais quoi ? Je pense que Ciné-Vidéo devrait démontrer au public sa volonté d'offrir un service personnalisé, avec un personnel apte à informer et à conseiller les gens. On pourrait le faire par une campagne publicitaire.

— C'est exactement ce que les Bélair souhaitent, répondit Hélène, mais ils n'ont encore rien mis sur papier : ce sont d'excellents comptables, mais ils n'y connaissent rien en marketing. Tu devrais leur parler de tes idées.

Enchantée de l'appui d'Hélène, Pauline lui fit part de ses réserves :

— Ils vont peut-être me trouver présomptueuse. N'oublie pas que j'ai été engagée pour te remplacer, pas pour revoir les stratégies de l'entreprise.

— Crois-moi, Pauline, Yvan a une très bonne opinion de toi. Tu as tout intérêt à mettre tes idées sur papier pour les lui présenter. Allez, *go*, fonce ! Ce n'est pas comme si tu plongeais dans l'inconnu.

— Merci de m'encourager, je vais suivre ton conseil.

Une main sur la poitrine, Pauline soupira d'aise. Il lui tardait maintenant de s'installer devant l'ordinateur pour élaborer son projet de relance, mais avant tout, il lui fallait tirer quelque chose au clair...

— Écoute, Hélène, cet après-midi, en bavardant avec ton monsieur Miller, j'ai cru comprendre que... enfin, je ne sais pas trop comment te demander ça, mais...

— Vas-y franchement, l'encouragea-t-il, intriguée.

Pauline se redressa dans son fauteuil, ses doigts enroulèrent nerveusement le fil du téléphone.

— Hélène, aurais-tu l'intention de quitter Ciné-Vidéo? lança-t-elle d'un seul souffle.

— Qu'est-ce qui te fait croire que... Ah oui! Je comprends, enchaîna-t-elle, Grégoire t'en a parlé. Misère, je lui avais pourtant dit...

La main de Pauline se crispa sur le récepteur.

— Oh, non! Ne me dis pas que c'est vrai!

Un moment s'écoula puis la jeune femme entendit son interlocutrice pousser un long soupir.

— Il y a de fortes chances, Pauline... J'y pense depuis longtemps, j'y songeais même avant mon déménagement à Montréal.

Pétrifiée, Pauline sentit une boule grossir dans sa gorge.

— As-tu au moins l'intention de rentrer à Montréal? risqua-t-elle, espérant une réponse positive pour amoindrir sa déception.

— Rien n'est officiel encore. J'ai une personne à consulter la semaine prochaine avant de prendre une décision définitive.

« Et Frédéric dans tout ça? Hélène aurait-elle l'intention de s'en éloigner pour de bon? », s'inquiéta secrètement Pauline.

Une lointaine sonnette retentit. Hélène s'excusa et lui demanda de patienter. Elle revint une minute plus tard.

— Désolée, c'était Annette qui m'apportait une revue. En parlant de voisine, as-tu revu madame Berthiaume?

— Non, pas encore, répondit Pauline, voyant bien que son amie sautait du coq à l'âne pour dévier du sujet.

Toujours contrariée, la jeune femme essaya de se détendre un peu.

— Notre madame Écho-voisins aurait bien aimé connaître ton histoire d'amour…

— Ah! J'avais hâte que tu m'en parles! s'exclama Hélène gravement. Mon récit ne t'a pas trop choquée?

— Pas du tout, voyons! J'espère que tu ne t'es pas fait de mauvais sang avec ça. Votre histoire est passionnante, d'autant plus qu'elle se poursuit sous mes yeux: j'ai dîné avec Frédéric, à midi, il voulait prendre de tes nouvelles.

Pas un mot à l'autre bout du fil… Pauline fronça les sourcils.

— Allô? Hélène? T'es encore là?

Un filet de voix lui parvint enfin:

— Tu… tu lui as dit où j'étais?

— Euh… oui, balbutia Pauline, confuse. Tu m'avais écrit que je pouvais le faire… Je n'ai pas gaffé, au moins?

— Non, non… C'est juste que je ne m'attendais pas à ce qu'il prenne contact aussi vite avec toi. Ne t'en fais pas avec ça. Raconte-moi plutôt comment ça s'est passé.

— Nous sommes allés luncher à votre bistro, sur Van Horne. Nous avons eu une conversation passionnante : après avoir lu ta version de votre histoire, j'ai entendu une partie de la sienne.

— Comme ça, il a parlé, s'étonna Hélène. Il est pourtant si fermé à ce sujet...

— Je crois qu'il s'est senti soulagé lorsqu'il a su que tu m'avais déjà tout raconté. Il m'a même confié un message pour toi : "Quand vous parlerez à Hélène, dites-lui que je l'aime."

La réaction d'Hélène se faisait attendre, Pauline lui laissa le temps.

— Il t'a vraiment dit ça ? reprit Hélène.

— Oui, mot pour mot... C'est une idée que je me fais ou tu es surprise ?

— C'est qu'il ne me l'a jamais déclaré aussi clairement... J'ai toujours cru que pour Frédéric, me dire "je t'aime" lui aurait donné l'impression d'intensifier sa trahison envers Gisèle. Et puis, entre nous, pour les hommes, dire "je t'aime" c'est...

— Oui, je sais. C'est un peu comme se mettre la tête sur le billot, ironisa Pauline. N'empêche que Frédéric avait vraiment l'air sincère.

— T'es fine de me dire ça, Pauline. Merci, souffla Hélène.

Elle s'informa de sa santé. Pauline lui répondit qu'il était plus solide sur ses pieds et qu'il se déplaçait sans canne.

— Côté moral, c'est différent, précisa-t-elle. Tu m'as parlé d'un homme passionné, d'un boute-en-train, mais celui que j'avais devant moi était triste et dépassé. Et puis, il faut que je te le dise… soupira-t-elle. À un moment donné, j'ai été trop loin et je l'ai froissé…

— Ah ? Comment ça ?

— Ben… j'ai fait la gaffe de lui demander comment réagirait sa femme si elle apprenait votre relation.

— Ouch ! C'est tabou, ce sujet-là, ma chère.

— Ouais, moi et ma manie de faire de la psychologie à cinq cennes ! Je ne suis pas fière de moi…

— Ça ne sert à rien de pousser de ce côté-là, Pauline, Fred a toujours balayé tout ça sous le tapis : il craint trop de se voir dans la peau d'un salaud.

— Mais ce n'est pas un sa…

— Bien sûr que non, mais juste à penser qu'il pourrait faire de la peine à Gisèle, ou que ses enfants pourraient le juger, ça le démolit.

— N'empêche qu'il ne doit pas être heureux avec sa femme, affirma Pauline en se calant dans son fauteuil.

— Nous ne parlons jamais de Gisèle et je t'avoue préférer ça, soupira Hélène. Je ne suis pas folle, Pauline, même si notre histoire date de trente ans, jamais elle ne pourra rivaliser avec tout le vécu que Frédéric a partagé avec sa femme. Gisèle et Frédéric ont étudié ensemble, ils sont mariés depuis vingt-quatre ans, ils ont fondé leur propre clinique, ils ont travaillé dur en élevant trois enfants dont le dernier a passé son enfance dans les hôpitaux... Tu sais, avoir un enfant malade, traverser coude à coude des périodes d'incertitude et d'angoisse, ça rapproche énormément...

Incrédule, Pauline secoua la tête.

— S'il l'aime tant que ça, pourquoi lui joue-t-il dans le dos?

Après un moment de silence, un long soupir lui parvint.

— Des fois, je pense que c'est pour le piquant de l'interdit, avoua Hélène d'un ton résigné.

— Juste ça? Voyons donc! protesta Pauline. Tu l'as déjà questionné à ce sujet?

— Bien sûr, des tas de fois. Il me répond toujours la même chose: il n'aurait jamais trompé Gisèle avec une autre femme que moi, il ajoute que nous nous sommes probablement aimés dans une autre vie et que nous n'en avons pas encore terminé tous les deux...

Son interlocutrice poussa un soupir d'exaspération en levant les yeux au ciel.

— Une autre vie? C'est quoi cette niaiserie-là? De la foutaise pour se défiler? Voyons, Hélène, Frédéric est vraiment amoureux de toi, ça crève les yeux.

— Mais ce n'est pas assez, décréta-t-elle d'un ton las. Ce n'est pas assez pour qu'il quitte sa femme et s'engage dans un divorce avec toutes les complications qui viennent avec.

Pauline se redressa dans son fauteuil en tripotant fébrilement le fil du téléphone. Comme un intraitable ressac, son interrogation du dîner revint lui brûler les lèvres.

— Et si sa femme apprenait la vérité ? Et si elle l'acculait au pied du mur ?

La réponse d'Hélène surgit aussitôt d'un ton sans réserve :

— Gisèle aura toujours le dernier mot, c'est elle la femme de sa vie, pas moi !

— J'ai bien du mal à croire ça, s'entêta Pauline.

— Frédéric a horreur de la confrontation. Il a vécu son enfance dans un milieu très dur, c'était toujours la guerre chez lui. Alors, les conflits, la chicane, il fuit ça comme la peste.

— Mais toi, Hélène, crois-tu vraiment qu'il ne serait pas assez fort pour traverser cette tempête ?

Après un court silence, Hélène murmura :

— Pauline, ce n'est pas ce que je crois qui compte…

« Pfft ! Un autre homme "heureux en ménage" qui sauve les apparences en trouvant son bonheur ailleurs ! »

Pauline s'immobilisa à un feu rouge, ses doigts tambourinant rageusement sur son volant. Son héros romantique en prenait un coup. « À voir sa réaction quand je lui ai parlé de Gisèle, à midi, c'est clair qu'il aime mieux se laisser mourir par en dedans plutôt que d'affronter la réalité ! »

En s'installant à Montréal, Hélène se doutait-elle que sa disponibilité aiderait Frédéric à tolérer sa vie sans elle alors qu'elle-même se morfondrait entre ses visites ?

— Tu fais bien de le laisser poireauter ! Tant pis pour lui ! Je suis curieuse de savoir comment il réagira si tu décides de rester à Québec, maugréa-t-elle en se garant devant chez elle.

Philomène l'accueillit joyeusement en agitant la queue. Pauline retrouva son mari dans le salon. Il sortit de son fauteuil pour aller l'embrasser.

— *Yeah*, t'arrives à temps ! Il y a *West Side Story* à Radio-Canada, ça commence dans quinze minutes. On se fait un p'tit party de pop-corn ?

Leur film fétiche ! Les deux époux échangèrent un sourire plein de tendresse.

— Ça serait la combientième fois ? voulut savoir Pauline.

— Je ne sais plus trop, j'ai arrêté de compter, ricana-t-il.

Les grains de maïs pétaradaient dans le four à micro-ondes, Steve jeta des cubes de glace dans deux grands verres.

— Qu'est-ce que Madame boira, ce soir ? Coke ou 7 Up ?

N'obtenant pas de réponse, il leva les yeux vers sa femme, en grande contemplation devant le sac de grains de maïs qui gonflait sur le plateau tournant.

— Pauline ?

Elle se retourna vers lui ; Steve remarqua son air préoccupé.

— Steve, articula-t-elle après un moment, si tu tombais amoureux d'une autre femme…

Surpris, l'homme haussa les sourcils.

— Pourquoi je tomberais amoureux d'une autre femme ? Je suis bien avec toi.

— Admettons qu'une de tes ex refasse surface, renchérit-elle.

Abandonnant les deux verres sur le comptoir, Steve s'approcha de sa femme pour la prendre dans ses bras. Pauline se blottit étroitement contre lui.

— Pauvre chérie, tu as l'air tout à l'envers… Est-ce à cause de ce qui est arrivé à ton amie ?

Le matin suivant sa lecture du récit d'Hélène, Pauline en avait brièvement touché un mot à son mari qui s'était contenté de grogner sa désapprobation devant les agissements de Frédéric.

— Voyons Pauline, la raisonna son mari en l'écartant pour la regarder dans les yeux, tu n'as pas l'habitude de garder les choses en dedans. Allez, vide ton sac !

La jeune femme fixa son époux un moment en se mordillant les lèvres puis se lança :

— Toi, tu serais capable d'entretenir une liaison avec une autre femme en cachette ?

— Bien sûr que non! répondit-il avec aplomb.

Pauline inspira une goulée d'air avant de reprendre.

— Ne me réponds pas si vite. Penses-y un peu. Je ne te parle pas d'une passade, mais d'une véritable passion. Moi, si ça m'arrivait, je préférerais te quitter plutôt que de te jouer dans le dos.

Steve afficha un air songeur. Il pensait à Jean-Marc, un de ses anciens collègues qui vivait une double vie depuis des années. Lorsque ce dernier lui avait avoué son infidélité, il ne s'était pas gêné pour marquer haut et fort son désaccord. L'époux de Pauline était aussi droit qu'une barre de fer : ce manque de loyauté l'avait outré.

— Moi aussi, je te laisserais, Pauline, mais ça n'arrivera pas, ajouta-t-il très vite. Je ne suis pas aveugle, je ne te cache pas qu'il m'arrive parfois de regarder d'autres femmes, mais ça s'arrête là. Et, regarde-moi bien, fit-il en prenant le visage de son épouse entre ses mains, je te jure que si un jour, j'ai un coup de cœur pour une autre, je viendrai t'en parler aussitôt. Je ne pourrai jamais te trahir. Je tiens trop à toi pour te faire un coup pareil.

Les yeux de la jeune femme se remplirent de larmes. Elle se pressa contre son mari.

— Rassurée, maintenant? glissa l'homme à son oreille. Alors, dis-moi? Coke ou 7 Up?

Chapitre 15

Vendredi 8 juin 2001

Un bruit sec avait réveillé Frédéric. Les yeux mi-clos, il aperçut sa femme vêtue d'un costume gris perle devant le miroir de la commode. Elle se retourna.

— Oups ! Excuse-moi, Fred, c'est mon bracelet qui est tombé, expliqua-t-elle en se penchant pour le ramasser.

Maquillée avec soin, les cheveux remontés en chignon : Madame la Directrice s'était mise sur son trente et un.

— Quelle heure ? marmonna-t-il.

— 7 h 10, l'informa-t-elle après avoir jeté un coup d'œil à sa montre.

Le regard soudain allumé, Frédéric souleva sa tête de l'oreiller.

— Tu rentres au bureau si tôt ?

— Pas le choix, confirma Gisèle en passant le bracelet de cuivre à son poignet. On part demain et je dois encore m'occuper de deux ou trois urgences. Ta valise est prête ?

— Ben oui, ça fait deux fois que tu me le demandes, grogna-t-il, en se retournant vers le mur.

— J'ai une réunion en fin d'après-midi avec le personnel, mais je serai à la maison pour souper. Le frigo est vide, on se commandera quelque chose.

Frédéric marmotta une réponse inintelligible.

— Il faut absolument que je sois ici à 17 heures, poursuivit sa femme, j'ai plein de trucs à régler avec les enfants et, Fred, tu ne le croiras pas : je n'ai pas encore fait mes bagages.

Sous les draps, Fred émit un petit ricanement moqueur.

Maugréant contre elle-même, Gisèle s'assit sur le lit pour enfiler ses talons hauts. Toc, toc, toc, elle gagna la salle de bain adjacente en murmurant des frivolités, puis retourna dans la chambre, toc, toc, toc.

— Mon Dieu ! J'en reviens pas qu'on parte demain soir, soupira-t-elle.

Le va-et-vient entre la commode et la salle de bain reprit de plus belle : Gisèle ne tenait plus en place. Toc, toc, toc...

— Oh ! Fred, n'oublie pas que ton rendez-vous en physio est à huit heures trente, ce matin. Je sais que ça ne tente pas, mais dis-toi juste que c'est le dernier. (Toc, toc, toc...) Ah oui, pendant que j'y pense, j'ai renouvelé tes médicaments contre la douleur, au cas où. Passe les prendre à la pharmacie après ta physio. (Toc, toc, toc...)

Frédéric tira le drap sur sa tête. Les directives de Gisèle, scandées au rythme du claquement de ses escarpins sur le bois franc, lui martelaient la tête : « Cinq petites minutes de silence, *please*, Gisèle, arrête de parler juste cinq minutes… », l'implora-t-il en pensée.

Le lit s'était enfoncé sur son côté, une main se posa sur son épaule.

— Fred ?

— Hmm…

— Allons, Fred, il ne faudrait pas que tu te rendormes, ton rendez-vous…

Exaspéré, l'homme resserra étroitement les draps sur lui comme pour réprimer les mots assassins qu'il avait envie de lâcher : « Fais-la, ta maudite croisière, Gisèle ! Pars sans moi, j'ai besoin d'air ! » Seulement, se jugeant injuste, il tenta aussitôt de rationaliser sa colère ; sa femme n'était pas responsable de ses déboires, c'était à lui de lui tenir tête, mais ses remords lui avaient fait baisser les bras…

— Qu'est-ce que tu as, mon chéri ? s'inquiéta Gisèle. Tu es fâché parce que je t'ai réveillé ?

— Je me lève dans cinq minutes, grommela-t-il, la tête calée dans son oreiller.

— OK, je compte sur toi. On se voit ce soir.

Une main lui caressa le dos, le matelas rebondit, la percussion des escarpins recommença sur le plancher pour se fondre dans l'escalier et continuer sourdement à l'extérieur. Une porte d'auto claqua, un moteur démarra, le son ronronna quelques secondes puis s'évanouit au milieu des pépiements de moineaux.

Le cœur battant, Frédéric se mit sur le dos. Il ne lui restait qu'une journée pour agir s'il voulait trouver le courage de passer au travers de ses deux mois de vacances. Repoussant vivement les couvertures, il sauta du lit.

— D'abord une douche et un bon café !

En partant avant lui, Gisèle lui avait permis de s'organiser plus tôt. Après sa séance de physiothérapie, le temps de passer à la pharmacie pour sa prescription, il prendrait la route de Québec.

Vingt minutes plus tard, entortillé dans une grande serviette, il décrocha sa veste de cuir noire et une chemise coralline dans sa penderie. Devant le miroir de la commode, il se boutonna et recula d'un pas pour juger de l'effet. «Hélène a raison, cette couleur me donne bon teint.»

Malgré sa promesse, elle ne lui avait pas encore donné signe de vie. Deux mois meublés de silence et d'incertitude, c'était assez. Dans quelques heures, il aurait enfin une explication.

Les jours suivant sa rencontre avec Pauline, Frédéric avait tenté d'apaiser son attente en s'occupant du mieux qu'il le pouvait: du rangement à faire dans ses papiers, des séances de physio à subir, l'achat d'un panama pour la croisière et, pour se motiver à partir, la lecture de tout ce qu'Internet offrait sur les attraits touristiques de l'Italie.

Il visitait sa boîte de réception plusieurs fois par jour, mais il restait sans nouvelles. Son immobilisme le rendait fou. Il exécrait cette peur qui l'ancrait au sol alors que ses vains espoirs grignotaient les heures qui le séparaient de son départ.

Après avoir patienté jusqu'à l'extrême limite, après une autre nuit à se tourmenter, il avait enfin pris sa décision avant de glisser dans le sommeil.

10 h. La voiture de Frédéric emprunta la bretelle de la 20. Son imagination ayant fait défaut dans le courriel qu'il avait envoyé à Gisèle plus tôt (il la prévenait simplement de son éventuel retard pour le souper), il avait maintenant le loisir de dénicher un alibi crédible pour expliquer son éclipse : « Je vais lui dire que j'ai passé la journée à Sherbrooke avec un vieux camarade de classe. Voyons voir... Claude m'aurait téléphoné pour m'inviter... Non, pas lui, Gisèle le connaît trop... Qui d'autre ? Sûrement pas Laurent, Gisèle est restée proche de sa femme... Tiens ! Louis-Paul. Oui, c'est ça ! Elle ne peut pas le sentir et elle sait que moi, je l'aime bien. OK, ce sera Louis-Paul. Il m'aurait téléphoné... Non, non... C'est moi qui l'ai appelé pour jaser et il m'a invité à passer la journée chez lui. Gisèle ne trouvera rien à redire, depuis le temps qu'elle me reproche de m'enterrer dans la maison. »

Une autre cachotterie, un autre coup de bluff. La témérité de Frédéric se mesurait à sa crainte d'avoir perdu Hélène et il ne s'envolerait pas en Italie sans l'avoir regardée au fond des yeux...

« Et si Gisèle l'apprenait? »

L'interrogation de Pauline jaillit encore. Depuis qu'elle l'avait semée dans son esprit, cette question surgissait sans crier gare, le foudroyant à chaque fois. L'autre jour au bistro, il avait perdu tous ses moyens. Par la suite, il avait tenté en vain de chasser les relents d'angoisse que ce questionnement provoquait en lui. Pourtant, ce matin-là, au volant de sa voiture qui fonçait vers son amante, Frédéric traversait une puissante zone de je-m'en-foutisme qui l'imprégnait de légèreté.

Sa main tâtonna le loquet de son étui à CD. Il choisit un disque au hasard et l'introduisit dans le lecteur. La voix de Moustaki le berça.

> *Nous prendrons le temps de vivre,*
> *D'être libres, mon amour.*
> *Sans projets et sans habitudes,*
> *Nous pourrons rêver notre vie...*

Frédéric sourit: il adorait cette chanson, Hélène aussi d'ailleurs.

La circulation était fluide, il faisait beau. Il ouvrit sa fenêtre à sa pleine grandeur, l'air frais lui faisait du bien. Pour la première fois depuis des semaines, il se sentait bien.

Seulement, un peu plus tard, à mesure qu'il approchait de sa destination, l'anxiété le gagna de nouveau : comment Hélène réagirait-elle en le voyant débarquer dans sa retraite ? Bien sûr, il aurait pu retrouver le numéro de la maison de l'île en fouillant dans son vieux carnet d'adresses, mais il n'avait pas osé téléphoner de peur qu'elle lui dise de ne pas venir. Mais bon Dieu ! Pourquoi le fuyait-elle ?

Le pont Pierre-Laporte se profila devant lui. « Et si elle ne voulait plus de toi ? », lui susurra soudain la petite voix de sa raison.

Les mains de Frédéric agrippèrent le volant. Non ! Il refusait d'y penser.

Quel paradoxe ! Autant il ne pouvait vivre avec elle, autant il ne pouvait supporter qu'elle s'éloigne de lui : seule Hélène avait le pouvoir de l'entraîner dans ce pays de déraison où le tourment et la félicité se disputaient la première place.

Déjà les chutes Montmorency ! Frédéric avait l'impression de n'avoir quitté Montréal que depuis quelques minutes. En s'engageant sur le pont de l'île, il sentit son cœur s'emballer et battre la mesure jusqu'à ses tempes.

« Tu t'enlises, pauvre fou ! », l'accabla une nouvelle fois sa petite voix.

La maison de Gabrielle Manseau était située dans la paroisse Sainte-Famille. Frédéric n'avait pas l'adresse exacte, mais il croyait pouvoir la retrouver aisément puisqu'il s'y était arrêté, au hasard d'une promenade en vélo, dix ans plus tôt. Pourtant, après avoir fait plusieurs fois le tour des lieux, il dut déclarer forfait : la grosse demeure ancestrale, telle qu'il l'avait connue, avait disparu. Il est vrai que Gabrielle l'avait acquise à moindre prix dans le but de la rénover. Elle y avait englouti une véritable fortune, disait-on.

Il s'arrêta pour se renseigner auprès d'un passant. Après avoir fait demi-tour, il dénicha enfin la maison.

Elle était méconnaissable. Elle s'avérait imposante avec son toit rouge à multiples lucarnes et sa façade en pierre des champs. Une large véranda à colonnes la bordait, où oscillaient doucement des jardinières suspendues débordant de fleurs aux couleurs écarlates. Une affiche d'un courtier en immeubles trônait au milieu de la pelouse. Le visiteur remarqua bien vite qu'une auto de location était garée dans l'entrée.

Frédéric sortit de sa voiture et s'avança sur le petit chemin dallé menant à la maison. Il gravit l'escalier. Sur la galerie, il hésita quelques secondes, puis retenant son souffle, il enfonça le bouton de la sonnette. Il entendit le bruit sourd d'un carillon à l'intérieur, mais personne ne vint lui ouvrir.

Encore une porte fermée à double tour, encore le silence…

Soudain, un éclat de voix jaillit suivi d'un rire lointain. Il descendit les marches et prêta oreille. Encore la voix, puis le rire. Son cœur manqua un battement. Il remarqua alors un étroit passage sur le côté de la maison, camouflé par un saule pleureur dont les branches balayaient le sol. Il s'y engagea.

Il déboucha dans une immense cour arrière où des chênes centenaires ombrageaient une partie de l'habitation. Un sourire s'épanouit sur ses lèvres : Hélène était assise en compagnie d'une femme dans la soixantaine. Toutes deux prenaient place, face à face, dans une balançoire de jardin composée de deux larges chaises en bois qui oscillaient d'avant en arrière sur une base fixe. Une grande courtepointe aux motifs multicolores était déployée entre elles. Absorbées par leur conversation et le travail de piquage, elles ne remarquèrent pas son arrivée.

Il jeta un coup d'œil à la femme aux cheveux d'un roux criard remontés en un chignon lâche. Elle gesticulait et parlait fort d'une voix rauque et semblait prendre un grand plaisir à faire rigoler sa compagne, Hélène.

Le cœur vibrant, Frédéric la fixa intensément. Ses cheveux blonds étaient plus longs, elle les portait aux épaules comme il aimait. Elle avait un teint éclatant et… tiens, elle semblait avoir perdu quelques kilos.

Tout à coup, elle explosa de rire de nouveau. Ce rire qu'il aimait tant provoquer chez elle, ce rire des temps heureux… Il la vit enlever ses lunettes pour écraser ses larmes aux coins des yeux. Elle était si sereine et si resplendissante qu'il sentit s'élever en lui une pointe d'amertume : comment pouvait-elle être aussi radieuse alors que lui dépérissait depuis des semaines ?

Hélène s'amusait bien en écoutant son amie lui parler de son dernier coup de cœur. Annette, la veuve joyeuse, un vrai boute-en-train ! Quelle chance de l'avoir pour voisine !

Sa joie de vivre avait été une vraie bénédiction pour Hélène lors de ses premières semaines de retraite. Par la suite, une complicité s'était développée entre elles à la perspective de réaliser un rêve commun dont elles conservaient jalousement le secret.

Annette papotait à grands coups de gueule, enrichissant son récit de tordantes imitations. Jetant un regard de côté, elle ralentit son débit et s'inclina vers Hélène avec un air conspirateur.

— Ma cocotte, lui chuchota-t-elle, on dirait ben que le p'tit Jésus vient d'exaucer mes prières.

— Comment ça ? ricana Hélène.

— Ben, imagine-toi qu'un maudit beau mâle vient d'apparaître dret devant moi. Hum ! Grand et mince, épaules carrées, tempes grisonnantes, jeans et *coat* de cuir noir, chemise rouge… Non ! Ne lève pas les yeux, laisse-moi une p'tite chance : c'est moi qui l'ai vu en premier.

Annette cilla en replaçant son chignon.

— Bonjour, bel inconnu, je vous attends depuis toujours, déclara-t-elle d'un ton charmeur.

Embarrassé, Frédéric se figea. Un silence gêné suivit, puis Annette soupira bruyamment en posant la main sur le bras d'Hélène.

— Ah ben non, ç'a ben l'air qu'il n'est pas venu pour moi. C'est toi qu'il dévore des yeux.

Mue par une sensation d'irréalité, Hélène porta une main tremblante à son cou et leva lentement les yeux vers celui qu'elle avait reconnu dans la description d'Annette : Frédéric se tenait devant elle, il était venu la retrouver...

Remarquant l'air ébahi de sa voisine, Annette se leva péniblement. « Bon ben... j'crois ben que j'vais y aller, moi. J'ai une valise à finir. »

Elle saisit la courtepointe qu'elle entreprit de plier maladroitement. Hélène se ressaisit, se leva et s'empara de l'une des extrémités de la couverture pour l'aider.

— Je l'apporte dans la maison, indiqua Annette, j'en profiterai pour mettre tes bagages dans mon char.

— Bien, bien, murmura Hélène, les yeux posés sur son amant.

La sexagénaire passa devant Frédéric en le détaillant effrontément des pieds à la tête. Aussitôt hors de sa vue, elle lança un regard interrogateur à Hélène, qui ne broncha pas. En quête d'explication, Annette s'immobilisa devant la porte-fenêtre pour scruter la scène avant de lancer :

— Coucou ? Hélène ? Penses-tu être prête à l'heure ? L'avion n'attendra pas...

Hélène sortit enfin de sa torpeur.

— Oui, ne t'en fais pas, il ne me reste qu'à fermer la maison.

Annette resta encore plantée là comme si elle attendait la suite. Après quelques secondes, elle prit tout à coup conscience que la scène se jouerait sans elle. Elle haussa les épaules et entra dans la maison en bougonnant entre ses dents :

— Maudit que j'suis pas chanceuse…

Hélène et Frédéric étaient maintenant seuls, face à face, aussi pétrifiés l'un que l'autre. Hélène agit la première, elle se tourna vers la balançoire en tendant la main vers lui.

— Ne restons pas debout, viens t'asseoir.

Frédéric saisit la main d'Hélène et constata qu'elle était aussi moite que la sienne. Il se laissa entraîner à côté d'elle sur le large banc. Puis, enroulant son bras autour de ses épaules, il reprit sa main qu'il baisa avec recueillement.

— Tu trembles, murmura-t-il en pressant la main d'Hélène contre sa poitrine.

Elle hocha la tête en souriant avant de souffler :

— Tu n'en mènes pas large non plus : je sens ton cœur se débattre.

— Tu l'as rendu fou, mon cœur.

Sans un mot, Hélène dégagea sa main et glissa délicatement ses doigts sur la tempe de son amant, là où les cheveux recouvraient sa cicatrice.

— Tu es chanceux d'avoir autant de cheveux, ça ne se voit presque pas. Et ta jambe ?

— Ça va aller. J'ai enfin terminé ma physio.

Elle l'embrassa sur la joue puis se nicha contre lui.

— Quand je t'ai vu à l'hôpital, j'ai reçu un tel choc !

Blottis l'un contre l'autre, ils restèrent silencieux un moment puis Frédéric expliqua :

— Ce matin, j'ai trouvé le numéro de Gabrielle dans un vieux calepin. J'aurais pu te téléphoner avant de partir, mais je ne savais pas trop comment m'annoncer…

— Je t'aurais probablement demandé d'attendre encore un peu.

Frédéric tressaillit.

— Mais pourquoi ?

D'un doigt, il souleva son menton pour qu'elle le regarde dans les yeux. Il aperçut des larmes.

— Tu ne veux plus de moi ? Allez, dis-le… exigea-t-il doucement.

Hélène soutint son regard un moment puis baissa les yeux.

— L'idée de reprendre contact avec toi me troublait beaucoup, avoua-t-elle avant de se réfugier au creux de sa poitrine.

Quelque peu rassuré, Frédéric l'étreignit.

— Tu me manques tant, Hélène, souffla-t-il

— Toi aussi, murmura-t-elle en se redressant. Mais tu me manquais davantage à Montréal, parce que là-bas, ma seule raison de vivre, c'était toi…

Elle se tut. Sa main lissa le collet du veston de cuir de son compagnon.

— Je vivais constamment dans l'attente, reprit-elle. La seule chose qui comptait, c'étaient les rares moments que nous passions ensemble. Ton accident m'a ouvert les yeux : j'ai réalisé que je n'étais qu'une ombre dans ta vie.

Frédéric prit la main qui tripotait son col pour l'emprisonner dans la sienne.

— Une ombre ? Hélène, tu parles comme si tu n'étais rien pour moi…

— Je sais que je compte beaucoup pour toi, mais j'ai eu tort de te donner autant d'importance. Mon amour pour toi a pris toute la place, j'ai passé la dernière année à vivre en marge de ta vie et je me suis perdue… En fait, je n'aurais jamais dû déménager à Montréal.

— Tu penses revenir t'installer à Québec ? l'interrogea Frédéric, soudain nerveux.

— Ça se peut, confirma-t-elle en dégageant sa main pour s'essuyer les yeux. Tout à l'heure, je pars avec Annette passer quelques jours chez sa sœur qui gère un gîte du passant aux Îles-de-la-Madeleine. Nous avons des choses à discuter avec elle, de là dépend ma décision.

— Ta décision de quitter ton logement à Montréal ?

— C'est plus compliqué que ça, Frédéric. Je t'en reparlerai d'ici une semaine.

— Je ne serai pas là, soupira-t-il. Demain, nous partons en vacances en Italie avec Michel et sa femme. Je serai de retour le 10 août.

Hélène encaissa le coup.

— C'est pour ça que tu es là ?

— Il fallait que je te voie avant de partir, j'avais besoin de passer du temps avec toi.

Elle lui caressa doucement la joue.

— Moi, c'est toute ma vie que j'aurais voulu passer avec toi... pas juste des p'tits boutes...

Elle s'esclaffa :

— "Pas juste des p'tits boutes"... Fred, c'est comme la chanson d'Angèle Arsenault : *Je veux toute toute toute la vivre ma vie, pas juste des p'tits boutes...*

Mais Frédéric n'avait pas le cœur à rire, son regard s'était rembruni à la pensée qu'il partirait en vacances en traînant avec lui son fardeau d'incertitude. Il fit un geste pour se lever, mais Hélène le retint.

— Tu n'as pas idée à quel point je peux t'aimer, Frédéric. Toutes les fois que nos vies se sont croisées, tu m'as toujours donné l'impression que j'étais quelqu'un de très spécial à tes yeux. En tout temps, je me suis sentie accueillie et aimée telle que je suis. J'avais infiniment besoin de ça et...

Elle se haussa un peu et l'embrassa sur les lèvres, un doux baiser qui se creusa bientôt en profondeur. Frédéric poussa un gémissement étouffé et resserra son étreinte. Il n'y avait plus qu'eux sur une balançoire quelque part, hors du temps...

Hélène reposa la tête sur l'épaule de son amant.

— Tu m'as toujours fait me sentir désirable et femme jusqu'au bout des doigts. C'était si différent avec Alex : j'avais l'impression d'être transparente à ses yeux. Toi, tu m'as remise au monde. Tu as pris soin de moi, tu as fait des folies pour moi, mais je restais fragile…

Songeuse, elle se tut un moment puis reprit :

— Il fallait que je m'éloigne pour faire le point. C'était la bonne décision, car j'ai fini par comprendre que je devais vivre pour moi, non plus en fonction de quelqu'un d'autre.

Un pli se creusa entre les sourcils de Frédéric, les propos de son amoureuse le déroutaient, une appréhension terrible lui tordait le ventre.

— Hélène… es-tu en train de me dire que… c'est fini, nous deux ?

Surprise, Hélène haussa les sourcils.

— Voyons, Fred, tu sais bien que les adieux, ce n'est pas pour nous, affirma-t-elle avec un petit rire. Tous les gestes que j'ai posés depuis avril n'ont jamais été contre toi, mais pour moi. Tu as bien fait de venir aujourd'hui. J'avais des craintes, mais à présent, je sais que je peux avoir une vie bien à moi tout en continuant de t'aimer, même de loin…

À peine rassuré, Frédéric sentit de sombres inquiétudes l'envahir. « Elle à Québec et moi à Montréal… On se verrait quand ? Une fois par mois, dans un motel à Trois-Rivières, comme avant ? Elle finira par se lasser et s'intéresser à quelqu'un d'autre : un homme libre qui lui offrira autre chose que des rencontres à la sauvette… »

— Une vie à toi… tu pourrais en avoir une à Montréal, avança-t-il d'une voix éraillée.

— C'est justement là où j'en suis dans ma réflexion. Je n'ai pas terminé de peser le pour et le contre, répondit Hélène sans se douter du drame qui se jouait dans l'esprit de son amant.

— Et le contre, c'est moi ?

— Non, non, rigola-t-elle, le contre c'est la job, c'est Ciné-Vidéo !

— Avec tes compétences en informatique, tu pourrais trouver beaucoup mieux sans quitter Montréal, persista-t-il. Je pourrais te suggérer des noms d'entreprises. J'en connais qui offrent d'excellentes conditions.

— Ne t'en fais pas pour moi, l'assura Hélène d'un ton léger, j'ai déjà plein d'idées en tête. Tu en sauras plus à ton retour.

Frédéric s'assombrit davantage. La détermination d'Hélène lui faisait perdre pied. Ne rien exiger d'elle, ne poser aucune question, la laisser vivre sa vie, voilà ce qu'il s'était toujours imposé. Aujourd'hui, de peur qu'elle s'éloigne de lui, il transgressait ses principes.

Elle consulta sa montre avant de se lever. Frédéric l'imita à contrecœur.

— Alors, ça y est ? C'est l'heure de partir avec ta copine ?

— Non, seulement dans quelques heures, mais je préfère rentrer pour la suite…

— La suite ?

Hélène ouvrit de grands yeux étonnés.

— Frédéric Sainte-Marie, penses-tu vraiment que je vais te laisser repartir à Montréal sans te faire visiter la maison ?

— La maison ? Euh, oui, si tu veux… balbutia-t-il, au comble de la confusion.

Hélène eut un petit rire coquin.

— La cuisine est magnifique et la déco de la salle de séjour, un vrai chef-d'œuvre. Attends juste de voir la cheminée et les chambres du deuxième… Elles sont vraiment spacieuses et les lits sont super confortables…

Saisissant enfin l'allusion, Frédéric éclata de son rire tonitruant et la serra dans ses bras en la soulevant de terre.

— Toi, mon espèce, lui susurra-t-elle à l'oreille, tu sais bien l'effet que ce *coat* de cuir a sur moi…

Frédéric ouvrit un œil. Combien de temps avait-il dormi ? Il entendait le souffle régulier d'Hélène. Il se souleva légèrement pour la contempler, le cœur gonflé d'amour. Elle dormait paisiblement, emmitouflée dans la chemise écarlate dont elle s'était revêtue pendant leurs ébats.

Après l'amour, ils s'étaient regardés intensément, un sourire dans les yeux puis, machinalement, ils s'étaient blottis l'un contre l'autre. D'un mouvement doux, Frédéric avait calé les fesses rondes de son amante contre son ventre, sa grande main s'était faufilée vers son sein duveteux qu'il avait caressé avant de s'assoupir, brisé d'émotion et de fatigue.

Le visage enfoui dans les cheveux d'Hélène, Frédéric se demandait que faire pour ne pas la perdre encore. Ses lèvres se posèrent sur son front. «Je t'aime Hélène, je t'aime, je t'aime...», murmura-t-il en pensée.

Il se souleva et la vit sourire dans son sommeil. Délicatement, il allongea le bras vers la table de nuit et saisit sa montre: «Ouf! 15 h 15, pas le temps de flâner!» Il poussa un soupir douloureux, glissa hors des draps en s'étonnant de trouver encore l'énergie de se plier au rituel du retour à son autre vie.

Il trouva la salle de bain et s'installa sous le pommeau de la douche, ferma les yeux et laissa l'eau jaillir sur lui. Il se savonna lentement avec application. Il aurait voulu prolonger la sérénité du moment en conservant un soupçon du parfum d'Hélène dans les replis de sa peau, mais encore une fois, il devait s'astreindre à faire disparaître toutes traces de sa faute.

Pensif, il ferma les robinets de la douche et il s'épongea avec une grande serviette rayée.

Hélène exerçait toujours la même fascination sur lui, mais elle avait changé. Elle avait changé dans sa façon de parler, de bouger et surtout dans ses silences insondables qui le troublaient. Frédéric la sentait forte, résolue et de fait, encore plus attirante. Il songea que jamais il ne s'était senti aussi près de tout balancer pour elle...

Hélène avait quitté la chambre. Frédéric retrouva sa chemise sur le lit avec son jeans et son veston de cuir. Il s'habilla en vitesse.

Hélène revint, revêtue d'un peignoir de style chinois, bleu nuit. D'une main, elle tentait de replacer ses cheveux en bataille. Elle avait gardé son sourire.

Frédéric s'empara de sa main pour l'attirer vers lui et la prendre dans ses bras.

—Je ne peux pas rester deux autres mois sans nouvelles de toi. Me donnerais-tu ta nouvelle adresse courriel?

Elle détourna les yeux, parut réfléchir puis:

— D'accord. Viens avec moi.

Il la suivit dans la petite pièce qui lui servait de bureau. Hélène détacha une feuille d'un carnet de notes et écrivit l'adresse.

Frédéric aperçut plusieurs liasses de papier étalées sur une table.

— C'est ton roman?

— Oui, le premier jet. J'ai fait relier quelques copies pour des amis: j'aimerais avoir leur opinion.

—Je peux? demanda-t-il en désignant l'un des cahiers.

— Oui, bien sûr, accepta-t-elle en lui en remettant un. Je n'arrive pas à trouver le titre. C'est fou. Après avoir écrit tout ça, aucun titre ne me vient en tête.

—J'aimerais bien le lire pendant mes vacances, déclara-t-il en feuilletant avidement le manuscrit, je pourrais t'envoyer mes impressions.

— Je veux bien, mais seulement si tu me promets de ne pas me dorer la pilule si tu trouves ça mauvais.

— Voyons, ça ne peut pas l'être, ton sujet est déjà fascinant.

Hélène fit une moue dubitative.

— Hum! Ça commence mal, tu as déjà un parti-pris.

— Non, non, fais-moi confiance, je serai impitoyable, se reprit-il avec un petit rire.

— OK, c'est bon, admit-elle, peu convaincue.

Elle ouvrit un tiroir du pupitre, en retira une grande enveloppe et tendit la main vers le cahier spiralé. Lorsque Frédéric le lui remit, elle tourna la page couverture en plastique et arracha la page titre.

— Mon nom était écrit, se justifia-t-elle en réponse à l'air perplexe de son amant.

Un son de carillon jaillit et la porte d'entrée s'ouvrit en même temps.

— C'est moi… chantonna une voix rauque.

Hélène sursauta.

— Oups! Annette. Fred, quelle heure est-il?

Frédéric jeta un coup d'œil sur sa montre.

— Presque seize heures.

— Pas si pire, mais Annette n'aime pas être à la dernière minute.

Sans quitter la pièce, elle se rapprocha de la porte.

— Sois pas inquiète, je serai prête dans quarante-cinq minutes.

— Ouais, d'accord ! répondit la voisine de son ton rugueux avant de refermer la porte.

Hélène fit un clin d'œil à son amant.

— Il faut que je me sauve !

— Touché ! fit Frédéric, saisissant l'allusion à la façon qu'il avait d'annoncer lui-même son départ. Moi aussi, je dois y aller.

Le vent qui s'était levé jouait dans les cheveux d'Hélène. Après avoir suivi des yeux l'auto de Frédéric qui s'éloignait, elle revint dans la maison, pleine d'une merveilleuse sensation de bien-être. Une phrase à elle seule aurait alors pu résumer ce qu'elle ressentait. Cette phrase, elle l'avait tapée neuf jours plus tôt dans sa longue confession sur ses amours avec Frédéric.

Elle gravit le grand escalier pour retourner dans sa chambre. Elle tira une valise de sous le lit, renfermant le portable de Gabrielle qu'elle avait mis à l'abri pour se prémunir du vol pendant son absence. Elle le posa sur la commode et l'alluma. Elle cliquait sur l'icône Hotmail lorsqu'une véritable salve de carillons l'interrompit. « Annette, encore ! Je lui avais pourtant dit que je serais prête dans trois quarts d'heure. Pourquoi est-elle si pressée ? », songea-t-elle, agacée.

Elle descendit l'escalier en trombe, regrettant d'être encore en peignoir. Appuyée nonchalamment contre l'encadrement, Annette poussa un sifflement.

— Ouais, pas mal ! Et c'est habillée de même que tu comptes faire le voyage ?

Elle entra et ferma la porte.

— T'as le regard pas mal pétillant, ma fille. C'était qui le beau mâle ? Un de tes nombreux amants ?

Chère Annette, toujours droit au but, comme un bélier dans une porte de grange.

— Plutôt un bon copain de Montréal, fit Hélène d'un air dégagé.

— Un copain de Montréal, voyez-vous ça, commenta la voisine, sarcastique.

Elle se planta devant Hélène, l'œil inquisiteur.

— Hélène Beaudoin, espèce de cachottière, tu pourrais me dire n'importe quoi, j'ai vu ce que j'ai vu…

— Ah bon, et qu'est-ce que tu as vu ? questionna Hélène en réprimant un fou rire.

— J'ai vu une bonne raison de t'empêcher de réaliser notre projet. Voilà !

Elle affichait une mine sombre. Pour une fois, Annette-le-clown n'avait pas envie de blaguer.

— Ma foi du bon Dieu, tu t'inquiètes ! s'exclama Hélène. Voyons, tu le sais bien que je ne te lâcherai pas : ça fait des semaines que je travaille sur notre plan d'affaires.

— Mais ce type et toi… Écoute, ça crève les yeux qu'il y a quelque chose d'important entre vous.

— Bon, admettons, reconnut Hélène, sans perdre sa bonne humeur. Il y a quelque chose… et après ? Tu t'en fais parce qu'il y a un homme dans ma vie ? Allons, Annette, Frédéric est une ancienne flamme avec qui j'ai renoué l'an passé. Je ne te cacherai pas que je l'aime très fort, mais ça ne m'empêchera pas d'aller de l'avant...

— En plus, il habite à Montréal! Moi, les amours à distance...

— Tu penses vraiment que je pourrais te planter là pour le suivre? coupa Hélène.

— Pourquoi pas? J'en connais qui l'auraient fait.

«Moi aussi, j'en ai connu une de même...», songea subitement Hélène.

— Écoute, Annette, on a pas mal de route à faire ensemble. Alors, si tu veux, je te raconterai une longue histoire et tu comprendras tout. Seulement, il se peut que tu sois déçue et même peut-être choquée...

— Ben voyons donc, je ne suis pas née de la dernière pluie, ma cocotte. Y a plus grand-chose qui me dérange...

— Et pas question de renoncer à notre projet: je suis aussi emballée que toi. Allons, laisse-moi aller prendre une douche et me préparer. Je te rejoins dans vingt minutes.

— Ouais, elle a besoin d'être bonne ton histoire! grogna l'autre en prenant congé.

Il n'y avait plus de temps à perdre. Hélène enfila la volée de marches pour retourner à ses courriels. D'un clic de souris, elle retrouva le message qu'elle avait envoyé à Pauline le 30 mai dernier. Parcourant rapidement le texte, elle s'arrêta à l'extrait recherché, tiré du récit de sa première nuit d'amour avec Frédéric.

[…] Nous avons passé des heures étendus, nus, à nous embrasser, à chuchoter, à rigoler, entrecoupant la conversation d'un déluge de caresses. Nous avions toute la nuit devant nous, tout ce temps juste pour nous, sans contrainte ni appréhension.

Aujourd'hui encore, je garde intacte la sensation de ce moment : la sérénité de se laisser aller à être soi-même pour vivre intensément l'instant présent. Un bonheur tranquille dénué d'attente.

Du revers de la main, Hélène essuya une larme prête à couler. Un sourire s'épanouit sur ses lèvres. Aujourd'hui, et pour la première fois depuis des années, elle avait revécu cette merveilleuse sensation. Elle relut à mi-voix :

— *… la sérénité de se laisser aller à être soi-même pour vivre intensément l'instant présent. Un bonheur tranquille dénué d'attente.*

Elle fit un clin d'œil à son reflet dans le miroir de la commode. Non, vraiment, Annette n'avait rien à craindre.

Au même moment, la voiture de Frédéric avalait les kilomètres sur l'autoroute. Pas de musique cette fois, il voulait revivre pleinement ses heures de liberté passées dans l'île ; sa maudite culpabilité, il aurait tout le temps de la gérer à son retour. Les pensées qui l'habitèrent tout le long du trajet vers Montréal étaient entièrement dédiées à Hélène : ses brèves évasions dans ses bras lui coûtaient assez cher, autant savourer ces moments jusqu'au bout !

Tout en gardant les yeux sur la route, Frédéric saisit le bout du collet de sa chemise qu'il huma encore une fois : un alliage de fragrance fruitée et d'émanation corporelle s'en dégageait. Le parfum d'Hélène...

Gisèle serait sans doute à la maison à son arrivée. Il n'aurait pas le temps de changer de vêtements. Du coup, il se rendit compte qu'il s'en foutait...

Chapitre 16

Dimanche 11 juin 2001

Pauline avait trouvé refuge chez Hélène. Devant l'ordinateur, elle cherchait les mots pour mettre la touche finale au plan de marketing qu'elle devait soumettre à Yvan Bélair le lendemain. Malgré la tranquillité des lieux, elle n'arrivait pas à travailler ni à s'enlever de la tête les échos de sa dispute avec Steve.

— Je n'ai pas besoin de ton avis ! Qu'est-ce que t'avais d'affaire à mettre ton nez dans mes papiers ? T'as juste à t'occuper des jumeaux, si tu veux vraiment m'aider !

En maugréant, Pauline avait fourré sa paperasse dans sa mallette et elle avait pris le chemin de la 17e Avenue à pied, conjuguant ses pas à sa fureur.

Maintenant calmée, elle regrettait de s'être emportée : « Franchement, tu fais dur, Pauline ! Qu'est-ce qui t'a pris ? Il t'a fait juste une petite remarque au sujet de la campagne télévisuelle. En plus, il avait raison... Ouais, dans le fond j'ai été piquée de ne pas y avoir pensé moi-même... »

Elle soupira, il y avait une bonne dose d'orgueil dans sa réaction. Steve pouvait-il comprendre à quel point elle avait besoin de se démarquer de lui? Que s'il s'en mêlait, elle aurait l'impression de tricher?

⁖∽⁖

Pauline revint chez elle vers minuit. Sans faire de bruit, elle s'étendit à côté de son mari qui semblait dormir profondément. Faisait-il semblant? Non, il dormait dur et il n'était pas le genre rancunier, heureusement.

En posant la tête sur l'oreiller, elle sut tout de suite que le sommeil ne viendrait pas aisément. La veille d'événements importants, elle pouvait passer une partie de la nuit à ressasser ses idées ou à ruminer un problème: «Monsieur Bélair prendra-t-il mon plan assez au sérieux pour en toucher un mot à ses frères? Et Luc? Comment faire pour le mettre de mon bord? Nos idées sur le service à la clientèle sont opposées et il me fait la baboune depuis l'histoire du tiroir. Misère, soupira-t-elle, je n'ai pas envie de devenir une deuxième matante Hélène…»

Elle se hissa sur un coude pour jeter un coup d'œil au cadran lumineux de sa table de nuit: 1 h 25! «Bon sang! Il faut pourtant que je dorme, je dois être à mon meilleur, demain.»

Elle se leva pour se préparer une tisane. Elle versait l'eau bouillante dans sa tasse lorsqu'elle entendit des pas. Vêtu d'un *boxer*, Steve entra dans la cuisine, le visage ensommeillé et les cheveux en bataille. Il prit une chaise et s'assit sans un mot.

Délaissant son breuvage, Pauline lui enlaça les épaules et posa un baiser dans ses cheveux ébouriffés. Le sentant réceptif, elle resta immobile, la joue dans sa chevelure, savourant le bien-être de cette communion.

— Chéri, excuse-moi, murmura-t-elle contre son oreille. Je me sens tellement mal de t'avoir envoyé promener tout à l'heure.

Steve lui attrapa la main pour l'inciter à s'asseoir sur ses genoux.

— Non, non, c'est toi qui dois me pardonner. J'ai eu tort de me mêler de ton projet. J'aurais dû attendre que tu m'en parles.

— Je n'aurais pas dû te crier par la tête…

— Ah, là, t'as bien raison ! approuva-t-il, le sourire en coin.

Elle se leva pour aller chercher sa tasse puis s'installa en face de lui.

— Comprends-moi, Steve, j'ai toujours été ton assistante, au travail comme à la maison. Il me fallait un défi comme celui-ci pour me mettre sur les rails, seule… sans ton aide.

— Tu n'as rien à prouver à mes yeux, Pauline, répondit son mari en posant sa main sur la sienne. Moi, je t'ai toujours trouvée excellente.

Pauline se détendit.

— C'est gentil, ça. Mais pour le moment, j'ai affaire à quelqu'un de beaucoup plus critique que toi…

— Ton patron ?

— Non, bien pire : moi.

— Alors ne sois pas trop dure, Pauline, donne-toi une chance. Allez, termine ta tisane et retournons nous coucher.

Rendu au lit, Steve prit sa femme dans ses bras.

— Veux-tu savoir pourquoi j'ai jeté un coup d'œil à ton projet ?

— Euh… oui, hésita Pauline, méfiante.

— Parce que depuis quelques jours, j'ai cru apercevoir l'ancienne Pauline : la fougueuse, la pétillante, la fille aux mille idées qui m'a fait craquer autrefois et j'avais envie de me rapprocher d'elle…

Trop émue pour répondre, Pauline se nicha contre son mari. Quelques instants plus tard, elle entendit un léger ronflement. Il s'était rendormi, le chanceux.

Debout derrière la chaise de Pauline, Julie lui tapotait les épaules.

— Ouf, tu es raide comme une barre. Allez, relaxe, ça va bien aller.

Pauline inspira lentement en fermant les yeux. « Ça va bien aller, je dois me détendre, ça va bien aller… »

L'adjointe d'Yvan Bélair était venue l'informer que le patron la recevrait dans quelques minutes.

— J'ai préparé le terrain, lui glissa-t-elle à l'oreille en lui massant lentement les épaules. Tu sais, en avril, Yvan m'avait donné carte blanche pour trouver une remplaçante à Hélène. Comme ça pressait, il t'a engagée sans consulter ton curriculum vitae. Je le lui ai remis vendredi, en lui soulignant que tu avais une expertise en marketing.

Julie s'arrêta tout d'un coup : Luc se tenait dans l'encadrement de la porte, une boîte de beignets à la main.

— Salut les filles ! Rendez-vous à la cuisinette si vous voulez vous sucrer le bec.

Il esquissa un sourire éclair en regardant Pauline avant de repartir en fredonnant.

— Wow ! T'as vu ça ? Le grand seigneur t'a souri, plaisanta Julie. Il doit commencer à se déchoquer…

— Bof, attends juste qu'il sache ce que j'ai en tête… soupira Pauline. J'ai bien peur qu'il me mette des bâtons dans les roues, si ses oncles acceptent mon projet.

— S'il essaie, il va juste s'humilier davantage. Il a déjà perdu des plumes en se mettant monsieur Miller à dos et…

La sonnerie du téléphone l'interrompit. Pauline prit l'appel : le patron l'informa qu'il l'attendait dans son bureau.

— Il paraît que vous aviez de bonnes idées, vous, amorça-t-il en se calant dans son fauteuil comme s'il se préparait à entendre une bonne histoire.

Pauline sentit son trac s'envoler, l'attitude bienveillante de l'homme la rassurait.

— Eh bien, monsieur Bélair, il se trouve que j'aime beaucoup le cinéma et qu'il m'arrive souvent de louer des films.

— Vous êtes cliente chez nous, j'espère ! s'exclama-t-il avec un faux air inquisiteur.

— Euh oui, j'ai une carte d'abonnement, mais je ne vous cacherai pas que j'ai un petit faible pour le club Cinéphile de mon quartier.

— Ah ? Et… vous trouvez que la formule de Grégoire Miller est viable ?

— Pas seulement viable, monsieur Bélair, rentable !

Pauline lui soumit son plan d'attaque pour rafraîchir l'image de Ciné-Vidéo et affronter la compétition. Captivé, Yvan Bélair fut agréablement surpris d'apprendre qu'elle avait travaillé pendant les dix derniers jours à tracer les grandes lignes de cet ambitieux projet. Enchanté par tant de zèle, il saisit le document spiralé qu'elle avait poussé vers lui et le feuilleta avec intérêt. Pauline y exposait sa vision d'une chaîne de clubs vidéo multiservice comprenant chacun une librairie d'ouvrages sur le cinéma, avec des biographies d'acteurs et des livres adaptés au cinéma. Une section disquaire offrirait un large choix de bandes sonores et des postes d'écoute. De plus, sans négliger les nouveautés, Ciné-Vidéo proposerait à sa clientèle un éventail des films ayant connu leurs heures de gloire dans les cinquante dernières années.

À l'instar des clubs Cinéphile, Pauline recommandait une solide formation pour les employés afin de mieux conseiller la clientèle. Une campagne publicitaire de grande envergure pourrait refléter cette nouvelle approche.

— Vraiment, ma chère Pauline, en vous embauchant, Ciné-Vidéo a fait une excellente affaire. Je dois faire un saut à la banque dans quelques minutes, ensuite, je me plonge dans votre dossier.

Au milieu de l'après-midi, Yvan Bélair vint la retrouver dans son bureau.

— Vous permettez? la pria-t-il en refermant la porte. Les murs ont des oreilles ici.

Avisant l'air embarrassé de son employée, il crut bon d'ajouter:

— Luc n'est plus dans le dossier: il a eu sa chance et il a trouvé le moyen de gâter la sauce. De toute façon, je l'envoie demain passer quelques jours à Sherbrooke pour régler une affaire.

N'ayant pu retenir un soupir de soulagement, Pauline, mal à l'aise, devint cramoisie.

— Allons, Pauline, détendez-vous, la rassura son patron. Luc a beau être mon neveu, je sais à quel point il peut être désagréable quand les affaires ne tournent pas à son goût.

Il s'installa sur le siège du visiteur et déposa le document de Pauline sur son bureau.

— Vous êtes un élément précieux pour nous. D'où vous viennent toutes ces bonnes idées?

— Mais de Grégoire Miller, bien sûr ! déclara la jeune femme.

— Ah oui, je vous ai vus converser tous les deux, l'autre jour.

— Monsieur Bélair, me permettez-vous de vous poser une question ?

Quelque chose chicotait Pauline depuis qu'elle s'intéressait à l'achat des boutiques Cinéphile : elle avait l'impression que les frères Bélair s'étaient jetés à corps perdu dans cette importante transaction sans connaître vraiment le produit qu'ils achetaient.

— Mais bien sûr ! l'encouragea le petit homme avec un sourire paternel.

— C'est que… je me demandais pour quelle raison vous aviez acheté le réseau Cinéphile.

— Pour grossir en coupant l'herbe sous les pieds de la concurrence.

— D'accord, mais… excusez-moi de vous demander ça, mais… que saviez-vous du service à la clientèle de Grégoire Miller ?

Le patron ne semblait nullement embarrassé par cette question.

— Au début, pas grand-chose, je vous l'avoue humblement. Par contre, Hélène et mes deux frères m'en ont beaucoup parlé. Pour ma part, je suis un homme très occupé, Pauline, et j'ai rarement l'occasion de louer des films même si je rêve souvent de flâner devant mon téléviseur.

Il rapprocha sa chaise du pupitre de Pauline et se pencha pour lui chuchoter :

— Je dois même vous confesser que je n'ai jamais mis les pieds dans une boutique Cinéphile.

Les yeux de Pauline s'arrondirent de stupéfaction.

— Vraiment ?

— S'il vous plaît, ne le dites à personne, supplia-t-il en se cachant la figure dans le document de Pauline.

— Motus et bouche cousue, rigola la jeune femme touchée par la sincérité de son patron.

Ce candide aveu marquait le début d'une complicité inespérée qui la confortait dans sa démarche.

— Comment voyez-vous les mois à venir avec la fusion des nouvelles boutiques ?

Yvan Bélair se redressa sur sa chaise et croisa les jambes.

— Premièrement, nous allons les intégrer à notre réseau Icétou : à la fin de juin, Susanne convoquera les franchisés de Cinéphile afin de leur donner une formation.

Il s'arrêta un moment pour fixer la jeune femme dans les yeux…

— Comme il est stipulé dans le contrat de vente, les boutiques Cinéphile conserveront la façon de faire de Grégoire Miller et il y a de fortes chances pour que Ciné-Vidéo y adhère aussi.

— Vraiment ?

C'était inespéré ! Pauline en avait le souffle coupé.

— Eh oui ! À force d'entendre tout le monde vanter le service à la clientèle de Cinéphile, je commençais déjà à fléchir et, ce matin, la lecture de votre document a achevé de me convaincre.

En apercevant le regard étincelant de son employée, monsieur Bélair eut un petit rire.

— Pas trop vite, bien sûr, il ne faut pas oublier que nous avons déjà un contrat à respecter avec nos propres franchisés ; il va falloir beaucoup de doigté pour les amener à adhérer à cette nouvelle formule.

Il se leva et conclut en brandissant le document :

— Merci à vous, Pauline, votre expertise m'est très précieuse, je vous en reparlerai très bientôt.

Chapitre 17

Sa valise était bouclée, le plein d'essence fait. Hélène s'était couchée tôt, elle partirait le lendemain à l'aube.

Au milieu de la nuit, elle s'était réveillée, troublée par un rêve qui venait à peine de se dissiper : Frédéric… il semblait si réel ! Au début du songe, une clé avait tourné dans la serrure de la porte de son logement de la 17e Avenue. Ensuite, elle avait entendu des pas feutrés dans l'escalier… de la maison de l'île. Puis une grande ombre s'était profilée dans l'encadrement de la porte de sa chambre. Il avait simplement dit « Allô ! » avant de s'approcher du lit. Encore tout ensommeillée, elle avait tendu le bras vers sa lampe de chevet. Il avait intercepté son geste avant de s'asseoir sur le lit.

— Non, n'allume pas, je ne veux pas te réveiller…

Ensuite, il l'avait prise dans ses bras pour la couvrir de baisers puis il l'avait bordée sans un mot…

Hélène avait ouvert les yeux ; Fred n'était plus là. Elle n'osait pas bouger de peur de voir s'enfuir l'enivrante sensation de sa présence. Là-bas, en Italie, avait-il rêvé d'elle, lui aussi ? Elle s'était rendormie sans chercher de réponse à cette question.

Elle traversa le pont de l'île à la première lueur du jour pour se diriger vers Montréal, un parcours en ligne droite menant au dénouement d'un autre chapitre de sa vie.

Elle tripota les boutons de la radio pour obtenir un bulletin météo. Des notes de piano sur fond d'applaudissements lui firent suspendre son geste. C'était une vieille chanson d'Offenbach, extraite d'un de leur concert.

Faut que j'me pousse
Y a rien à faire...

La voix rocailleuse de Gerry Boulet la projeta au début du mois d'avril, dans le tourbillon de son désespoir où la fuite semblait la seule issue.

Toute me donne la frousse
J'mène un train d'enfer.

Il lui fallait tout quitter pour s'évader de sa cruelle réalité, cette impuissance qui l'avait clouée à quelques pieds du lit où gisait l'homme qu'elle aimait.

Faut que j'me pousse...

À un moment donné de sa course infernale (était-ce le premier ou le deuxième jour?), elle s'était laissé subjuguer par la partie la plus noire de son âme : «Au prochain tournant, tu fermes les yeux et tu fonces...»

Mais à chaque tournant quelque chose de plus fort qu'elle la retenait. «Non, non, pas ici, pas tout de suite, roule encore un peu... plus loin... plus tard.»

Et, de fois en fois, de tournant en tournant, elle dépassait sa désespérance pour choisir la vie, encore un peu...

> *Asteur faut que j'me recouse le cœur*
> *Y est patché plein de trous...*

Que de chemin parcouru depuis qu'elle avait appelé Gabrielle à la rescousse, depuis qu'elle était retournée s'asseoir devant Fabienne, sa psychologue, afin de comprendre pourquoi ce puissant besoin d'être aimée l'avait propulsée en marge de sa vraie vie.

Toutes ces années à s'étourdir de travail pour se couper d'elle-même de crainte de souffrir de l'indifférence d'Alex, puis de l'absence de Frédéric. Cette folle décision de vendre sa maison de Québec pour venir s'enterrer à Montréal et s'engager dans un travail qui ne pouvait la combler. Des jours gris et creux, à fonctionner en automate entre les visites de son amant, ces petits bonheurs en circuit fermé, minés par ses attentes irraisonnées et cette intolérable sensation d'étouffement au cours des années passées avec Alex.

Oui, fuir la morosité de cette existence avait été une sage décision. Se retrouver ailleurs, faire le point et, puisqu'elle carburait à la passion, se lancer dans un grand projet qui donnerait un sens à sa vie.

7 h 30. À la radio, on annonça que le soleil allait dominer ce jour-là. Hélène s'en réjouit. Il lui restait un peu plus d'une heure à rouler. Rendue à Montréal, elle prendrait le temps de déjeuner quelque part en attendant l'ouverture des commerces. Avant de retourner à Ciné-Vidéo, elle avait un achat à faire.

Ce matin-là, Pauline avait été retenue à la maison pour confectionner les deux douzaines de sandwichs promises pour le pique-nique de fin d'année organisé par l'école des jumeaux, tâche fastidieuse dont elle avait complètement oublié de s'acquitter la vieille. À son arrivée à Ciné-Vidéo, elle chercha Julie pour justifier son retard et la trouva dans la cuisinette.

— Oh, les belles fleurs ! s'exclama-t-elle.

Une brassée de fleurs était déployée sur une table. Dans l'évier, un vase en cristal se remplissait d'eau.

— Oui, magnifiques, commenta l'adjointe. J'ai compté, il y a au moins huit variétés différentes.

Elle posa le vase sur la table et y plongea les tiges, une à une.

— Quel dommage qu'on ne puisse conserver les fleurs fraîches très longtemps ! se désola Pauline en lui tendant une rose blanche.

Julie s'éloigna légèrement de la table pour avoir une vue d'ensemble de son arrangement. Elle revint sur ses pas, replaça une tige de marguerite à côté d'un œillet rouge, recula encore et esquissa un sourire satisfait. Ensuite, elle prit le vase et le tendit à sa compagne.

— Je connais une bonne méthode pour les faire sécher. Je t'expliquerai.

— Où veux-tu placer le vase ? s'informa Pauline en gagnant la sortie.

— Mais, dans ton bureau, ma chère ! rigola Julie. Il est pour toi, ce bouquet.

Soufflée, Pauline ouvrit de grands yeux.

— Co... comment ça ? Je ne vois vraiment personne qui aurait pu...

Julie lui reprit le vase et passa devant elle.

— Bon, c'est peut-être mieux que je l'apporte moi-même. Allez, suis-moi.

Dans le bureau de Pauline, Julie posa le vase sur le coin du pupitre.

— J'aurais préféré que tu le découvres en entrant ici, mais tu es arrivée trop tôt.

— Trop tôt ? Tu veux rire : il est dix heures et quart ! J'ai été obligée de...

— C'est une belle surprise, n'est-ce pas ? poursuivit Julie, qui ne semblait nullement se formaliser du retard de Pauline.

— Mais qui...

— Hélène ! Elle me les a remises avec le vase en me demandant de les déposer dans ton bureau avec...

Elle fourragea dans la poche de sa veste pour en retirer une minuscule enveloppe qu'elle plaça en appui sur le vase sous le regard ébahi de sa collègue.

— Minute ! Tu viens vraiment de me dire qu'Hélène est ici ?

Pauline tombait des nues. Il est vrai qu'Hélène ne lui avait pas écrit depuis la fin de son séjour aux Îles-de-la-Madeleine, une semaine plus tôt.

— Elle ne t'avait pas mis au courant ? Il me semblait que vous étiez proches, toutes les deux, s'étonna Julie en s'assoyant sur le siège du visiteur. C'est vrai qu'Hélène excelle dans l'art de surprendre. Moi-même, j'ai eu tout un choc en la voyant revenir ce matin, chargée de paquets : les fleurs, le vase et quatre pots de confiture pour Yvan et moi ; il l'attendait, paraît-il. Depuis, ils sont enfermés à double tour dans son bureau. Et… j'allais oublier, Hélène lui a demandé de te donner congé pour le reste de l'après-midi. Chanceuse !

— Monsieur Bélair a accepté ?

— Tu parles ! Yvan était tellement content de la revoir qu'il ne pouvait rien lui refuser. Bon, il faut que j'y aille, moi, j'ai un gros rapport à taper, conclut-elle en se levant.

— Luc est rentré de Sherbrooke ? demanda Pauline avant que sa compagne ne passe la porte.

— Il revient ce matin. On l'attend d'une minute à l'autre.

Aussitôt seule, Pauline ouvrit la petite enveloppe accompagnant les fleurs.

Me voilà comme un cheveu sur la soupe! Je t'enlève pour le dîner, pour notre premier vrai tête-à-tête.

La jeune femme sentit une tristesse mêlée d'anxiété l'envahir. Immobile sur sa chaise, le regard collé à la porte du bureau d'Yvan Bélair, elle se doutait bien de la scène qui se jouait derrière. «Tu seras l'une des premières à apprendre ma décision», lui avait promis Hélène. Elle avait tenu parole.

Pauline alluma son ordinateur et retrouva le message de son amie virtuelle, reçu le vendredi précédent.

Ma chère Pauline,

Je séjourne aux Îles-de-la-Madeleine depuis maintenant une semaine avec ma voisine Annette. Nous rentrons demain matin, mais je ne voulais pas attendre plus longtemps avant de t'annoncer ma décision. Je quitte définitivement Ciné-Vidéo pour me consacrer à plein temps à une nouvelle activité: le tourisme.

Comme je te l'ai déjà dit, Gabrielle a mis sa maison en vente en décembre dernier. Jusqu'à maintenant, aucune offre n'a été déposée et Gaby commençait à désespérer. Par ailleurs, Annette rêvait d'acquérir la maison pour la transformer en Bed and Breakfast, mais elle n'avait pas les fonds nécessaires pour l'acheter seule. Son projet me séduisait. Peu à peu, j'ai compris que le destin ne m'avait pas conduite ici uniquement pour faire le point sur ma relation avec Frédéric, il m'offrait une nouvelle donne.

Annette a été très emballée lorsque je lui ai proposé une association. Nous avons passé les dernières semaines à discuter menu et décoration et nous avons esquissé un plan d'affaires. Enfin, avant de nous engager dans cette entreprise, nous voulions prendre conseil auprès de Sara, la sœur d'Annette qui opère une maison semblable aux îles.

Hélène terminait son message en l'informant de la visite-surprise de Frédéric :

Je n'avais pas prévu que nos retrouvailles se dérouleraient de cette façon, mais j'étais vraiment contente de le revoir et surtout heureuse de savoir qu'il avait fait tout ce chemin pour me retrouver. Toutefois, je ne veux plus que mon bonheur dépende de la qualité de son amour pour moi.

Il ne sait encore rien de mes projets. De toute façon, lorsque je passerai à Montréal, il sera en vacances en Italie avec Gisèle. C'est sa vie. Désormais, il me faudra vivre la mienne loin de lui.

Pauline poussa un soupir de dépit, regrettant que Frédéric n'ait pas eu le courage de faire le grand saut.

Dire qu'elle allait enfin la voir en chair et en os : la mystérieuse Hélène, la collaboratrice admirée, l'employée, à la fois haïe et respectée, mais aussi Hélène, l'amoureuse, Hélène, la fugueuse et surtout, Hélène, l'amie virtuelle avec qui elle avait tellement aimé bavarder.

Qu'allait-il se passer maintenant ? Le grand projet d'Hélène et la distance auraient-ils raison de leur amitié ?

En soupirant, Pauline se leva pour aller prendre un document dans son classeur. Le patron ne lui avait pas encore reparlé de son plan de marketing, mais elle n'était pas inquiète ; ses idées avaient été bien reçues et depuis le dépôt de son projet, il la consultait régulièrement pour avoir son avis. Par exemple, il lui avait confié un rapport le vendredi précédent sur les chiffres de vente de certains franchisés en difficulté.

Une voix familière la tira de ses pensées. Jetant un coup d'œil vers le bureau d'Yvan Bélair, elle aperçut Luc frapper à la porte. « Oh là là ! Ça commence à sentir la soupe chaude... »

Une semaine sans Luc, quelle tranquillité ! Sa présence l'agressait et même si le patron lui avait retiré le dossier Cinéphile, Pauline redoutait plus que jamais son ingérence dans ses affaires.

Caroline entra, une tasse de café dans chaque main.

— Wow ! Ton mari t'a envoyé des fleurs ? s'exclama-t-elle en apercevant le bouquet.

— C'est notre anniversaire de mariage, mentit Pauline.

La blondinette déposa les deux tasses sur le pupitre et prit place sur le siège du visiteur. Elle s'inclina vers sa collègue.

— T'as vu ça ? Hélène est revenue, murmura-t-elle.

Agacée, Pauline rétorqua :

— Tu n'es pas obligée de chuchoter. Elle ne peut pas t'entendre, la porte est fermée !

L'autre se leva précipitamment.

— Qu'est-ce qui te prend ? T'es ben bête !

Confuse, Pauline reprit son sang-froid.

— Excuse-moi, Caroline, j'ai mal dormi la nuit dernière. Allez rassois-toi, l'invita-t-elle en tendant la main vers l'une des deux tasses. Et merci pour le café, tu es gentille.

Trop heureuse de pouvoir poursuivre la conversation, Caroline s'exécuta et rapprocha sa chaise du pupitre.

— Luc aussi vient d'arriver. Monsieur Bélair l'a fait demander dans son bureau. J'te dis qu'il était nerveux…

— Qui ça, le patron ?

— Non, Luc. J'espère que la guerre ne va pas recommencer. Depuis une dizaine de jours, j'avais l'impression que les choses s'arrangeaient entre Luc et son oncle. Luc était de meilleure humeur. Tu n'as pas remarqué ?

— Bof ! Non, répondit-elle d'un ton plat, ne voulant pas s'aventurer plus avant dans cette conversation frôlant le commérage.

— Moi, j'ai bien vu, et pour cause! s'emballa Caroline. La semaine passée, monsieur Bélair l'a chargé d'acheter un grand terrain à Sherbrooke. Le temps de le dire, Luc a réglé les négociations avec le vendeur et s'est occupé des papiers notariés: il est vraiment au meilleur de sa forme!

« Décidément, cette fille en bave, pensa Pauline. Qu'est-ce qu'elle peut bien lui trouver? »

Elle le vit justement sortir du bureau de son oncle. Apercevant sa copine assise en face d'elle, Luc se présenta dans l'encadrement de la porte en arborant un large sourire.

« Regarde-moi-le donc jubiler », ragea Pauline en elle-même.

— Les filles, les filles, chantonna-t-il gaiement, Hélène s'en va… Elle vient juste de remettre sa démission!

Caroline se leva d'un bond.

— Ben là, j'ai mon voyage!

— Elle retourne à Québec: un maudit bon débarras!

Puis, s'adressant à Pauline:

— Tu vas pouvoir garder son beau bureau, es-tu contente?

— Ben contente, ben contente, répondit-elle, retenant une furieuse envie de mordre.

Fort heureusement, le choc de la nouvelle privait les deux autres de toute acuité. Pauline les mit poliment à la porte, prétextant une urgence à régler.

Ne perdant rien de sa bonne humeur fracassante, Luc entoura les épaules de Caroline.

— Allons viens ma belle, je te paie un autre café pour fêter ça !

La jeune femme réagit par un gloussement niais et Pauline, exaspérée, leva les yeux au ciel : « Ah misère, quelle pitié… Je ne pourrai jamais m'habituer à travailler avec cette paire de crétins. Maudit, Hélène, pourquoi tu t'en vas ? »

Tant bien que mal, elle tenta de se concentrer sur la lecture du rapport, utilisant un marqueur fluorescent pour souligner certains passages.

Après quelques minutes, elle s'adossa à son fauteuil et contempla les murs de son bureau comme si elle les voyait pour la première fois. « Une petite couche de peinture et quelques cadres pourraient faire une grande différence… »

Elle revint à son rapport et réussit à y trouver enfin assez d'intérêt pour oublier ses préoccupations. Tout à sa lecture, elle ne se rendit pas compte qu'on l'observait. En entendant toussoter, Pauline releva la tête et aperçut une dame sur le pas de sa porte qui la fixait intensément. Furtivement, elle eut l'impression de voir sa tante Cécile… Mais non. C'était…

Hélène… enfin !

Elle sentit ses jambes ramollir quand elle se leva pour contourner son bureau. Hélène entra et referma la porte derrière elle.

Sans un mot, les deux femmes se prirent les mains, puis les épaules et s'étreignirent longuement. Pauline ne put retenir ses larmes. Hélène l'écarta doucement, l'air étonné.

— Voyons, Pauline, c'est quoi cette tête d'enterrement? Tu n'es pas contente de me voir?

— Si, si... Excuse-moi, c'est l'émotion... Je suis tellement braillarde, c'est idiot, je suis toujours comme ça...

Elle se détourna pour saisir la boîte de mouchoirs en papier sur son pupitre. Elle se moucha un bon coup et essuya ses yeux.

— On pourra dire que je t'en ai donné, du trouble!

— Mais non, t'es folle, Hélène! Au contraire, j'ai vécu tellement de bons moments.

Pauline tira sur son chandail et lissa sa jupe. Si au moins elle pouvait maîtriser ses tremblements. Elle regarda sa compagne fouiller dans son sac.

— Ton Rimmel a coulé. Attends, je crois bien avoir un paquet de lingettes nettoyantes. Ah, le voici! Allez, nettoie les dégâts et partons. Je meurs de faim!

Pauline prit le rapport sur son bureau.

— Euh, avant, j'aurais quelques petites questions à te poser au sujet de...

Hélène s'empara du cahier spiralé et l'ouvrit à la première page.

— Ouache! Encore un satané rapport sur les clubs vidéo déficitaires! Non, non, pas maintenant. Aujourd'hui, c'est notre fête! Tu m'en reparleras demain, je ne repars pas avant quelques jours. Allons, éteins ton ordinateur, on fiche notre camp d'ici ! Pour ma part, Ciné-Vidéo, j'en ai eu ma dose pour le reste de la journée.

Et elles partirent toutes les deux, bras dessus, bras dessous. En sortant dans la rue, elles croisèrent Caroline et Luc dont l'air ahuri faisait plaisir à voir.

Passant outre sans les saluer, les deux femmes montèrent dans l'auto d'Hélène qui démarra rapidement.

— Ils n'ont pas fini de mémérer, ces deux-là ! s'exclama Pauline en attachant sa ceinture.

Chapitre 18

Le Bistro de la Belle était bondé à l'arrivée des deux femmes. Les yeux de Pauline firent rapidement le tour de la salle à la recherche d'une table.

— Ne te casse pas la tête, conseilla Hélène. J'ai réservé.

— Je veux bien, répondit sa compagne en soupirant, mais je ne vois aucune place libre.

Au même moment, une serveuse se présenta.

— Ah, bonjour, madame Hélène ! Votre table est prête. Suivez-moi.

Hélène et Pauline emboîtèrent le pas à la jeune femme qui se fraya un passage entre les tables et les chaises entassées, puis elles se faufilèrent dans un petit passage menant à la cour arrière où on avait aménagé une terrasse au décor champêtre. Trois tables étaient déjà occupées.

— Voilà, trois couverts, comme vous l'avez demandé, dit la serveuse en déposant autant de menus sur une table ronde habillée d'une nappe blanche et surmontée d'un large parasol.

« Trois couverts, pourquoi ? », s'interrogea Pauline, perplexe.

La serveuse extirpa un calepin de la poche arrière de sa jupe et suça le bout de son crayon de plomb.

— Prendrez-vous un apéritif en attendant l'autre personne ?

Elles commandèrent un pichet de sangria. Sitôt la serveuse partie, Pauline s'informa.

— Qui doit se joindre à nous ?

Hélène leva les yeux de son menu.

— Hum, je te le dis tout de suite ou je te garde la surprise ?

— Frédéric ! lança soudain Pauline, les yeux pleins d'étoiles.

— Quelle romantique ! rigola Hélène. Meilleure chance la prochaine fois, je crois que je vais te laisser poireauter un peu.

Elle déposa son menu, un sourire amusé aux lèvres. Puis joignant les mains, elle s'inclina vers sa compagne.

— Ainsi, c'est toi, ma bonne fée.

— Eh oui, répondit Pauline. Physiquement, est-ce comme ça que tu me voyais ?

— Au téléphone, je trouvais que tu avais la même petite voix qu'une de mes collègues de Québec ; j'étais portée à t'imaginer comme elle.

— Ah ? Et elle a l'air de quoi ?

Hélène fit mine de s'intéresser à l'alignement de ses ustensiles sur la nappe.

— Comment te dire… amorça-t-elle en replaçant une fourchette. Disons que la voix de Marielle est inversement proportionnelle à son tour de taille.

— Alors, si j'ai bien compris, ricana Pauline, pendant deux mois, tu m'as cru beaucoup plus enveloppée que je ne le suis!

— Toi, tu ne pouvais pas te tromper, tu avais les photos, déclara Hélène en se redressant.

— Quand Julie m'a montré les photos du party de Noël, ça m'a frappée: tu ressembles à ma tante Cécile, la sœur de ma mère. Je l'aimais beaucoup, mais elle est morte, maintenant…

La serveuse arriva avec le pichet et remplit leurs coupes. Hélène et Pauline en profitèrent pour commander leur dîner en spécifiant qu'elles attendraient leur invité pour manger.

— Je me demande bien qui c'est… murmura Pauline en jetant un coup d'œil à l'entrée de la terrasse.

Hélène, résolue à garder son secret, détourna le sujet en levant son verre:

— À nos retrouvailles!

— À ta nouvelle vie! renchérit Pauline avec un sourire résigné.

Elle avala rapidement une gorgée, pressée de lui demander comment le patron avait réagi à sa démission.

— Yvan le savait déjà depuis plusieurs jours, lui apprit Hélène. En fait, il a toujours cru que ma mutation était une échappatoire: il pensait que j'avais déménagé à Montréal pour changer d'air, que mon divorce et le départ de mon fils m'avaient bouleversée. Les premiers mois, il venait souvent me voir dans

LA FILLE AVANT MOI

mon bureau pour s'informer de mon état. Il crai-
gnait que je ne me lasse de mon travail de commis-
comptable. Alors, chaque fois, il me réitérait son offre
du poste de directrice des ventes. Comme je m'entê-
tais à refuser, prétextant la charge de travail que
m'imposait la mise au point d'Icétou, il se doutait que
je n'attendais que la fin de l'implantation du logiciel
pour quitter Ciné-Vidéo.

— Tu t'es quand même impliquée dans l'achat de
Cinéphile, releva Pauline.

— À la demande expresse de Grégoire, je ne pouvais lui refuser ça, s'empressa de répondre Hélène.

— Luc en faisait une maladie...

— Bah! Il n'a jamais pu me sentir. Il sautait sur
tout ce qu'il pouvait trouver pour me casser du sucre
sur le dos, commenta Hélène d'un air dégagé. Si tu
avais vu sa tête quand il m'a aperçue dans le bureau
d'Yvan : on aurait dit qu'une tonne de briques venaient
de lui tomber dessus. Alors, j'ai eu un peu pitié de
lui...

— ... et tu lui as annoncé ta démission.

— Voilà! Je suis certaine qu'il était content, même
s'il n'a rien laissé transparaître.

Pauline serra les poings.

— Content? Il dansait de joie sitôt sorti du bureau!
Quel con... Je m'excuse, Hélène, mais je déteste ce
genre de bonhomme!

Hélène paraissait songeuse, un sourire mystérieux
flottait sur ses lèvres.

— Et dire que je vais devoir me taper l'autorité de ce... zouf! poursuivit Pauline excédée.

— Comment ça, l'autorité? s'étonna Hélène.

— C'est que... toi partie, il aura le champ libre pour obtenir le poste de directeur des ventes.

Oui, bien sûr, comme tout le monde, Hélène était au courant des ambitions de Luc, mais elle seule savait ce que le patron en pensait.

— Ne t'en fais pas avec ça et fais confiance au jugement du patron. En passant, savais-tu que le groupe Bélair avait d'autres affaires ailleurs?

Pauline s'en doutait: le patron s'absentait souvent quelques jours.

— Les frères Bélair possèdent plusieurs immeubles à revenus, l'informa Hélène. Les conciergeries vaquent aux affaires courantes comme l'entretien et la collecte des loyers, mais c'est Yvan qui se charge de l'administration. C'est un homme habitué à travailler dur, alors ça pouvait aller. Seulement, au moment où le groupe Bélair a acquis le réseau Cinéphile, Yvan a trouvé le grand terrain qu'il cherchait dans les Cantons de l'Est pour faire construire un gros complexe d'appartements destinés aux retraités autonomes...

Hélène s'interrompit, son visage s'éclaira. Pauline sentit une main se poser sur son épaule, elle se retourna.

— Monsieur Bélair! s'exclama-t-elle, les yeux agrandis de surprise.

Le petit homme rondelet prit place. Il fit un signe à la serveuse et commanda un verre de vin rouge ainsi qu'un croissant-sandwich en spécifiant qu'il était pressé.

— Je cours, je cours, chantonna-t-il joyeusement. Je prends quelques minutes avec vous, ensuite, je dois passer à la banque avec Luc.

Il glissa un regard amusé vers la commis-comptable, figée sur sa chaise.

— Allons, relaxez, Pauline. Je ne suis pas méchant.

Puis, s'inclinant vers Hélène, il s'enquit :

— Tu ne lui as donc rien dit ?

— À toi l'honneur, mon cher, répondit l'interpellée, dissimulant un sourire espiègle derrière ses mains jointes.

Jamais Pauline n'avait entendu son patron tutoyer personne d'autre que son neveu. Malgré sa confusion, Pauline saisit tout de suite leur degré de complicité : Luc avait de bonnes raisons de rager.

— Eh bien, ma chère Pauline, commença l'homme d'un ton solennel, depuis votre embauche, j'ai pu vous sembler affairé et la tête dans les nuages, mais ça ne m'a pas empêché de vous remarquer. Votre intérêt pour Ciné-Vidéo est très rafraîchissant. Notre entreprise a besoin d'un regard nouveau et votre expérience en marketing tombe à point.

La serveuse survint avec deux croque-monsieur et la coupe de vin.

— Mmmm, ça sent bon, constata Yvan Bélair, c'est ça que j'aurais dû prendre. Bon, ce sera pour la prochaine fois, décréta-t-il en trempant ses lèvres dans son verre.

Il dévisagea ses deux compagnes de table :

— Allez-y, mangez, mangez, ne m'attendez pas !

Hélène jeta un coup d'œil sur Pauline qui semblait tout à fait indifférente à ce qu'il y avait dans son assiette.

— Tu ferais mieux de continuer, conseilla-t-elle à son patron en lui donnant un petit coup de coude.

— Ah oui. Bref, Pauline, dit-il en levant sa coupe, j'aimerais bien que vous acceptiez de devenir notre… enfin, je ne sais pas quel titre donner à ce genre de poste, disons, pour le moment, notre directrice des communications.

Pauline eut le souffle coupé.

— Moi ? Mais, voyons… je ne…

Avec un petit rire, Yvan Bélair se pencha vers Hélène pour lui glisser à l'oreille :

— Hé ! Hé ! J'adore faire le père Noël ! Ça m'en fait deux, aujourd'hui, que je vois avec cet air-là !

Hélène esquissa un sourire entendu : ainsi Luc avait déjà eu droit à sa part du gâteau. Elle était curieuse de connaître sa réaction, mais elle retint sa question. Pauline avait enfin quelque chose à dire.

— Écoutez, monsieur Bélair, vous me jetez par terre. C'est gros, je… je ne sais pas si je…

Elle fut interrompue par le garçon de table qui apportait le troisième dîner. Sans attendre, le petit homme mordit dans son croissant-sandwich au jambon.

— Vous devriez manger pendant que c'est chaud, suggéra-t-il à Pauline en reluquant son croque-monsieur.

La jeune femme prit une bouchée, mais, soufflée par la proposition de son patron, elle n'y goûta que du bout des lèvres. Elle leva les yeux vers Yvan Bélair et attendit la suite.

— Jusqu'à maintenant, poursuivit l'homme entre deux bouchées, Ciné-Vidéo était une affaire familiale : le rêve de trois frères qui, malgré la distance, ont toujours voulu conserver un lien étroit entre eux. Depuis quelques années, comme vous le savez, le marché est devenu de plus en plus concurrentiel et, en février, nous avons eu à prendre une décision : tout vendre ou nous battre. Avec l'achat de Cinéphile, nous avons choisi d'aller au front.

« Auparavant, côté pub, nous nous contentions de petits encarts dans les journaux de quartier. Ce n'est plus assez. Si nous voulons augmenter notre clientèle et nous hisser au rang des grands, il faut tabler sur la différence et, dans cet ordre d'idées, Pauline, le projet que vous nous avez soumis nous intéresse énormément. »

Il s'arrêta un instant en apercevant la serveuse, lui fit signe et demanda l'addition.

— De plus, et ceci est primordial, Grégoire Miller a finalement accepté de se joindre à nous en tant que consultant pour les deux prochaines années. Et ce, grâce à vous...

Quelle bonne nouvelle ! Pauline ressentit tout à coup un élan d'assurance la gagner, elle ouvrit la bouche pour dire quelque chose, mais Yvan Bélair n'avait pas terminé :

— Lundi dernier, j'ai envoyé votre document à mes deux frères. Ils ont été enchantés. Ensuite, nous l'avons fait parvenir à Grégoire Miller qui s'est emballé pour votre projet. Il veut travailler avec vous.

Pauline reprit son souffle. Elle avait du mal à rassembler ses pensées tant cette opportunité lui paraissait incroyable. Elle s'adossa à sa chaise et vit que ses deux compagnons la regardaient intensément dans l'attente d'une réponse.

— Bon... écoutez... J'accepte.

Elle s'imaginait déjà annoncer sa promotion à Steve et le voir se réjouir avec elle de cette bonne fortune. Elle était morte de peur, mais elle s'empressa de chasser cette sensation.

Le patron, après avoir pris une petite gorgée de vin, ajouta :

— Et vous avez raison, Pauline, quand vous dites que c'est gros, mais vous y croyez et votre enthousiasme est communicatif. Comme je vous l'ai indiqué, la semaine passée, il nous faut convaincre nos franchisés de nous suivre dans cette lancée. Ce sera votre première mission. D'ici la fin de l'année, nous allons les convoquer à ce sujet au premier congrès de Ciné-Vidéo. Nous en reparlerons.

Pauline entendait tout ce que son patron lui disait, mais sans réussir à l'assimiler. Quelque chose la tracassait.

— Luc est-il au courant de cette promotion ?

Bélair secoua la tête.

— Pas eu le temps. Je l'ai revu seul, après votre départ, mais je n'avais qu'une demi-heure à lui consacrer et j'avais trop de choses à lui dire.

Hélène tressaillit.

— J'avais hâte que tu en parles, lança-t-elle. Comment ça s'est passé ?

— Ah, ah, tu avais hâte de savoir s'il allait m'assassiner ! s'exclama-t-il en pointant un index accusateur vers sa complice.

Pauline leva un sourcil perplexe en les voyant s'esclaffer tous les deux.

— Luc quitte Ciné-Vidéo, lui annonça le patron.

De plus en plus déconcertée, la jeune femme resta muette.

— C'est une décision que nous avons prise à trois, Gilles, Lucien et moi. Si nous voulons mettre de l'avant les idées de Grégoire Miller, nous ne pouvons pas nous permettre d'avoir un élément perturbateur dans nos troupes.

— Mais que va-t-il lui arriver ?

Yvan Bélair lui tapota gentiment le bras.

— Ne vous tracassez pas pour lui, Pauline. Je lui ai trouvé de quoi l'occuper pendant les années à venir. Vous savez, il n'était pas à son meilleur ces derniers temps : les comptes fournisseurs, l'achat de films, c'est un peu trop banal pour lui. Luc, c'est un battant, un leader. Sa force, c'est le démarrage. Mes frères et moi venons d'acheter un grand terrain dans la région de Sherbrooke…

— C'est ce dont je te parlais tout à l'heure, glissa Hélène à Pauline.

— La construction de la résidence pour personnes âgées ? s'étonna la jeune femme.

— … personnes retraitées autonomes, précisa son patron. Sept cents unités, une panoplie de services sur place, une foule de petits commerces. C'est un projet d'envergure qui s'étend sur des années de planification : en plein dans les cordes de Luc à qui j'ai proposé une part égale avec mes deux frères et la direction du projet. J'ai confiance : mon neveu a un caractère de chien, mais il est très fort dans l'administration… à la condition, bien sûr, qu'il soit le *boss*.

Ça alors ! Plus de Luc dans les parages ! Pauline se réjouit de ce spectaculaire revirement. Elle s'empara du pichet de sangria, servit Hélène et remplit sa coupe. Elle avait chaud, le parasol ne parvenait plus à masquer les rayons du soleil. Elle se leva pour retirer son cardigan.

Bélair se leva à son tour.

— Bon, je dois y aller maintenant. Profitez bien de votre après-midi, mesdames, parce que demain, nous avons du pain sur la planche.

Il se dirigea vers la sortie pour revenir bien vite sur ses pas.

— Hélène, la serveuse n'a pas eu encore le temps de préparer l'addition. Paie et rapporte-moi la facture demain. Vous êtes mes invitées.

Et il repartit si rapidement qu'il faillit bousculer le garçon de table qui passait par là avec un plateau de vaisselle sale.

— Quel homme extraordinaire ! s'émerveilla Hélène. C'est le plus charmant des trois.

Puis, avisant sa compagne dont le regard se perdait dans la brume, elle claqua des doigts.

— Allô ? T'es rendue où, là ?

Pauline secoua la tête.

— Ouf ! j'ai l'impression de sortir d'un manège de La Ronde. C'est vraiment trop pour une seule journée ! Je ne sais plus comment je me sens.

— Bah, laisse-toi donc aller un peu, tu vas finir par décanter. Cette semaine, nous aurons le temps d'en reparler.

— Tu comptes rester combien de temps ?

— Oh, six ou sept jours tout au plus, l'informa Hélène.

— Je suis contente que tu restes un peu. Travailler avec toi m'aidera à prendre un bon départ dans mes nouvelles fonctions, conclut Pauline d'un air lointain.

La voyant de nouveau se fondre dans ses pensées, Hélène lui toucha la main.

— Me donnerais-tu des nouvelles de ma petite Philo? J'espère qu'elle ne m'a pas oubliée.

Pauline secoua la tête pour revenir à la réalité.

— Ça m'étonnerait, elle n'arrête pas de te chercher, chaque fois que je l'emmène chez toi. Tu viendras la prendre bientôt?

Hélène réfléchit un moment.

— Si ça ne te dérange pas, j'aimerais mieux attendre d'être sur le point de repartir avant d'aller la chercher, car elle risque de s'ennuyer toute seule à la maison. Et tes fils? Il va falloir que tu les préviennes… Ils vont sans doute avoir de la peine à s'en séparer…

— Tu sais, ils ont toujours su qu'elle n'était qu'en visite. De toute façon, nous avons l'intention d'aller en chercher un autre bientôt.

— Hé! Ça veut donc dire que tes deux fils ont réussi à te prouver qu'ils pouvaient prendre soin d'un animal, se réjouit Hélène.

Pauline haussa les épaules en affichant un sourire sans conviction.

— C'est plutôt Steve qui a remporté la palme: il a passé le test haut la main, même s'il n'était pas en lice.

— Alors, laisse-moi lui en offrir un!

— Un chien? Mais voyons Hélène, ça coûte les yeux de la tête!

— Ne trouves-tu pas que je vous dois bien ça, à toi et à ta petite famille? Allons, Pauline, fais-moi plaisir…

— Bon, j'en parlerai ce soir avec Steve. Merci Hélène, les jumeaux vont être tellement contents !

Mais pour Hélène, ce n'était pas encore assez.

— Et toi, ma chère Pauline, j'aimerais tellement t'offrir quelque chose en compensation de tout ce que tu as fait pour moi…

Son interlocutrice prit le temps d'avaler une bouchée et de reprendre un peu de sangria avant de répondre :

— Tu ne pourras pas me donner ce que j'ai le goût de te demander, Hélène…

— Comment ça ?

Pauline posa sa fourchette.

— Je suis tellement heureuse de tout ce qui t'arrive, tu as l'air si radieux… Mais moi, j'ai de la peine de te voir repartir pour Québec. Je… me suis attachée à toi, Hélène… J'avais tellement hâte de travailler avec toi, surtout après toutes ces bonnes nouvelles.

Émue, Hélène mit sa main sur celle de sa compagne.

— Moi aussi, je me suis attachée à toi, c'est peut-être drôle à dire, mais il n'y a que toi qui me connaisses aussi bien.

— Mais tu t'en vas, commenta Pauline avec dépit.

— Penses-y, voyons, je ne vais pas m'exiler dans le Grand Nord comme ton amie, je ne serai qu'à quelques heures de route. Tu viendras passer des week-ends seule ou avec ta famille et nous nous verrons lorsque je me rendrai à Montréal.

— Mais c'est madame Hélène !

Les deux femmes tressaillirent. Le patron du bistro éclata de rire :

— S'cusez moi mesdames, lança-t-il joyeusement de son accent chantant, je ne voulais pas m'immiscer dans vos confidences…

— Mais non, François, au contraire, je suis ravie de vous revoir, assura Hélène en lui tendant la main qu'il baisa d'un grand geste théâtral.

— Et votre amoureux, il n'est pas au rendez-vous ? Je suis habitué à vous voir ensemble, moi…

— Frédéric est à l'extérieur pour affaires, affirma-t-elle avec un aplomb qui surprit Pauline.

— On dirait bien que vous ne vous voyez pas très souvent depuis quelque temps, reprit cordialement le restaurateur avec sa manie de se mêler de l'existence de ses clients.

— C'est vrai, nous avons une vie assez mouvementée, chacun de son côté.

— Le pauvre homme, si vous l'aviez vu il y a quelques semaines, il faisait peine à voir. Il était si… comment dites-vous cela, vous autres Québécois ? Magané ?

— Soyez rassuré, il va beaucoup mieux maintenant, affirma patiemment Hélène.

— Ah ! Merveilleux, j'en suis ravi ! Tenez, je vous offre le dessert, Marion prendra vos commandes…

— C'est trop gentil, François, mais qu'elle prenne son temps… Nous ne sommes pas pressées.

Il les salua encore de quelques courbettes et repartit vers l'intérieur.

— Quel personnage! s'amusa Pauline.

— Un peu fouine, mais je l'aime bien…

Le patron du bistro avait introduit un sujet qui préoccupait Pauline. Elle brûlait d'envie de savoir…

— Hélène, je me demandais… Excuse ma curiosité…

Mais sa compagne avait déjà saisi l'objet de son propos.

— Maintenant que je repars vivre à l'île d'Orléans, tu te demandes ce qu'il va advenir de Frédéric et moi, n'est-ce pas?

— Je ne voudrais pas être indiscrète…

— Voyons, Pauline, ton inquiétude est bien normale: tu as été impliquée jusqu'au cou dans cette histoire.

— Dans ta lettre, tu me disais qu'il ignorait tes projets.

— Il n'en savait pas plus que toi, j'ai préféré ne pas trop m'avancer avant d'être certaine.

Elle s'inclina vers Pauline en apercevant la serveuse s'approcher.

— Te sens-tu prête pour l'affriolant dessert de François et notre premier café en face à face?

Elles commandèrent deux pointes de gâteau forêt-noire, une autre spécialité de la maison.

Hélène reprit la conversation.

—J'ai toujours eu besoin de passion dans ma vie. Heureusement, il n'y a pas que l'amour qui soit passionnant. Retravailler mon roman m'a remise d'aplomb et te confier mon histoire m'a permis de me replonger dans mon adolescence et me rappeler dans quel état d'esprit j'étais lorsque je ne voyais Frédéric que sporadiquement. Ces rencontres étaient un beau cadeau de la vie, je ne nourrissais aucune attente envers lui et c'était très bien comme ça… Maintenant, je me sens capable de profiter simplement du bonheur de vivre les quelques heures que ses limites lui imposent, sans plus. Je ne lui ferme pas ma porte, mais je renonce à espérer qu'un jour il quittera sa femme pour moi. J'ai mis déjà trop d'énergie là-dedans, je lâche prise.

Deux énormes parts de gâteau apparurent devant elles.

—Misère! Je ne pourrai jamais manger tout ça, se désola Pauline.

—Tu as juste à prendre ton temps…

Marion revint avec le café dont l'arôme chatouilla les narines de ses deux adeptes. Avec un plaisir évident, Hélène attaqua son dessert en fermant les yeux de bonheur.

—Mmm… Il faudrait bien que je lui pique sa recette…

Pauline goûta au gâteau à son tour tout en ne perdant pas son amie des yeux. Elle ne pouvait faire autrement que saluer le bien-fondé de ses paroles:

«Elle a fait son bout de chemin, à Frédéric d'agir s'il l'aime vraiment.»

Toutefois, le souvenir du regard attristé de l'homme, ici même, quelques semaines plus tôt, lui donnait envie de plaider sa cause…

— Frédéric aura sans doute beaucoup de mal à s'en remettre. J'ai bien vu que tu lui manquais…

Songeuse, Hélène jouait distraitement de la fourchette dans le glaçage de son gâteau.

— Quand il a compris que mes projets pourraient me retenir à Québec, j'ai senti un peu d'inquiétude de sa part. Je sais aussi que je lui ai manqué, mais ça ne l'a pas empêché de partir en vacances les deux prochains mois. Tu sais Pauline, officiellement, Fred et moi, nous n'aurons été ensemble que trente jours au total… Penses-y, trente petits jours pour trente années à vivre notre amour en cachette. J'ai toujours été "l'autre femme", celle qu'il n'a pas choisie, celle à qui il aura toujours dit non…

— Tu as raison, concéda Pauline. J'admire ta force de caractère.

— Merci, mais je suis encore trop fragile pour mériter une médaille. Il faut que ça bouge autour de moi, ça m'aide à ne pas trop penser à lui.

— Tu auras de quoi t'occuper avec la mise en branle de ton projet et ton déménagement. J'y pense, tout d'un coup! s'exclama-t-elle. Il va falloir joindre madame Berthiaume pour casser ton bail.

Elle fouilla dans son sac pour en sortir un petit carnet d'adresses qu'elle feuilleta.

— Attends, j'ai les coordonnées de sa fille…

— Rien ne presse, tu peux ranger ton carnet. Mon fils revient au pays à la fin du mois. Ça n'a pas marché là-bas : la relation père-fils ne tourne plus rond. En plus, Maryse n'arrive pas à s'adapter.

— Ils vont retourner vivre dans leur appartement…

— Eh oui ! Tu vois, quand on y pense, la vie est bien faite… À leur retour, ils n'auront pas à chercher où loger. Ce sera un souci de moins.

— Et toi, tu n'auras pas à déménager l'aquarium…

— Hé, c'est vrai, ça ! jubila Hélène, j'avais oublié les sacrés poiss… Ah et puis non, j'ai tort de les maudire : c'est grâce à eux que l'on s'est connues.

Elles terminèrent leur café et Hélène régla l'addition.

— Pauline, j'aurais une faveur à te demander. Tout à l'heure, je dois retourner la voiture chez le concessionnaire, c'est à Ville Saint-Laurent. On pourrait y aller à deux autos : tu conduirais celle-ci et moi je prendrais mon vieux bazou que j'ai laissé dans la cour de madame Berthiaume.

— Pas de problème, Hélène. Je me mets à ton service pour le reste de l'après-midi. Après tout, c'est à toi que je dois ce beau congé.

Chapitre 19

Elles roulaient maintenant dans le quartier Rosemont. Au volant de la voiture de location, Hélène glissa un regard vers sa compagne.

— Tu es bien silencieuse. Tu penses à ton nouveau poste ?

Pauline répondit par un sourire sans quitter son air songeur. Hélène tourna sur la 17e Avenue, mais au lieu de s'arrêter devant chez elle, elle appuya sur l'accélérateur.

— Hé ! Tu ne te souviens déjà plus où tu habites ? ricana Pauline.

Hélène poursuivit sa route.

— Tu ne l'as pas vue ?

— Qui ça ? interrogea Pauline en jetant un regard dans le rétroviseur.

— Nulle autre que notre madame Berthiaume nationale en train de se bercer sur son balcon. C'est à croire qu'elle nous attend…

En effet, la vieille dame, de retour le matin même, avait installé « son poste d'observation » à l'extérieur : berceuse rembourrée et petite table encombrée d'une pile de revues à potins, une radio transistor, un téléphone sans fil et un verre de jus d'orange. Une canne en métal argenté était appuyée contre le mur de brique. Armée de son tricot, que ses mains manipulaient avec dextérité, elle semblait à l'affût de tout ce qui se passait autour d'elle.

Hélène emprunta la rue Masson et gara son véhicule en face d'un salon de coiffure.

— Bon, déclara-t-elle avec un début de fou rire, ma chère Pauline, avant de se pointer, il faudrait juste ajuster nos menteries...

— Ah ! C'est bien trop vrai, répondit son amie en gloussant, elle te croyait en France...

— ... chez Jean-François.

— Mon Dieu, j'avais oublié ça ! s'exclama soudain Pauline.

Elle se tut brusquement en affichant une moue contrariée.

— Quoi ? voulut savoir Hélène, intriguée.

— J'aurais dû penser à t'en parler avant, mais c'était si farfelu que ça m'est sorti de la tête.

— Bah, au point où nous en sommes, ça ne doit pas être si grave que ça, supposa Hélène avec un air dégagé. Allez, raconte.

— Imagine-toi donc que ta madame Berthiaume était certaine que tu étais partie avec Frédéric... Elle prétendait même qu'il avait quitté sa femme pour s'enfuir avec toi.

Ahurie, Hélène ouvrit des yeux immenses.

— Voyons, qu'est-ce qui a bien pu lui faire croire ça ?

Pauline esquissa un petit sourire contraint.

— Les cartes d'abord, ensuite son grand intérêt pour les allées et venues d'un homme dans la cinquantaine, chez toi.

— Tu as raison, soupira Hélène. L'an passé, elle avait beaucoup insisté pour me tirer aux cartes. Moi, je n'ai jamais cru à ce genre de sornettes, mais je la trouvais sympathique et j'ai voulu lui faire plaisir…

— Qu'est-ce qu'elle t'a dit, exactement ? Ses prédictions se sont-elles réalisées ?

— Mes cartes n'étaient pas bonnes. Sans me donner de détails précis, elle m'a annoncé une dure année. Ça m'a refroidie. Tu comprends, j'étais en amour par-dessus la tête avec Fred. J'arrivais toute pimpante de Québec avec toutes mes affaires et voilà qu'en peu de mots, une inconnue ébranlait ma sérénité. J'ai voulu mettre fin à la séance, mais madame Berthiaume m'a encouragée à poursuivre et comme elle semblait vraiment y tenir… La Reine de cœur est sortie, puis un ou deux cœurs, ensuite le Roi de trèfle. Là, elle était aux oiseaux…

Pauline laissa échapper un rire espiègle en revoyant la vieille dame en pâmoison lorsqu'elle s'épanchait sur l'amoureux d'Hélène.

— Ah, le Roi de trèfle, j'en ai-tu entendu parler ! ironisa Pauline en papillonnant des cils. Elle était certaine qu'il était ton amant : elle avait remarqué qu'il ne venait jamais te voir les week-ends et qu'il ne dormait pas chez toi. Elle parlait de ses petites attentions à ton égard, des fleurs qu'il t'apportait. Bref, elle le trouvait pas mal à son goût et je pense qu'elle t'enviait un peu. Une autre aurait porté un jugement, mais pas elle, au contraire, elle t'admirait comme…

— Comme si j'étais l'héroïne de sa série télé préférée, compléta Hélène plus amusée que choquée. Non, mais c'est fou quand même.

« Pas tant que ça », se dit Pauline qui elle-même s'était fait prendre au jeu.

— Qu'elle ait deviné ne me surprend pas, reprit Hélène. En plus, les cartes lui donnaient raison. Quand la Dame de pique est sortie, j'ai su tout de suite qu'il s'agissait de Gisèle et j'ai mis fin à la séance. C'était trop.

— Ouf! Je te comprends, approuva Pauline.

— Mais pourquoi a-t-elle cru que Frédéric avait quitté Gisèle pour me suivre en France?

— Bah, à ton départ, son imagination à l'eau de rose a pris la relève. Ta propriétaire est comme moi : une incorrigible romantique.

— Bon, si c'est par excès de romantisme, je vais lui pardonner, décida Hélène en redémarrant. Il y a un fleuriste à deux pas d'ici, je vais aller lui chercher une belle plante pour la remercier d'avoir pris soin de Philomène. Ensuite, nous irons porter l'auto et je te raccompagnerai chez toi…

Quelques minutes plus tard, la voiture s'arrêta devant la maison. En reconnaissant les deux femmes, madame Berthiaume, aussi surprise que radieuse, s'empara de sa canne et se leva lourdement.

— Enfin, madame Hélène, vous revoilà !

L'interpellée gravit les quelques marches, suivie de Pauline.

— Assoyez-vous, madame Berthiaume, tenez, j'ai un petit quelque chose pour vous...

Elle tint la berceuse tandis que Pauline l'aidait à se rasseoir. Tout excitée, la vieille déballa son cadeau en prenant son temps afin de ne pas abîmer le papier d'emballage.

— Moi, je garde tous les papiers à cadeaux, ça peut toujours servir pour une autre fois.

Elle découvrit de magnifiques violettes africaines pourpres, se confondit en remerciements et versa même une larme.

— Vous êtes rentrée ce matin ? s'enquit Pauline.

— Oui, confirma-t-elle, ma fille Nathalie est venue me reconduire de bonne heure. Je peux me débrouiller seule et puis... je vais peut-être passer pour une sans-cœur, mais Nathalie... ses enfants, j'veux dire, ben ils commençaient à me tomber pas mal sur les rognons : ça crie tout l'temps dans c'te maison-là, pas moyen d'écouter mes téléromans en paix !

Elle posa la plante sur sa petite table et jeta un coup d'œil à sa montre.

— Mon fils Hubert doit passer tantôt pour m'emmener faire la commande. Il n'y a plus rien à manger ici-d'dans. Lui itou, il aimerait ben que j'aille passer du temps chez lui. Il n'arrête pas de m'achaler avec ça, soupira-t-elle. Pourquoi est qu'on ne me laisse pas un peu en paix ? Je ne suis pas à l'article de la mort.

— Voyons, madame Berthiaume, vous devriez être contente que vos enfants se préoccupent de vous, la sermonna doucement Hélène.

Pauline observait sa compagne. « Quelle chic fille ! Pas un grain de malice. Je n'ai pas son indulgence : moi, les commères... »

— Et vous aussi, vous venez juste d'arriver ! l'interrompit madame Berthiaume, qui avait trouvé un sujet plus intéressant que sa petite vie. Comment vont Jean-François et Maryse... et le p'tit ? Il a dû pas mal grandir...

Comme Hélène ouvrait la bouche pour répondre, la vieille ajouta vivement en lui saisissant le bras :

— Non, non, ne me dites rien encore ! Venez en dedans, je vais vous tirer aux cartes. On aura le temps avant l'arrivée d'Hubert...

Les deux amies se consultaient des yeux alors que madame Berthiaume était déjà debout.

— Vous aussi, proposa-t-elle en s'avançant vers Pauline, si ça vous tente après, ce sera vot' tour.

Animée d'une énergie nouvelle, la vieille entra chez elle, abandonnant magazines, téléphone, verre de jus et poste de radio. Restées sur le perron, les deux femmes ramassèrent ses affaires.

— Seigneur, qu'est-ce que je vais faire, soupira Hélène. Elle a l'air d'y tenir vraiment...

— Oui, chuchota Pauline, et elle s'en réjouit d'avance... Ça ne te tente pas ?

— Et toi ?

— Pas vraiment. Pas aujourd'hui en tout cas... Peut-être une autre fois, je vais y penser. C'est vrai qu'elle est bonne ?

— C'est une vraie sorcière ! Si seulement elle était plus discrète, soupira Hélène en pliant la petite table pour la placer contre le mur.

— Alors, vous venez ? appela une voix chevrotante depuis l'intérieur de la maison.

Hélène hésitait toujours et Pauline tenta de faire pencher la balance.

— Si c'est vrai qu'elle est bonne... avec tout ce qui t'arrive, tu n'es pas curieuse, toi ?

Il n'en fallait pas plus pour convaincre Hélène.

— C'est d'accord, mais seulement si tu restes avec moi pour prendre des notes.

Avec un sourire entendu, Hélène et Pauline entrèrent et se dirigèrent vers la cuisine où les attendait « la sorcière » en question. Celle-ci était déjà installée à la table, un jeu de cartes devant elle. Oubliant d'offrir des rafraîchissements à ses invitées, elle saisit le paquet qu'elle posa à la place d'Hélène avant même que celle-ci n'ait le temps de s'asseoir.

— Brassez en pensant à votre vie et coupez deux fois vers vous de la main gauche. Ah, et aussi, faut pas oublier : à la fin, vous ne devez pas me dire merci, parce que ça pourrait toute mélanger les affaires.

Elle avait débité son baratin comme une formule rituelle. Les deux femmes s'installèrent et Pauline sortit de son sac un calepin et un crayon. Hélène prit le paquet de cartes des mains de la vieille dame et les battit en essayant de se concentrer sur les événements de sa vie, ses volontés, ses espérances.

Un lourd silence flottait dans la cuisine. Pauline attendait, le crayon levé, pendant que de son côté, madame Berthiaume affichait un air grave et recueilli.

Quand elle se sentit prête, Hélène coupa le jeu. La vieille dame s'en empara avec avidité. Fébrilement, elle retourna les trois premières cartes.

— Hé, torpinouche ! Tout un début ! s'exclama-t-elle en déposant trois as : le trèfle, le carreau et le cœur.

Vivement, d'une gestuelle aguerrie, elle continuait à renverser les cartes, trois à la fois. Enthousiaste, elle ponctuait ses découvertes de « oh ! » et de « ah ! » réjouissants sous les regards amusés des deux amies. Toutefois, au fur et à mesure que les cartes s'ajoutaient à la série, la vieille ralentissait de plus en plus son geste, puis elle s'arrêta tout à coup, l'air contrarié.

— Il n'est pas encore sorti. Ça s'peut quasiment pas... murmura-t-elle.

Après avoir retourné la dernière séquence en vain, elle poussa le paquet de cartes inutilisées devant Hélène.

— Allez-y, brassez encore un coup et concentrez-vous comme il faut. Après, vous couperez une seule fois vers vous.

Hélène s'exécuta consciencieusement. La vieille ramassa le premier paquet qu'elle posa sur le deuxième et reprit son manège. Une douzième carte sortit : le Quatre de carreau.

— Ça, c'est vous, dit-elle en désignant Pauline du menton, la relation amicale qui protège…

Pauline sourit, ravie de voir la place qu'elle occupait dans la vie de son amie.

Le Sept de cœur suivit, puis le Sept de trèfle.

— Ah! Enfin, le voilà! s'exclama soudain madame Berthiaume en posant triomphalement le Roi de trèfle sur la table.

Pauline retint un fou rire et observa du coin de l'œil Hélène qui, subjuguée, ne souffla mot. « Tiens donc, on dirait bien qu'elle l'attendait, elle aussi », conclut-elle aussitôt.

Le Sept de trèfle, le Deux de pique, le Neuf de pique et enfin le Dix de cœur termina la série.

En plaçant la dernière carte, madame Berthiaume s'exclama :

— Bonté divine! Ça finit aussi bien que ça a commencé!

Elle rajusta sa position sur sa chaise et se frotta les mains de contentement.

« Elle est vraiment dans son élément », songea Pauline en constatant sa mine réjouie.

Jetant un regard vers Hélène, elle remarqua tout de suite son air troublé. Sans se demander comment serait interprété son geste, elle glissa une main sur celle de son amie qui, les yeux rivés sur l'enfilade de cartes, esquissa un faible sourire.

— Bon. On y va ? lança la vieille dame.

— On y va, souffla Hélène.

— Votre jeu commence par trois as, et l'ordre est important : ce sont vos priorités. Trois cartes identiques comme ça, au début d'une série, c'est signe de gros changements positifs dans votre vie. Le trèfle, c'est le cheminement, l'épanouissement personnel, le carreau, c'est l'argent, les affaires, et le cœur… ben le cœur, c'est l'amour… Mais, vous savez, l'As de cœur, c'est pas n'importe quoi : c'est l'amour avec un grand A et sa manifestation au grand jour.

Elle planta son regard dans les yeux de sa locataire et déclara :

— Et puis, d'après ce que je peux voir, il semble bien que quoi qu'il vous arrive, madame Hélène, c'est pas à Montréal que vous allez le vivre. L'ordre des cartes me dit que les changements que vous allez entreprendre se feront loin d'ici. J'ai bien l'impression que je vais vous perdre… Coudon, pensez-vous déménager en France ?

Hélène, qui semblait hypnotisée par les cartes, tressaillit.

— Quoi, qu'est-ce que vous dites ?

— Je me demandais juste… si vous alliez repartir…
Dans les cartes, on dirait ben…

Hélène ouvrit la bouche pour répondre, mais la
vieille dame intervint :

— Non, non, ne me dites rien encore…

Elle posa le doigt sur la carte suivante, la Dame de
cœur, puis regarda à nouveau Hélène.

— Ça, c'est vous et la Dame de trèfle, placée à
votre droite, pourrait bien être une sorte d'associée.
Je dis ça à cause du Trois de carreau qui suit, une très
bonne carte en affaires. Et puis regardez, ajouta-t-elle
en pointant la carte suivante, le Dix de carreau. C'est
une belle carte pour démarrer un projet. En plus, vous
avez l'aide du Roi de carreau, un homme riche et
influent qui pourrait être un banquier.

Fascinée par les propos de madame Berthiaume,
Pauline notait le tout dans son calepin. «Ouf, elle n'a
vraiment pas besoin d'écouter aux portes!»

Elle compléta rapidement ses notes puis elle
concentra son attention sur l'interprétation des deux
cartes suivantes : le Valet de trèfle et le Trois de pique.

— Regardez, le valet, il est à côté du Trois de
pique : un de vos proches, un jeune homme brun, va
se tourner vers vous pour vous parler de ses problèmes
et demander votre aide, affirma la vieille dame.

Estomaquée, Pauline retint sa respiration. «On
dirait son fils, Jean-François. C'est vrai qu'elle parle

au diable, la vieille désespoir…» Elle regarda son amie qui ne bronchait pas.

— Vous allez vouloir prendre soin de lui, mais vous le ferez à distance et, précisa-t-elle avec une œillade à Pauline, vous pourrez toujours compter sur votre amie, le Quatre de carreau, pour vous donner un coup de main.

Elle se tut pour contempler gravement les deux amies.

— Vous deux, vous vivez une très belle amitié, et…

Elle posa son index sur la carte suivante : le Neuf de cœur.

— … c'est pour longtemps. Vous êtes chanceuses… Profitez-en, les vraies amies de fille, y a rien de mieux au monde…

Un silence ému plana sur les trois femmes. Puis madame Berthiaume se racla la gorge et se pencha sur les six dernières cartes à interpréter.

Elle parla peu du Sept de cœur, indiquant un bref passage à vide amoureux, mais elle prit beaucoup de plaisir à commenter la suite :

— Y a quelqu'un qui pense beaucoup à vous, chantonna-t-elle, le Roi de trèfle. Ici on voit qu'il est entouré de trois cartes : le Sept de trèfle et le Deux de pique suivi du Neuf de pique… Ça ne va pas ben ses affaires, il est préoccupé et file un très mauvais coton, un peu comme s'il vivait sa vie en noir et blanc.

«J'en reviens pas, songea Pauline, elle ne sait pourtant rien…»

Pour terminer sa lecture, madame Berthiaume prit la dernière carte dans ses mains.

— Le Dix de cœur, c'est la carte de la protection, une sorte de bouclier contre le mauvais sort. Quelle finale ! Qu'en dites-vous, madame Hélène ?

Hélène sortit enfin de son mutisme :

— En tout cas, je ne sais pas si tout ça va m'arriver, mais c'est encourageant. Vous êtes impressionnante, madame Berthiaume, vous devriez vous faire payer. Vous pourriez vous faire pas mal de sous...

La vieille dame ramassa ses cartes en rougissant de plaisir.

— Vous croyez vraiment ? Ben, je vais y penser... Mais pour vous, dit-elle en désignant Pauline, ce sera gratuit...

— Merci, répondit-elle en se demandant déjà quel soir elle pourrait passer.

En voyant ses deux invitées s'apprêter à se lever, madame Berthiaume intervint :

— Attendez, vous n'avez pas encore fait votre désir.

— C'est vrai, fit Hélène en se réinstallant.

Elle reprit les cartes et les mélangea.

— Pensez très fort à quelque chose qui vous tient à cœur. Puis quand vous serez prête, coupez les cartes une fois vers vous...

Hélène ferma les yeux et se recueillit. Elle avait beau tenter de formuler un souhait sur ses projets futurs, rien n'y faisait, Frédéric prenait toute la place.

«Je ne suis pas correcte, se sermonna-t-elle. Après tout ce que j'ai dit à Pauline, voilà qu'à la première occasion, je me remets à frotter la lampe d'Aladin en pensant à lui...»

Pauline relisait certains passages de son calepin en examinant Hélène à la dérobée: «Je serais curieuse de savoir à quoi elle est en train de penser. Moi à sa place... Ouais, moi à sa place, j'aurais peur de souhaiter quoi que ce soit...»

Madame Berthiaume considérait sa locataire avec un mélange de tendresse et de curiosité. «Je suis certaine qu'elle pense à lui. En tout cas, ses cartes sont bien meilleures que l'année passée...»

— Voilà! annonça soudain Hélène en coupant le jeu vers elle, comme on lui avait demandé.

Madame Berthiaume s'empara du premier paquet qu'elle posa sur l'autre. Pour obtenir un résultat, elle devait prélever trois cartes du paquet: la deuxième, la cinquième et la septième. Deux cartes sur trois de famille identique garantissaient la réalisation du désir.

Un son strident fit sursauter les trois femmes, celui de la sonnette. La porte d'entrée s'ouvrit et une voix masculine beugla:

— M'mmman!

La cartomancienne ne put dissimuler un geste d'impatience.

— Hubert? Déjà! Je t'attendais plus tard.

Un grand balourd parut dans l'encadrement de la porte.

— J'le sais, m'man, mais si tu veux profiter de mon char, il faut y aller tout de suite, parce qu'après Carmen en aura de besoin pour aller reconduire les enfants j'sais pas où.

— Donne-moi juste le temps de terminer avec la madame, le pria-t-elle en couvrant le paquet de cartes de l'une de ses mains.

Sortie brusquement de sa torpeur, Hélène se leva d'un bond et décrocha son sac à main du dossier de la chaise.

— Non, c'est correct, allez-y ! lança-t-elle vivement. Nous autres, on a une commission à faire, de toute façon.

— Mais votre désir ?

Hélène lui sourit gentiment et murmura :

— C'est déjà pas mal, ce que vous m'avez dit, je préfère en rester là.

— Ah... fit l'autre, visiblement déçue.

— Je passerai vous voir demain dans la journée, promit-elle. J'ai des choses à discuter avec vous au sujet du logement.

Puis, s'inclinant vers sa propriétaire, Hélène lui entoura affectueusement les épaules.

— Et... soyez gentille, madame Berthiaume...

— Marie-Jeanne, intervint-elle sur le même ton. Lâchez-moi le "madame Berthiaume", appelez-moi juste Marie-Jeanne...

— D'accord, Marie-Jeanne. Quand je reviendrai, j'aimerais mieux qu'il ne soit plus question des cartes...

Vous comprenez, ça m'a mise un peu à l'envers...
et...

La vieille femme lui tapota le bras.

— Mais vous n'avez pas à vous en faire, vos cartes
sont très belles, soutint-elle en reprenant le paquet.

— Marie-Jeanne... insista doucement Hélène.

— Je comprends, je comprends. Faites-vous-en pas
avec ça. Mais vous allez revenir demain ?

— Sans faute, c'est promis.

Les deux amies prirent congé. Aussitôt dehors,
Pauline commenta :

— Elle est tellement bonne qu'elle en est épeu-
rante.

— À qui le dis-tu, approuva Hélène. C'est pour ça
que j'ai préféré passer mon tour pour le désir.

— Hélène, dis-moi, ton désir... il concernait bien
Frédéric et toi, n'est-ce pas ?

Pour toute réponse, Hélène se dirigea vers son
auto et ouvrit le coffre arrière pour saisir sa valise.
Elle referma le coffre, non sans avoir pris le temps de
l'inspecter afin de s'assurer qu'elle n'y avait rien
oublié. Pauline la contemplait en silence.

Au moment de mettre le pied sur la première
marche de son escalier, Hélène se tourna vers son
amie.

— Je te l'avais bien dit que j'étais encore fragile...

Chapitre 20

Quelques heures plus tard, madame Berthiaume rangeait dans son garde-manger les boîtes de conserve qu'elle venait de se procurer. Son fils, affalé sur une chaise, finissait la bière qu'il avait trouvée dans le frigo. Il ne semblait pas pressé de partir. Tout en trottinant dans sa cuisine, la vieille dame le surveillait du coin de l'œil. «Maudit, on dirait qu'il le fait exprès! Quand va-t-il se décider à faire de l'air?»

Le pauvre Hubert, qui parlait de tout et de rien en dégustant tranquillement sa «petite frette», ne se doutait nullement que sa mère attendait impatiemment son départ pour soulager son insatiable curiosité.

— Coudon, toi, tu ne m'avais pas dit que Carmen avait besoin du char? lança-t-elle tout à coup.

Hubert bondit sur ses pieds.

— Caltor! C'est vrai, j'avais oublié!

Il termina sa bière d'un trait, fit rapidement la bise à sa mère et sortit de la cuisine en coup de vent.

Enfin seule, la vieille dame ouvrit l'un des tiroirs de son buffet pour en sortir le précieux paquet de cartes autour duquel elle avait enfilé un solide élastique. Hélène avait brassé et coupé ce jeu : les cartes étaient prêtes à divulguer leur secret...

«Elle préfère ne rien savoir, c'est son droit, mais moi, ça me chicote trop...»

Elle se rassit à sa table, enleva la bande élastique. Elle posa la première carte à l'envers à sa droite, la deuxième à gauche, la troisième et la quatrième à droite, puis la cinquième à gauche par-dessus la deuxième et enfin, elle plaça la sixième carte et le reste du paquet à droite, ne gardant en main que la septième. Fébrile, elle s'empara des deux cartes à sa gauche et les retourna. Aussitôt, son visage flétri s'éclaira.

— Je l'savais !

Elle posa les trois cartes en éventail devant elle : la Dame de cœur, l'As de cœur et le Roi de trèfle...

Remerciements

J'exprime toute ma reconnaissance à mes premières lectrices : Ornella Caprioli, Eve Fiset, Denise Du Paul, Jacinthe Leclerc, de même qu'à mes deux filles : Mylène et Anne-Marie Bouthillier.

Un grand merci également à mes amis pour leur indéfectible soutien, avec une pensée spéciale pour Marcelle Bertrand, Diane Laflamme et Louise Poulin qui, comme moi, ont rêvé de voir ce récit publié.

À Marianne Villeneuve, mon attachée de presse. À André Gagnon, mon éditeur, pour la confiance qu'il me témoigne ainsi qu'à son équipe de superlectrices.

Pierrette Beauchamp
www.pierrettebeauchamp.com

Suivez-nous

octobre 2015
arquis-Gagné
, Québec

Remerciements

J'exprime toute ma reconnaissance à mes premières lectrices : Ornella Caprioli, Eve Fiset, Denise Du Paul, Jacinthe Leclerc, de même qu'à mes deux filles : Mylène et Anne-Marie Bouthillier.

Un grand merci également à mes amis pour leur indéfectible soutien, avec une pensée spéciale pour Marcelle Bertrand, Diane Laflamme et Louise Poulin qui, comme moi, ont rêvé de voir ce récit publié.

À Marianne Villeneuve, mon attachée de presse. À André Gagnon, mon éditeur, pour la confiance qu'il me témoigne ainsi qu'à son équipe de superlectrices.

Pierrette Beauchamp
www.pierrettebeauchamp.com

Suivez-nous

Achevé d'imprimer en octobre 2015
sur les presses de Marquis-Gagné
Louiseville, Québec